L'ARRESTATION

DU MÊME AUTEUR

LIVRES :

Les Calendes grecques, prix du Premier roman (Calmann-Lévy ; Points)
Apolline (Stock ; Points)
La Dame du soir (Mercure de France ; Points)
Les Adieux (Flammarion ; Points)
Le Cimetière des fous (Flammarion ; Points)
La Séparation, prix Renaudot (Seuil ; Points)
Une jeune fille (Seuil ; Points)
Nu couché (Seuil ; Points)
Les Enfants, prix des Romancières (Grasset ; Livre de Poche)
Roman Nègre (Grasset ; Livre de Poche)
Les Champs de bataille (Grasset ; Livre de Poche)
La Société (Grasset)
Scénario (Grasset ; Livre de Poche)
Le Vol de la Joconde (Grasset ; Livre de Poche)

Les Têtes de l'art (Grasset)
Le Petit Livre de l'orchestre et de ses instruments (Points)
Tabac (Seuil ; Mille et une Nuits)
Bohèmes. Les Aventuriers de l'art moderne (1990-1930), (Calmann-Lévy ; Livre de Poche)
Libertad ! Les Aventuriers de l'art moderne (1931-1939), (Grasset ; Livre de Poche)
Minuit. Les Aventuriers de l'art moderne (1940-1945), (Grasset ; Livre de Poche)
Le Temps des bohèmes (Grasset)

(*suite en fin d'ouvrage*)

DAN FRANCK

L'ARRESTATION

BERNARD GRASSET
PARIS

Photo de la bande : C. Platiau © AFP

ISBN : 978-2-246-83545-5

Pour Simon, Nathan, Lili

Vous lirez ce libelle tel quel,
Tout ainsi que vous feriez d'un autre.
Ce vœu bien modeste est le seul nôtre,
N'étant guère après tout criminel.

Un mot encor, car je vous dois
Quelque lueur en définitive
Concernant la chose qui m'arrive :
Je compte parmi les maladroits.

Paul VERLAINE

Marseille, 15 septembre 2016

J'étais assis à la terrasse d'un café, sur le Vieux-Port, quand la journaliste qui m'interrogeait m'a dit qu'il y avait dans mon histoire quelque chose qui l'intéressait, dont elle aimerait parler avec moi. J'ai compris aussitôt de quoi il s'agissait. J'ai répondu que j'étais pressé. Je me suis levé, j'ai fait quelques pas puis je suis revenu à la table.

— Vous avez dû chercher très loin pour trouver *ça.*

Elle a dit :

— Pas du tout, c'est sur votre fiche Wikipédia.

Je suis rentré à l'hôtel, pensant que c'était impossible. J'avais découvert ma fiche Wikipédia avec ma fille longtemps auparavant. J'étais assis à côté d'elle. J'avais balayé l'écran une première fois à toute allure pour vérifier que la page était vierge, propre, ma fille pouvait la lire sans être perturbée. Il n'y avait rien là-dessus, sur ce *ça* qui m'attaque régulièrement depuis trente-trois ans, comme un cancer dont je n'aurai jamais raison.

Je me suis enfermé dans la chambre, j'ai ouvert mon ordinateur, cherché sur Wikipédia. Il y avait ma photo, la liste de mes livres et de mes films, puis, au milieu d'une courte notice autobiographique :

En 1988, au cours d'un procès sur la mouvance d'Action directe, il est condamné à dix-huit mois de prison avec sursis. Grâce à un accord passé entre l'éditeur et le juge, il est autorisé à écrire en cellule Ma médecine naturelle, *de Rika Zaraï.*

J'ai lu et relu. Du plomb sur les épaules. J'ai été pris d'une frénésie affolée. J'ai cliqué ici et là, cherché, sélectionné, enlevé, effacé et jeté à la poubelle. Le *ça* a disparu. Je me suis demandé qui avait vu. Non pas les amis, proches ou lointains, qui connaissent tous cet épisode de mon existence. Je m'en délivre chaque fois, sans gloire, considérant que je leur dois cette part de ma vie, quitte à les voir se détourner, comme cette fille à qui j'avais dit, au début de l'adolescence, Je suis juif, c'était à la fin d'une colo à Cork, en Irlande, elle avait fait demi-tour, je ne l'ai jamais revue. Depuis, quand naît une amitié, je dis Je suis juif, je suis de gauche, et, une fois les bases assurées, je raconte le *ça,* comme un linge sale dont je me débarrasse au plus vite, espérant n'y plus revenir.

Mais désormais, verront, sauront et découvriront tous ceux que je connais à peine, qui se promèneront sur Internet avant de me rencontrer, et je me suis demandé quand, pour la dernière fois, j'avais regardé ma fiche Wikipédia, quelles personnes inconnues jusqu'alors j'avais croisées depuis. J'ai commencé à chercher des noms, à repérer des visages. Fouillant bien, j'ai découvert des attitudes inexpliquées qui sont devenues des sécheresses, des réticences, du dégoût. J'ai bien mesuré la bouffée de paranoïa, mais rien n'y a fait : la lecture du thermomètre n'a jamais fait baisser la fièvre.

Parmi tous ces visages, s'est imposé celui de ma fille, qui ne sait pas encore, dont les camarades de classe n'ignorent peut-être plus, parents obligent, et qui la dévisagent comme je suis vu moi-même par ceux qui viennent de découvrir Wikipédia. L'image de ma fille marquée des flétrissures qui sont les miennes m'a été insupportable. Je lui ai téléphoné. Sa voix était joyeuse. Tout paraissait normal. Tout était normal.

J'ai actualisé ma page Wikipédia. Le paragraphe était revenu. J'ai cliqué de nouveau, cherché sur d'autres sites le moyen de modifier, rectifier, supprimer, j'ai modifié, rectifié, supprimé, actualisé sans cesse et sans cesse. Ça disparaissait, ça revenait, ça disparaissait, ça revenait, ainsi jusqu'à un appel de ma copine Sabrina qui m'a dit : « On est au restaurant, on t'attend. »

Je devais dîner ce soir-là avec des représentants de la mairie de Marseille. Avant de quitter ma chambre, j'ai installé un raccourci sur l'écran d'accueil de mon téléphone. Le *ça* n'était pas revenu. Pas davantage dans l'ascenseur, quand je suis monté dans le taxi, quand j'en suis descendu, quand j'ai ouvert la porte du restaurant avant de saluer les convives après m'être excusé pour le retard. J'ai soufflé : le *ça* avait disparu depuis vingt minutes.

Les huiles de la mairie m'observaient *normalement*, me parlaient *normalement*. Je ne les écoutais pas. Une seule question m'intéressait : savaient-ils ?

Je les dévisageais, cherchant dans leurs expressions un signe qui laisserait penser que. Sous la table, je manipulais mon téléphone. Rien. J'ai trinqué. Je jouais une sonate sociale sans rien retenir d'une conversation que je ne suivais pas. Je me disais que le moment était venu de parler à ma fille. Mes fils avaient le même âge quand ils ont su. Mais ce sont des garçons. Plus simple. Connement, j'imaginais que la prison est une affaire masculine. J'ai regardé mes voisins de table. Trois mecs, trois filles. Dont l'une est mon amie. Savent-ils ? Si je lâchais le morceau ? Seulement pour voir. Je pourrais établir un genre de statistique : qui parmi vous a regardé ma fiche Wikipédia ?

Je me suis donné un temps de réflexion en forme de pari silencieux : si le *ça* n'est pas revenu, je pose la question. Sinon, j'appelle mes amis geeks à l'aide.

Avant le dessert, le *ça* est revenu.

Je suis sorti de table après m'être rapidement excusé. J'ai donné dix coups de téléphone. J'ai doublé mes messages d'autant de textos. Les réponses sont arrivées en avalanche : *On s'en occupe.*

J'ai repris ma place, soulagé. J'ai été un peu long, mais c'était pour la bonne cause ah ah ah. Une petite ombre sur le tableau de la vie, mais ça va disparaître, des spécialistes s'en chargent.

Sabrina m'a ramené à l'hôtel. Dans la voiture, j'ai ouvert mon portable. C'était là. Les trois lignes, avec le même texte exactement. Rien n'avait changé. J'ai dit à ma copine :

— J'ai une merde sur Wikipédia.

Je lui ai raconté. Elle m'a répondu que la merde s'y trouvait six mois plus tôt. Elle l'avait vue lorsqu'elle avait consulté ma fiche avant de me rencontrer. J'étais anéanti. Au moins six mois !

J'ai passé la nuit à jouer au chat et à la souris avec Wikipédia : effacement, retour, effacement. Au petit jour, j'ai reçu les réponses aux SOS envoyés la veille : mes copains geeks ne pouvaient rien faire. Ce serait toujours là.

Une tache, donc. Indélébile.

— T'inquiète, m'a dit Sabrina. Mon frère saura faire : c'est un expert dans ce genre de trucs.

Quand je suis sorti de prison, après quarante jours de préventive, je m'étais dit : « J'en ai pour dix ans avec cette histoire. » À l'époque, Françoise Verny, la grande dame de l'édition française (plus tard la marraine de mon fils aîné), ne cessait de me répéter : « Si tu ne veux pas en avoir pour dix ans, écris un livre. »

Je l'avais fait. Entre les quatre murs de ma cellule, j'avais écrit le roman faux de l'histoire. Cent pages recto verso tracées en pattes de mouche, au cordeau pour ne pas perdre un millimètre de deux blocs Clairefontaine achetés sur place. Je n'avais pas cessé d'y revenir. Des centaines de feuillets écrits tout au long de ces années. Je ne comptais pas les publier : outre que je n'avais pas trouvé le *ton* d'un livre, je ne me sentais pas la force d'affronter la curiosité du public. Wikipédia changeait tout.

De retour à Paris, j'ai ouvert le coffre puis le dossier bleu dans lequel j'avais enfermé les manuscrits successifs. Je me suis dit que je n'avais plus le choix, qu'il me fallait une fois de plus tenter de construire une architecture sur ces décombres qui avaient matraqué tant d'années de ma vie. Je n'imaginais pas qu'il me faudrait encore sept ans pour y parvenir.

I

Paris, 20 mars 1984

À neuf heures, je suis descendu de chez moi. Un soleil pâle égayait les trottoirs. J'ai repéré une voiture blanche sur le trottoir d'en face. Quatre hommes en sont sortis. J'ai pensé : « On dirait des flics. »

C'étaient des flics.

Ils m'ont entouré, ont exhibé des cartes barrées tricolore. L'un d'eux a dit :

— Brigade criminelle.

Nous sommes montés au dernier étage de l'immeuble où j'habitais, square Adanson, dans le Ve arrondissement. Sur le palier, j'ai demandé :

— Que se passe-t-il ?

L'un d'eux a répondu :

— Vous ne savez pas ?

J'ai gardé le silence.

Ils sont entrés. Ils m'ont montré un papier : une commission rogatoire signée par le juge Bruguière. Ils ont commencé à fouiller l'appartement. C'était un deux-pièces de jeunes mariés sommairement équipé : des sièges très bas, en mousse, une table, quelques chaises, des livres classés par genre et ordre alphabétique dans une bibliothèque faite de planches posées sur des briques. Élisabeth et moi restions figés à l'entrée du salon. Nous les regardions. Nous ne disions rien.

Ils ont bousculé les livres, ouvert les tiroirs, plongé leurs mains dans le linge, les nappes et les serviettes. L'un d'eux, blond, grand, mince, le regard bleu-rasoir, m'a demandé si je savais où se trouvait le Garçon. J'ai secoué la tête. Il a dit :

— Votre ami a été arrêté ce matin.

Celui qui semblait être le chef du groupe a déplacé une vieille machine Underwood noire achetée dans une brocante, a glissé une feuille de papier dans le rouleau et a relevé l'empreinte de la frappe. Il a fait de même avec une machine plus moderne posée sur une planche elle-même montée sur tréteaux. Il a ouvert le carter, inspecté le mécanisme, dicté à l'adresse d'un de ses hommes :

— IBM à boule, modèle XYD, sans numéro apparent.

Il s'est emparé de huit agendas et carnets d'adresses qu'il a glissés dans un cartable.

La fouille de l'appartement achevée, ils sont descendus à la cave. Je les ai accompagnés. Au retour, ils m'ont fait signer les PV de perquisition puis l'un d'eux a dit :

— Vous venez tous les deux.

J'ai regardé Élisabeth. Elle a haussé les épaules. Je suis parti le premier. Dans l'ascenseur, le blond m'a demandé de tendre les poignets. J'ai vu les menottes. J'ai crié :

— Non !

Le flic a répété :

— Tendez vos poignets.

J'ai entendu un clac sinistre. En une seconde, j'ai changé de statut. Pour me protéger de ceux que je croiserais, gardienne, voisins, j'ai enroulé une écharpe autour de mes avant-bras. Ils m'ont laissé faire.

Dehors, ils sont allés directement à ma voiture. Ils m'ont demandé de déverrouiller le coffre, d'ouvrir les portières. Ils ont fouillé. Il n'y avait rien dans l'auto. Ils ont relevé les kilométrages, total et partiel.

Élisabeth est passée au large, encadrée par deux flics, dont une femme. Elle n'était pas menottée. Elle est montée à l'arrière d'un véhicule banalisé. Je l'ai suivie dans une autre voiture.

Nous avons remonté la ruelle qui conduit au boulevard, tourné à droite dans la rue Monge, puis nous sommes descendus vers les quais, sirènes hurlant. Après le Pont-Neuf, nous avons obliqué à droite avant de nous arrêter devant l'entrée principale du quai des Orfèvres, numéro 36.

Chez eux.

J'ai été poussé dans l'escalier central. Je me suis retrouvé dans un couloir où allaient et venaient des types jeunes, en jean et blouson, semblables à ceux qui m'encadraient, et aussi à la plupart de mes amis.

On m'a promené d'un passage à un autre, dans un premier bureau, un deuxième, un troisième. Armoires métalliques, cendriers pleins, une odeur de Javel et de cendre qui m'a rappelé l'âcreté des bureaux militaires, quand je faisais mon service à Saarburg, en Allemagne.

L'un des flics qui m'avaient arrêté a décroché son arme de sa ceinture et l'a rangée dans un tiroir. Il avait le visage rond, des joues pleines, des lunettes. Il s'est assis derrière une machine à écrire.

— Nom, prénom, date de naissance, adresse, études.

Il tapait les réponses, deux doigts, clope au bec, ramenait le chariot à son point de départ, faisant osciller le bureau, mal calé, un truc en fer avec un plateau maculé de taches. Il m'a demandé quand j'avais emménagé dans le studio que j'occupais rue de la Montagne-Sainte-Geneviève, avant le square Adanson.

— Troisième étage, porte face droite, a-t-il précisé.

— 1976.

— Vous en êtes parti quand ?

— L'été dernier.

— Ah oui ! Un peu avant votre mariage !

Il a abandonné le clavier de sa machine.

— Vous avez préféré Budapest ou Prague ?

Et comme, d'une immobilité fantomatique, je fixais les clochetons de la Conciergerie, noirs squelettes derrière la vitre :

— C'est bien là que vous êtes allé en voyage de noces ? Hongrie et Tchécoslovaquie ?

Pour la première fois, j'ai remarqué qu'il avait l'accent du Sud-Ouest. Un Bordelais, sans doute.

— Je comprends que vous ne vouliez pas répondre : c'est très personnel. Et puis nous ne sommes pas là pour ça.

Il s'est cependant hasardé sur une voie parallèle :

— Vous avez fait réparer le joint de culasse de votre Alfa ?

Il voulait me faire comprendre qu'ils en savaient long sur mon compte. Me déstabiliser, en quelque sorte. J'avais acquis cette voiture à la suite d'un pari. J'accompagnais un copain dans une Golf GTI décapotable qu'il venait de s'offrir. C'était la sportive des quarantenaires friqués, qu'on n'appelait pas encore bobos. Nous sommes passés devant un garage Alfa Romeo. J'ai dit : « Chiche que j'achète une bagnole ? » On a topé. Je suis entré dans le garage et j'ai acheté une Alfa d'occasion, le premier modèle de la gamme mais, tout de même, elle feulait magnifiquement, comme toutes les Alfa. Je l'avais payée avec l'argent d'un contrat de réécriture.

— Quand on vous a connu, vous aviez une R5.

— Vous m'avez connu quand ?

— Quand vous rouliez en R5. Avant l'Alfa. On a un peu fouillé dans votre vie.

Le flic a écarté les bras en un geste fataliste.

— C'est notre métier, vous comprenez… On est remontés assez loin.

Il a déporté le chariot de sa machine vers la gauche et en a réglé le rouleau. Je cherchais éperdument la date à laquelle j'avais changé de voiture ; depuis quand étaient-ils sur moi ?

— On reparlera de tout ça plus tard. Vous savez pourquoi vous êtes là ?

— Absolument pas.

— Aucune idée ?

— Aucune idée.

— Le Garçon ? Frédérique ?

J'ai secoué la tête.

— Le Scribe ?

— Pas plus.

— Ça commence mal.

Il a décroché le téléphone posé sur son bureau. Il n'a pas parlé, seulement écouté et pris quelques notes sur un calepin posé devant lui. Quand il a raccroché, il m'a demandé si je me souvenais de ce que j'avais fait le 31 mai de l'année précédente. J'ai dit que non.

— C'était un mardi.

— Comment voulez-vous que je me rappelle ?

— Vous aviez rendez-vous à treize heures avec une certaine Françoise Verny. Qui est cette dame ?

— Une éditrice.

— Quel âge ?

— La cinquantaine.

Il a repris son téléphone et a dit :

— Ce n'est probablement pas elle… Ah, d'accord !

J'ai compris que mes agendas étaient épluchés dans un bureau voisin.

— On s'est renseignés… Une sacrée bonne femme, il paraît.

— Je ne suis pas là pour parler d'elle.

— Ce n'est pas vous qui choisissez nos sujets de conversation, a-t-il sèchement répliqué. Le 13 octobre de la même année, à seize heures, vous vous trouviez pièce 54.35, quelque part. Où ?

— Je ne comprends pas de quoi vous parlez.

Il a repris son téléphone. Puis :

— Porte C ou D.

— C'est la Maison de la Radio.

— Qu'y faisiez-vous ?

— J'avais rendez-vous avec un producteur. J'écrivais des pièces radiophoniques pour France-Inter.

— Le nom de ce producteur ?

— Pierre Billard.

Il a paru déçu.

— Quinze jours plus tard : le 27 octobre ?

— Je ne sais pas plus. C'est trop loin. Il me faudrait mes agendas.

— Vous les aurez.

La porte s'est ouverte derrière moi. Trois flics sont entrés, ont contourné le bureau de leur collègue pour me regarder. Simplement me regarder. L'un d'eux avait les cheveux blancs, la peau claire, l'œil transparent : un Albinos. L'autre s'est adressé au Bordelais.

— Il ne dit rien.

À quoi le Bordelais a répondu, me désignant :

— Monsieur non plus.

— On revient.

Ils ont filé.

— Qui est PF ?

— Je ne sais pas.

— Vous ne savez rien !

— Non, je ne sais pas qui est PF, ai-je répondu avec l'assurance d'un type sûr de son bon droit.

C'était le seul point tant le bon droit, en ces circonstances, était relatif.

— Et DAG ?

— Dominique-Antoine Grisoni. Un ami.

— Il fait quoi ?

— Éditeur.

Il a noté.

— Juliette ?

— Une camarade de classe.

— De Rueil ?

— Oui.

— Et Julien ?

— Son compagnon.

— Caroline ?

— Une ancienne fiancée.

— Ils se connaissaient tous ?

— C'était la même bande.

— Vous en étiez ?

— C'est ma jeunesse.

Il a transcrit tout cela sur son antique machine, puis il a pris la feuille qu'il venait de remplir, son arme, et il est sorti. Il est revenu un peu plus tard avec l'Albinos et deux autres flics, tous en civil. Ils m'ont assailli de questions concernant le Garçon. Ils allaient et venaient autour de moi comme des mouches, des guêpes, piquaient, repartaient, recommençaient, échangeaient des sourires en coin d'après quoi je comprenais qu'ils en savaient beaucoup.

Ils m'ont demandé où habitait le Garçon. J'ai dit que je l'ignorais.

— Vous mentez.

J'ai évoqué un squat dans le XIXe.

— Et Frédérique ?

— Je vous le répète : je ne connais pas de Frédérique.

— Blond-Blond, ça vous dit quelque chose ?

— Rien.

— Le Scribe ?

— Rien non plus. Je vous l'ai déjà dit.

Ils ne me tutoyaient pas.

— On a examiné vos répertoires et vos carnets d'adresses. Qui est Papy ?

— Un ami.

— Son vrai nom ?

— Patrick Le Peutrec.

— Quel âge ?

— Un peu plus que moi.

— Et vous l'appelez « Papy » ?

— Tout le monde l'appelle Papy. Sa femme, ses enfants…

— On vérifiera… Estibal ?

— Un copain de lycée.

— Basque, on sait.

— Ça m'étonnerait.

— Il est de Saint-Jean-de-Luz. On a vérifié.

C'était son frère. Je n'ai pas relevé.

— Il y a un *F* le… le 27 décembre. *FF.* Deux lettres seulement. Qu'avez-vous à nous dire ?

— Rien. Je ne sais pas.

— Il se pourrait que ce soit un code et qu'il s'agisse de la Frédérique que nous recherchons.

— Je pense que c'est un garçon…

— Vous aviez rendez-vous avec ce mystérieux *FF* rue de Montenotte, dans le XVIIe. Numéro 9 bis.

— C'est un chanteur. Frédéric François.

— Il habite rue de Montenotte ?

— C'est son éditeur.

— Il chante ou il écrit ?
— Un peu des deux.
— Il habite où ?
— En Belgique.
— C'est pour le voir que vous êtes allé à Bruxelles, le…
— Oui.
— … le 6 août de l'année dernière.

L'Albinos feuilletait l'un des agendas récupérés lors de la perquisition du matin.

— Rien d'autre à Bruxelles ? Vous n'avez rencontré personne ?
— Lui, c'est tout.
— Et en Allemagne, êtes-vous allé en Allemagne ?
— À Berlin, en 1973.
— Seul ?
— Avec le seizième groupe de chasseurs mécanisés basé à Saarburg.
— Passons… Et en Italie ?
— Je suis allé à Florence et à Rome.
— Florence ?
— Voyage d'amoureux.
— Et Rome ?
— Voyage professionnel.
— Quand ?
— Il y a deux ou trois ans. Peut-être un peu plus.

À un bref échange de regards entre eux, j'ai compris que cette information les intéressait. Je n'avais pas besoin qu'ils me fassent un dessin pour deviner la suite.

— Deux ou trois ans, c'étaient les années de plomb italiennes…

— … Ça l'est toujours.

— Qui avez-vous rencontré à Rome ?

— Alberto Moravia.

— Que faisiez-vous avec lui ?

— Un livre.

— À part lui, qui avez-vous vu ?

— Des dizaines de personnes. Toutes celles qui papillonnaient autour de lui : des journalistes, des étudiants, des hommes politiques.

— Des membres des Brigades rouges ?

— Non. Ceux qui venaient chez Moravia étaient là pour obtenir son avis. Sur tout : Fidel Castro, le Chili de Pinochet, la construction européenne, l'extrême gauche italienne… Le téléphone n'arrêtait pas de sonner : dans son pays, Moravia est un Sage.

La parenthèse a été rapidement refermée. Ils sont revenus à mes carnets.

— Qui est MV ?

— Je ne sais pas.

On m'a flanqué mon agenda sous les yeux. Ce n'était pas *MV* mais *MW*. Maryse Wolinski. J'avais déjeuné avec elle le 21 décembre.

— Et après, vous avez fait quoi ce jour-là ?

— Je suppose que je suis rentré chez moi.

— Non, Monsieur. Vous avez rencontré un certain professeur Frœppel. Qui est ce Frœppel dont, à l'évidence, vous dissimulez la vraie identité ?

— C'est un livre de Jean Tardieu. J'avais noté de l'acheter.

— Vous l'avez fait ?

— Certainement.

— Au début de votre agenda, il y a des noms qui semblent correspondre à des auteurs. Mais il n'y a pas Jean Tardieu. Il y a *Le Livre de sable*, de Borges, *La Marche de Radetzky*, de Joseph Roth, *Cherokee*, de Jean Echenoz, *Le Radeau de la méduse*, de François Weyergans, *Les Cinq Parties du monde*, de Gérard Mordillat… Il y a Blanchot, Ponge, Nabokov, Jean Rhys et d'autres. Mais pas Jean Tardieu. Persistez-vous à prétendre l'avoir acheté et lu ?

— Oui. Je peux même vous le raconter.

— Vous affirmez que ce n'est pas un pseudonyme quelconque ? Une personne dont vous souhaiteriez dissimuler l'identité ?

— Oui, je l'affirme.

— Après ce déjeuner avec *MW* vous êtes donc rentré chez vous ?

— Sans doute.

— Directement ?

— Je me suis certainement arrêté dans une librairie pour acheter *Le Professeur Frœppel…* Puisque c'est noté ce jour-là.

— Vous êtes rentré avec votre R5 ?

R5 ou Alfa ? Un piège, peut-être. J'ai botté en touche :

— À moto, plutôt. Ou en bus. Je ne prends pas ma voiture dans Paris.

— Jamais ?

— Rarement.

— Votre moto, c'est quoi ?

— Une Honda 125.

Ils ont échangé un regard perplexe.

— Vous la garez où, cette moto ?

— Je l'ai vendue.

— Quand ?

J'ai fait mine de chercher. Le silence s'est éternisé. Ils attendaient.

— Je dirais, quelques semaines avant d'acheter l'Alfa.

— Impossible.

— Alors quelques mois.

— On vérifiera. Vous souvenez-vous de l'immatriculation ?

— Non.

— Quelle est votre compagnie d'assurances ?

Ils ont noté ses coordonnées. Dans ma tête, je calculais aussi vite que possible ; j'avais remplacé cette moto par un Solex puis par un vélo avant de renoncer aux deux-roues. Plusieurs mois avant d'acheter l'Alfa. Ils n'étaient pas sur moi depuis si longtemps. De toute façon, cela changeait quoi à l'affaire ?

— Le 1er juin, vous avez noté « réunion CNL ».

— Centre National du Livre.

— Deux jours plus tard, à 17 h 30, « Simone Gall ».

— Simone Gallimard. Mon éditrice.

— Je croyais que c'était une autre… Françoise Verny.

— Les deux.

Il a noté.

— Le 8, à 14 h 30, « P » ?

— Sans doute mon père.

— Sans doute pas puisque le 9, à 19 h 30, vous avez noté « Papa ». Pourquoi « P » le 8 à 14 h 30 et « Papa » le lendemain à 19 h 30 ?

— Je n'ai pas de réponse à cette question.

La danse s'est poursuivie pendant longtemps. Ils revenaient sans cesse à mes agendas, à mes carnets d'adresses.

— Et Machin ? Et Truc ? La dernière fois que vous vous êtes vus c'était quand ? Vous vous êtes connus où ? Il vous raconte quoi ? Qu'est-ce que vous savez de ses activités ? Quel métier ? Sa dernière petite amie ? Et les autres ? *Le pape est mort*, ça veut dire quoi ? Et *La femme de ménage vient à deux heures* ? Pourquoi utilisez-vous un langage codé ? Où étiez-vous le 6 août à deux heures moins le quart ? Et le 8 juin dans la soirée ? Le 16 octobre ? Le 23 ? Le 4 décembre ? Qui est *le Colonel* ? Et *le Déserteur* ?

Ils sont sortis, me laissant seul. J'ai compris qu'ils allaient à la pêche dans un bureau voisin. À leur retour, ça a recommencé :

— Depuis combien de temps connaissez-vous le Garçon ?

— Quinze ans.

— Quelles sont ses activités ?

— Je ne sais pas.

— Vous mentez.

— Il a travaillé avec moi sur un livre collectif.

— Le titre de ce livre ?

— *Trois cents héros du roman français.*

— Publié quand ?

— L'année dernière, aux éditions Balland.

Ils ont noté. Il s'agissait d'un ouvrage qui établissait des fiches signalétiques des principaux personnages de la littérature française. Des mois de lecture. Le Garçon avait rédigé quelques fiches.

Ils m'ont montré des photos de personnes que je n'avais jamais rencontrées, de maisons que je ne connaissais pas.

— Celle-là non plus ? Et lui ? Non. Elle ? Non. Et elle ?

C'était Élisabeth. J'ai dit qu'elle n'avait rien à voir dans l'histoire. L'un des flics a demandé :

— Quelle histoire ?

— Je ne sais pas. C'est une expression.

— Si vous ne savez pas, pourquoi parlez-vous d'histoire ?

Je n'ai pas répondu.

— Je repose la question : quelle histoire ? Celle du 31 mai ?

Je m'embrouillais. À la fin de la première séance, ils ont prononcé les deux mots que j'attendais depuis le matin : Action directe.

— Vous savez qu'Action directe est une organisation dissoute ?

— Oui.

À l'époque, Action directe, pour ce que j'en savais, c'était une nébuleuse violente mais pas meurtrière. Ils avaient canardé des façades, commis des braquages, ils n'avaient pas encore assassiné Georges Besse et le général Audran.

— Vous connaissez leurs faits d'armes ?

— Pas vraiment.

— La DST ? Le CNPF ? Le FMI ?

Je secouai la tête.

— Le ministère de la Défense ? *Minute* ? La Sonacotra ?

Ils se relayaient, me soufflant ces actions à l'oreille tandis que le Bordelais scrutait mon visage avec attention, guettant un frémissement, un indice signalant un mensonge.

— Nadine et Robert, ça vous dit quelque chose ?

— Je les ai rencontrés, oui. Brièvement.

— Combien de fois ?

— Une ou deux.

— Quand ?

— L'année dernière, je crois.

— Pas depuis ?

— Non.

— Où ?

— Rue de la Montagne-Sainte-Geneviève.

— Comment les avez-vous connus ?

— Par le Garçon. Je suis arrivé un jour chez moi, ils étaient là.

— Ils sont entrés par l'opération du Saint-Esprit ?

— Le Garçon avait les clés de mon studio.

— Jolie confiance !

L'Albinos est remonté à la charge :

— Vous saviez qu'ils étaient recherchés ?

— Quand ils sont venus chez moi, ils ne l'étaient pas.

Ils se sont rassemblés autour du bureau pour examiner les concordances des dates.

— Vous avez raison, a dit le Bordelais. Ils avaient été libérés par la gauche.

— La grande amnistie de 81, a maugréé l'un des flics.

— Sans elle, vous ne seriez pas là. Robert et Nadine seraient toujours incarcérés… Vous connaissiez leurs vraies identités ? Vous saviez qui étaient ceux que vous appelez Robert et Nadine ?

— Je les ai reconnus, oui.

J'avais vu les photos de leur arrestation. Via un indic, les flics leur avaient tendu un piège : ils croyaient rencontrer

Carlos. Nathalie Ménigon avait été photographiée encadrée par trois flics en civil dont l'un la maîtrisait tout en brandissant un revolver. Rien à voir avec la fille que j'avais vue chez moi, silencieuse et caressant mes chiens. Une jeune nana en jean et chemisier léger, comme toutes mes copines.

— Et Rouillan ?

Il parlait de l'Espagne et du Pays basque. Il racontait que lorsque les gardiens l'emmenaient de la prison au palais de justice, ils le jetaient sur le sol du fourgon cellulaire où les gendarmes le surveillaient, arme pointée sur son dos. Il racontait aussi qu'il était un frère d'armes de Puig Antich, le dernier supplicié du régime franquiste, sorti à l'aube de sa prison, assis sur une chaise en fer, garroté jusqu'à la mort. Il l'avait vu le dernier matin. Robert militait alors contre Franco, à cheval sur la frontière espagnole. Et cela, je le comprenais. Mieux encore : j'approuvais. Mon premier roman, publié en 1980, raconte l'histoire d'un ancien combattant des Brigades internationales. La guerre d'Espagne est à la source de mon identité politique. Elle allie le courage, l'engagement, l'antifascisme, la défiance à l'égard du stalinisme, le dégoût des lâchetés social-démocrates de l'époque, l'admiration pour les artistes, si nombreux, qui s'y engagèrent. Qui a compris la guerre d'Espagne peut décrypter le siècle.

— Rouillan savait-il que vous alliez quitter votre studio de la rue de la Montagne-Sainte-Geneviève ?

Je devinais où ils voulaient en venir. La vérité me servait.

— Oui, il le savait.

— Comment ?

— Je suppose que le Garçon lui avait dit.

Rouillan m'avait proposé de sous-louer mon studio. Je me souvenais même de la somme – elle était importante pour l'époque, et surtout pour moi : 6 000 francs par mois.

— Vous avez refusé ?

— Oui.

— Pourquoi ?

— Action directe. Ce n'était pas ma tasse de thé.

Six ans plus tôt, j'avais rencontré chez moi des membres du cabinet de Klaus Croissant, l'avocat qui défendait les militants de la Fraction armée rouge allemande. C'était l'époque où Holger Meins, Ulrike Meinhof, Gudrun Ensslin, Jan-Carl Raspe et Andreas Baader se mouraient dans la prison de Stammheim. Les amis de Klaus Croissant étaient partout traqués en Europe. Il se racontait que des policiers allemands en civil les kidnappaient dans les rues de Paris pour les ramener à Berlin. Ceux que j'avais reçus m'avaient demandé pourquoi je leur avais ouvert la porte. J'avais répondu : la répression, la chasse à l'homme. Nous avions parlé une nuit entière. Au petit jour, ils étaient partis. Ils m'avaient dit : « On ne peut pas rester chez toi si tu ne soutiens pas les militants de la RAF et la cause que nous défendons. »

C'est la réponse que je fis à Robert.

— Quand vous avez vu Rouillan, vous connaissiez les opérations d'Action directe ?

— Pas vraiment. Ils n'avaient pas fait grand-chose.

— Mitraillages et braquages. Vous trouvez que ce n'est pas grand-chose ?

Les flics s'étaient regroupés autour de moi et me regardaient tous. Ils attendaient un mot, un aveu. Je pouvais lire sur leurs lèvres la phrase qu'ils espéraient. Je savais évidemment où ils m'attendaient. Dès le premier instant, je l'avais su. J'étais comme la souris coincée dans un angle par quatre chats qui s'apprêtaient à me lacérer. J'ai gardé le silence. Sans mérite : je ne faisais que gagner du temps.

— Les braquages ? a interrogé le Bordelais.

— Je ne savais pas que Robert faisait des braquages, ai-je dit.

— Et le Garçon ? Et Frédérique ?

— Je ne savais pas non plus.

— Vous mentez, a assené l'Albinos.

— On y reviendra, a tempéré le Bordelais.

Il a ajouté :

— On y reviendra, et même longuement.

Cela sonnait comme une menace.

— L'avenue Trudaine, vous avez entendu parler ?

Un goût âcre, soudain, dans la bouche. Le sang. Je m'étais mordu la langue.

— Il y a dix mois… Deux collègues au tapis.

— On vous raconte l'histoire ?

Ce n'était pas une question.

— 14 h 30 à l'angle de l'avenue Trudaine et de la rue Bochart-de-Saron. Deux collègues repèrent deux individus qui portent un sac en nylon. Le sac est très lourd. Les collègues se disent que c'est soit le butin d'une effraction soit un transport de drogue. Ils marchent vers les types. Ils ont deux brigadiers en appui, et une stagiaire. Les malfaiteurs ont trois complices. Les collègues s'approchent d'eux. L'un des salopards sort un 11,43 et tire. Il tue l'un des gardiens de la paix et blesse l'autre. Les brigadiers n'ont même pas le temps de dégainer. Le premier reçoit une balle en plein cœur. L'autre s'en sort. La stagiaire parvient à se planquer.

— Tu as une petite idée de la scène ?

Ils me tutoyaient : j'avais changé de statut.

— C'est une fille qui a tué le brigadier. Tu la connais ? Et les autres ? Les cinq salopards ?

— Ils se sont barrés en R5…

— Où tu l'as mise ta R5 quand tu as acheté l'Alfa ?

Le Bordelais a levé la main en signe d'apaisement.

— Ce n'était pas la sienne. Ils l'ont braquée en fuyant.

Il a ajouté avec un petit hochement de tête :

— La fille, ce n'était sans doute pas Frédérique.

Il s'est approché de moi :

— Où étiez-vous le 31 mai ?

— Je ne me souviens pas.

Il m'a tendu mon agenda. J'avais en effet déjeuné avec Françoise Verny. Le soir, j'avais vu ma mère.

— Le 31 mai, a dit l'Albinos, c'est le jour de Trudaine.

J'étais accablé. L'intérieur de la bouche en sang. Le Bordelais a fait signe à ses collègues de nous laisser seuls. Il a ouvert un dossier, en a sorti deux feuillets qu'il a posés devant lui.

— On va changer de registre. Je ne vais rien écrire. Il s'agit d'une conversation libre, entre vous et moi.

Les autres m'avaient tutoyé. Pas lui.

— Dans une enquête, on fouille toujours la vie des gens qui pourraient nous intéresser. On cherche un peu partout et on s'arrête chaque fois qu'on trouve des éléments qui nous emmèneront ailleurs : sur des lieux, des personnes… On est allés à Ville-d'Avray. Résidence de la Ronce. Vous avez vécu là en 1978 avec une prof de sociologie qui enseignait à la Sorbonne et à Tours. Elle avait deux enfants. Un bel appartement près des étangs. Vous écoutiez *La Passion selon saint Matthieu* et vos voisins vous avaient demandé de monter le volume. Ils adoraient.

C'était vrai.

— Vous aviez déjà vos deux chiens ?

— Un seul.

Je brûlais de lui poser une question mais je m'abstins. Je ne voulais pas le mettre sur la piste de Sylvie, qu'il n'avait peut-être pas explorée.

— Makhno, c'est ça ? Un bâtard…

Je l'avais trouvé dans un refuge. Je l'avais appelé ainsi en hommage à Nestor Makhno, anarchiste ukrainien qui avait combattu les armées de Lénine et de Staline. Je venais de quitter le domicile familial. J'étais seul. Ce chien était mon meilleur ami.

— Et l'autre, c'est Pavot ?

Un caniche que j'avais pris à la SPA pour le sauver.

— Drôles de noms pour des chiens…

Il y en avait un troisième, une femelle, qui appartenait à Sylvie. Je l'avais baptisée Krous. Comme Kroupskaïa, la veuve de Lénine. Mais le Bordelais l'ignorait. J'étais soulagé : ils n'avaient pas frappé à cette porte-là.

— Ce qui m'étonne, c'est comment un type comme vous peut écouter de la musique religieuse, du Bach, du Purcell… et appeler ses chiens Makhno et Pavot.

— De la provocation, ai-je dit.

— Vous êtes gauchiste ?

— Non.

— Vous l'avez été ?

— Oui.

— Ça aussi nous le savons. On s'est renseignés auprès des services spécialisés de Versailles. On a trouvé trace d'une liste de lycéens conduits au poste de police à la suite d'une manifestation. Vous en étiez. Votre groupe avait séquestré un inspecteur d'académie.

— On ne l'avait pas séquestré. On l'avait gardé dans son bureau pendant deux ou trois heures pour protester contre l'exclusion arbitraire d'un élève.

— Votre groupe, c'était quoi ?

— On avait seize ou dix-sept ans, un peu anars. Libertaires, si vous préférez.

— Et le militantisme dans les cercles rouges, non ?

— Un peu…

C'était la grande époque du trio trotskiste : Krivine, Bensaïd, Weber. J'allais à la Mutualité les écouter. Je retrouvais les camarades des JCR à Nanterre. La fac était cernée par les bidonvilles où s'entassaient des familles algériennes. Nous leur apportions de la nourriture, un peu d'argent, nous donnions des cours de français aux enfants.

— Mai 68 ?

— J'avais quinze ans. J'habitais avec mon père, près de Rueil. J'allais à la Sorbonne, dans quelques manifs, à la Mutualité, à Nanterre.

— La faculté ?

— Oui. Là d'où était parti le mouvement étudiant.

— Frédérique allait avec vous à Nanterre ?

— Frédérique qui ?

— Je vous le demande.

— Je ne connaissais pas de Frédérique.

— Et celui que vous appelez le Garçon ?

J'ai bafouillé.

— Oui, à l'époque, je devais le connaître.

— Certainement puisqu'il était avec vous dans l'enceinte de l'inspection d'académie.

Nous étions une dizaine à l'intérieur. Dehors, sous les cris et les lazzis des centaines de lycéens mobilisés pour la défense de notre cause, les cars de CRS déchargeaient leurs troupeaux casqués. Nous fûmes délogés à la matraque et à la lacrymo. On est sortis du bâtiment les mains sur la tête entre deux haies de flics. Ils ont pris nos noms. Quelques jours plus tard, on a tous été convoqués chez un juge, à Nanterre. J'avais prévenu mes camarades pour qu'ils organisent une manif géante devant le palais de justice. Mon père l'a appris. Il a négocié avec je-ne-sais-qui pour nous exfiltrer. On a été entendus à Versailles. Je n'avais pas eu le temps de prévenir. Il n'y avait pas eu de manif.

— Vous reconnaissez vos camarades ?

Le Bordelais me flanqua une vieille photo sous les yeux. Je reconnus Éric, Estibal et quelques-uns de mes amis de l'époque, barbus, chevelus, shetlands, henné et pattes d'eph'. Le Garçon se distinguait des autres, ceux que les profs appelaient les Café-Gauloises ou les Peace and love en hommage à notre pacifisme déclaré, par une tenue stricte, noire, d'une élégance désuète qui tranchait sur les colliers et les bandanas. Les CRS étaient affublés des casques à double bande jaune de l'époque surmontés des lunettes épaisses qui les protégeaient pendant les charges. Sur un deuxième cliché, on apercevait d'autres policiers, CRS ou gardes mobiles, prendre position, matraque à la main, entre nous et les lycéens rassemblés. À voir les poings dressés et les bouches crispées, il était facile d'imaginer leur slogan : *Libérez nos camarades !*

Je prétendis ne reconnaître personne.

— Estibal ? Le Garçon ?

— Les photos sont trop floues…

— Vous avez une petite idée, quand même ?

Le Bordelais n'attendit pas la réponse. Il reprit les photos et les classa dans une chemise.

— De toute façon, nous avons les noms. C'est l'avantage des archives judiciaires… Revenons à vos professeurs. Vous avez laissé le souvenir d'un élève…

Il se pencha sur une feuille et lut : « … *Un élève très moyen dont le comportement avait été perturbé par les événements de 1968. Il avait pris une part active à la constitution d'un comité d'action lycéen et avait ensuite milité activement en son sein.* » Qu'est-ce qu'ils entendent par « militer activement » ?

— Des meetings, des grèves…

— C'est pour ça que vos parents vous ont émancipé ?

— Trois ans plus tard, oui. Je voulais être indépendant.

— C'est Mai 68 qui vous avait donné cette idée ?

— Oui.

— Vous ne supportiez plus l'autorité de vos parents ?

— Aucune autorité.

— Depuis, vous vous assumez seul ?

— Oui.

— Vous avez toujours gagné votre vie en écrivant ?

— Depuis que j'ai vingt ans.

— Vous écrivez aussi pour d'autres ?

— Des chanteurs, des médecins, des profs…

— Et avant ?

— J'ai fait des petits boulots : coursier, vendeur, des choses de ce genre…

Je n'en dis pas plus. Après, dans ma vie, s'ouvrait la période Ville-d'Avray et Sylvie. Je voulais la protéger d'un tourment supplémentaire.

La porte a grincé derrière moi. L'Albinos était de retour. Cette fois, trois hommes l'accompagnaient. Ils ont attaqué aussitôt.

— En 1979, vous vous êtes occupé de collecter des fonds destinés à la veuve de Pierre Goldman.

— Exact.

— Pourquoi ?

— Il venait d'être assassiné.

— Vous croyez à son innocence ?

— Il a été acquitté. Cela me suffit.

Telle avait été, telle est toujours ma position. Celle que je défendrai quelques années plus tard dans un film dont je signerai le scénario.

— Le jour de sa mort, je planquais à la poterne des Peupliers, dit le Bordelais.

J'émis un hoquet sarcastique.

— Nous aurions pu nous rencontrer ! J'y étais aussi !

— Je n'étais pas là pour lui mais pour des proxénètes lyonnais. On a levé le camp cinq minutes avant l'assassinat de votre copain.

— Ce n'était pas mon copain. Je ne l'avais jamais rencontré.

La nouvelle était tombée à treize heures et j'étais parti aussitôt, comme des dizaines d'autres. Goldman était allongé sous un drap, devant l'hôpital de la Croix-Rouge. Une silhouette étendue sur le trottoir, un bas de pantalon, une tache rouge à demi séchée déjà, un cordon sanitaire, des policiers, et nous, hébétés, orphelins de cet homme abattu par un commando d'extrême droite. Telle était la raison pour laquelle, avant le 31 mai 1983, ma porte demeurait ouverte à Jean-Marc Rouillan : n'étant pas recherché, il ne craignait pas la police, mais un commando d'extrême droite mandaté pour l'abattre.

— Que représentait Goldman pour vous ?

Je dis qu'il était un écrivain extraordinaire. J'avais lu et relu ses *Souvenirs obscurs d'un juif polonais né en France.*

— *Rappoport* est un aveu.

— Ou un trompe-l'œil.

— Laissons tomber, dit le flic.

Il me lança un regard ironique.

— Goldman, c'est Villon pour vous ? Ou Jean Genet ?

— Pierre Goldman, répliquai-je sèchement. Un écrivain assassiné par un commando d'extrême droite.

— Un truand abattu par les siens, rectifia l'Albinos.

— Laissons tomber, dis-je à mon tour.

Qu'est-ce qu'un flic pouvait comprendre à cette histoire ?

— Je suppose que vous êtes allé à son enterrement ?

— Évidemment.

— Vous étiez très nombreux…

— Au moins dix mille.

— Parmi ces dix mille, vous avez retrouvé vos anciens copains de l'inspection d'académie ?

— Certainement…
— Qui ? Vous avez des noms ?
— Aucun. C'est trop vieux…
— Avant, il y avait eu une manif. Vous y étiez ?
— Oui.
Deux jours après l'assassinat, j'avais retrouvé mes camarades de l'époque place Denfert. Il y avait des pancartes : « Fascistes, assassins ». Les flics avaient chargé. On s'était retrouvés cinq jours plus tard quai de la Rapée, à la morgue. On avait suivi le corbillard le long de la rue de la Roquette jusqu'à la place Léon-Blum. Il faisait beau, un peu froid. Des tumbas jouaient. Foucault, Sartre et Beauvoir étaient là.
— Goldman, ai-je dit, c'est une figure pour ma génération.
— Un braqueur, pourtant.
— Pas seulement.
— Vous aimez bien les braqueurs, non ?
— Pas plus que ça.
C'était une mise en bouche.
— Action directe… Vous en faites partie ?
Ils m'avaient déjà posé la question.
— Non.
— Sympathisant ?
— Non plus.
— Combien de fois avez-vous vu ceux que vous appelez Nadine et Robert ?
— Je vous l'ai dit : une fois, peut-être deux.
— Une ou deux ?
— Je ne me souviens pas.

— Avec le Garçon chaque fois ?
— Oui.
— Il est proche d'Action directe ?
— Je ne sais pas non plus.
— Vous connaissez ce type depuis quinze ans et vous ne savez pas s'il appartient à Action directe ?

J'ai pensé que le Garçon lui-même, par désir d'être enfin reconnu pour ce qu'il était, par fidélité à ses actions et ses pensées, ne se désolidariserait jamais de ses camarades. Et j'ai finalement admis qu'il était proche d'Action directe.

— Proche ou plus que ça ?
— Demandez-lui.
— L'avez-vous déjà vu armé ?
— Non.
— A-t-il de l'argent ?
— Un peu.
— Voyage-t-il souvent ?
— Je ne sais pas.
— Savez-vous ce qu'est un scanner ?
— Un appareil qui permet de capter les ondes courtes.
— Les ondes de qui ? De quoi ?
— Les ondes courtes, ai-je répété.
— Principalement les nôtres… Revenons à Action directe. Comment savez-vous qu'il est membre d'Action directe ?
— Je n'ai pas dit qu'il en est membre.
— Admettons qu'il en soit proche. Comment le savez-vous ?
— Il le revendique.

Pas une seconde, dans ce bureau enfumé où allaient et venaient des hommes qui me matraquaient de questions, me pilonnaient à tour de bras, se congratulaient parce qu'ils venaient d'obtenir une première victoire – ce sera la seule ce jour-là –, je n'ai imaginé que le Garçon ait pu nier cette proximité. Je l'imaginais, au contraire, refusant de reconnaître quoi que ce soit, sinon cela, cette fierté inouïe qu'il ne dissimulait pas et qu'il pouvait aujourd'hui, enfin, sachant que les cartes étaient désormais distribuées, abattre face à ses adversaires. Un gant idéologique qu'il leur lancerait comme un prélude au duel qu'il devait désormais assumer.

L'un des flics a dit :

— Sur ce point, vous ne mentez pas. Nous savons pour Action directe.

À quoi l'Albinos a ajouté :

— Un témoignage formel. Un aveu.

Ils ont noté des noms pris dans mon carnet d'adresses, ils ont posé d'autres questions sur le 31 mai de l'année précédente, puis ils m'ont conduit sur un banc, dans le couloir, où j'ai attendu longtemps. J'ai vu passer Élisabeth, des amis, des connaissances. J'avais mal à la tête. Cela durait depuis plus de douze heures.

À minuit, j'ai perdu patience. Au Bordelais, j'ai dit que je n'avais rien à faire là, que je n'étais ni un terroriste ni un malfaiteur, que j'allais rentrer chez moi. Je me suis drapé dans un costume social qui m'a apporté la sensation d'une force éphémère. On m'en a défait presque aussitôt en me conduisant au dernier étage du 36, celui des stups. On m'a déshabillé, fouillé, on m'a enlevé ma ceinture, mes lacets, mon briquet, ma pipe et mon tabac. Je me suis retrouvé dans une pièce rectangulaire très sale, bordée par un banc qui courait sur le pourtour. Des jeunes, dealers ou consommateurs pris sur le fait, discutaient boutique. Ils riaient. Ils étaient joyeux. Des habitués.

Dans la nuit, on m'a sorti de là, on m'a mené dans un bureau où on m'a photographié avant de me placer au milieu de types de mon âge, chacun portant un numéro. Comme dans les films. Sauf que c'était pour de vrai. Et pour moi. Des témoins, certainement, observaient derrière une glace sans tain. J'ai appris qu'Élisabeth avait été libérée. On m'a reconduit à l'étage.

J'ai passé la nuit dans la salle des stups, allongé à plat ventre sur le banc circulaire. Au petit jour est entré un homme qui a commencé à faire des mouvements de gymnastique. Il est parti un peu plus tard, oubliant un pull-over dans lequel était dissimulée une seringue. Un détenu s'en est emparé. Il m'a proposé de la poudre. J'ai refusé.

Je me suis endormi. Plus tard, des gémissements m'ont réveillé. Le drogué dodelinait de la tête, les yeux révulsés. J'ai appelé les gardiens. Ils sont entrés à trois, l'ont fouillé, puis moi. Ils l'ont emporté dans une cage voisine. Le type a hurlé toute la nuit. Au petit matin, on est venu me chercher. On m'a fait signer un prolongement de garde à vue. J'ai pensé : « Je reste. » J'ai eu peur. Un détenu m'a dit :

— Tu seras fixé au bout de quarante-huit heures. Alors, tu seras libre ou embastillé.

J'ai attendu longtemps, assis sur un banc. J'étais hirsute et sale. Des flics, hommes et femmes, arrivaient de chez eux pour prendre leur service. Ils avaient le teint frais. Ils se saluaient joyeusement. Il y eut quelques cavalcades dans les escaliers, sont passés des individus menottés escortés par des inspecteurs en civil : la pêche de la nuit.

En fin de matinée, j'ai aperçu le Garçon. Il était menotté dans le dos, encadré par deux gardiens. Il portait sa tenue habituelle : veste et pantalon sombres. Il s'est incliné poliment devant une femme flic, saluant comme il faisait toujours, d'une lente inclination du corps. Bonjour au peuple. Quand il m'a vu, il a décoché une grimace où j'ai lu une calme résignation. Quelques jours avant d'avoir été arrêté, je lui avais demandé ce que je risquais si j'étais interrogé sur ce que je savais de ses activités. Il m'avait répondu : « Au pire, ils te garderont vingt-quatre heures. Après, je témoignerai pour toi et ils te relâcheront. »

J'attendais cela. Seulement cela : qu'il dise la vérité. Mais rien n'est venu. Ni ce jour-là, ni plus tard. Jamais.

Il a disparu derrière une porte. La soirée de l'avant-veille m'est revenue en mémoire. Je l'ai revu gesticulant, ivre parmi nous, pointant l'index et le majeur sur sa tempe en disant : « On finira tous avec une balle dans la tête. »

La femme flic s'est approchée de l'agent en tenue qui m'avait accompagné de la cage au banc, qui m'emmènerait pisser lorsque je le demanderai. Elle a dit :

— Tu as vu ce garçon si aimable ? Eh bien, il est dangereux.

Ils ont conversé tous les deux. L'homme a sorti une photo de son portefeuille et l'a montrée à sa collègue :

— Je ne dis pas ça parce que c'est mon fils, mais il est très intelligent pour son âge.

Puis la femme est partie. Elle a été remplacée par un brigadier. Le brigadier a dit :

— Je ne veux pas que ma fiancée sache que je suis flic. Quand je sors avec elle, c'est toujours seul. Les autres ne seraient pas à sa hauteur.

Il a argumenté. Et conclu :

— Si ça ne marche pas avec elle, j'essaierai de devenir inspecteur.

On m'a appelé. Je suis entré dans le bureau où j'avais été interrogé la veille. Le Bordelais était assis à sa place. Il portait un pantalon en velours marron, propre, et une chemise blanche aux pointes de col boutonnées. Il sentait le savon et l'after-shave. Il m'a regardé longuement avant de revenir sur une question qui semblait regrouper toutes ses suspicions et celles de ses collègues :

— Reparlons du 31 mai de l'année dernière. Trudaine.

J'ai demandé quel rapport existait entre moi et la fusillade de l'avenue Trudaine.

— Vous n'avez pas la moindre idée ?

— Pas la moindre.

Le Bordelais a soupiré et esquissé une brève oscillation de la tête. Comme s'il voulait me faire comprendre que la partie était mal engagée.

— Blond-Blond, vous ne connaissez toujours pas ?

— C'est un surnom ?

— Elle s'appelle Frédérique.

J'ai répété que je ne connaissais aucune Frédérique.

— Fouillez dans votre mémoire.

— Ça ne me dit vraiment rien.

Même si je manquais de mémoire, il m'était impossible d'oublier cette Frédérique-là. Par-devers moi, je l'ai maudite. Elle et le Garçon. Mais j'ai persisté : pas de Frédérique dans mon entourage.

— Réfléchissez encore.

En une seconde, je me suis projeté dans les agendas et les carnets d'adresses saisis lors de la perquisition. C'était quitte ou double : si j'avais inscrit son nom quelque part, ils l'avaient forcément trouvé et j'étais mort. Mais je ne voyais pas pourquoi j'aurais noté quoi que ce fût : je ne l'avais vue véritablement qu'une fois, à l'improviste.

Le plus fermement possible, j'ai répondu :

— Je ne connais pas de Frédérique.

— On en reparlera, a dit le Bordelais.

Il a glissé une feuille de carbone entre deux pages et a placé l'ensemble sous le rouleau de sa machine.

— Quand Rouillan vous a proposé de sous-louer votre studio de la rue de la Montagne-Sainte-Geneviève, c'était avant ou après le 31 mai ?

— Avant, ai-je répondu aussitôt.

Je venais de commettre une faute. Le Bordelais l'a relevée.

— Vous ne vous souvenez de rien, même pas des dates, sauf de celle-ci.

— Ce n'est pas une date, mais un moment.

— Le moment où Rouillan vous demande votre appartement… Comment savez-vous aussi précisément que c'était avant le 31 mai ?

Je me suis raccroché aux premières branches qui passaient.

— Parce que je ne l'ai pas revu depuis.

Je mentais. Je l'avais revu le soir de Trudaine.

— Vous ne savez toujours pas pourquoi vous êtes là ? Aucune idée ?

J'ai secoué la tête. Le Bordelais a abandonné sa machine et s'est tourné vers moi.

— Vous avez refusé de céder votre appartement à Jean-Marc Rouillan, mais vous l'avez sous-loué à votre ami : le Garçon. Exact ?

Nous nous confrontions du regard. L'un des chats venait de poser une patte sur le dos de la souris.

— Exact, ai-je reconnu.

— Tout en sachant qu'il était membre d'Action directe. Ne le niez pas : vous l'avez reconnu.

— Proche, pas membre, ai-je rectifié.

— Ça ne change rien.

— Je lui ai sous-loué à lui parce que je le connaissais. Et depuis longtemps. Je lui faisais confiance.

— Attendez une seconde, m'a dit le flic.

De deux doigts, il a tapé ma dernière phrase tout en la murmurant par-devers lui : « Je lui ai sous-loué à lui parce que je le connaissais. Je lui faisais confiance. »

— Et puis ? a-t-il demandé en faisant revenir son chariot.

— L'appartement n'était pas pour lui. Il était pour son cousin.

« Il était pour son cousin », a-t-il répété entre ses dents.

J'ai attendu. Lorsque le flic s'est détaché de son clavier, j'ai ajouté :

— Le Garçon m'a dit que je n'avais rien à craindre pour mon studio parce que son cousin était malade. Il avait la jaunisse.

— Et il était déserteur.

— Et il était déserteur, ai-je approuvé.

Il lui a fallu trente secondes pour taper cette phrase.

— Vous le saviez ?

— Je savais qu'il avait la jaunisse et qu'il était insoumis. Je le savais absolument.

— Abriter un déserteur, ça ne vous gênait pas ?

— Pas du tout.

— Parce qu'il avait la jaunisse ?

— Raison de plus.

— Vous saviez que le cousin de votre ami « travaillait » avec les gens d'Action directe ?

Le clac-clac des touches de la machine à écrire frappant sur la feuille était semblable à la rage qui montait lentement en moi. J'avais découvert le pot-aux-roses en décembre 1983. Quatre mois après avoir quitté mon studio de la rue de la Montagne-Sainte-Geneviève.

— Si je l'avais su à l'époque, ai-je répondu, j'aurais fait au Garçon la même réponse qu'à Rouillan : c'est non.

La colère me donnait de l'assurance.

— Qu'avez-vous fait quand vous l'avez compris ?

— Je leur ai demandé de partir.

— Il était trop tard.

J'ai hoché lentement, douloureusement, la tête.

Le Bordelais a sorti la feuille de sa machine, l'a dégagée du carbone et l'a posée devant moi. Il en a ajouté trois autres.

— Si nous avions pensé une seule seconde que vous saviez ce qu'était devenu votre studio… Au fait, le savez-vous *exactement* ?

J'ai secoué la tête.

— Le central téléphonique d'Action directe… Le Petit Jaune, comme l'appelaient son cousin et les autres, en assurait la permanence.

Cela aussi, je l'ignorais.

— Si nous avions pensé que vous le saviez, je ne lèverais pas votre garde à vue.

J'ai signé ma déposition.

— Vous êtes filé et écouté depuis le mois d'août de l'année dernière…

Il venait d'apporter une réponse à la question que je me posais depuis le début.

— … Nous sommes le 21 mars. En huit mois, nous avons eu le temps de nous faire notre petite idée sur tout ça… J'appelle « tout ça » votre aveuglement.

J'ai quitté mon siège. En face, les clochetons de la Conciergerie grimpaient vers un ciel brouillé. La Seine était grise.

— Vous savez qui est le Scribe ?

— Non.

— Jamais entendu parler de lui ?

— Jamais.

Le Bordelais s'est levé à son tour.

— Le Scribe, c'est vous. Ils vous appelaient comme ça : le Scribe.

Le Bordelais s'est dirigé vers la porte de son bureau.

— Si vous n'avez pas menti, je ne vous reverrai pas. Dans le cas contraire, c'est moi qui viendrai vous chercher.

Sur le seuil, j'ai demandé :

— Comment êtes-vous remonté jusqu'au groupe ?

— Par vous.

Et comme je le dévisageais avec stupeur, le Bordelais a ajouté avec un sourire froid :

— Vous avez été dénoncé.

Le 31 mai 1983, dix mois plus tôt, je traversais Paris pour rentrer chez moi. Les voitures de police circulaient partout, comme des essaims affolés. Des cars de CRS stationnaient sur les boulevards. Sirènes et gyrophares orchestraient un drame dont on ne savait rien encore. Il faisait beau mais l'air était électrique, comme zébré d'éclairs invisibles.

J'ai remonté le boulevard Saint-Germain en direction de la montagne Sainte-Geneviève. J'ai acheté *Le Monde* chez mon marchand de journaux, un jeune Marocain qui a agrandi son magasin pour y vendre de vieilles éditions de chez Gallimard, collection blanche. Nous avons un peu discuté, Yannick Noah devant Lendl à Roland-Garros, Mitterrand serrant la main de Reagan à New York, la vie du quartier, une femme qui passe, cette tension impalpable que nous mesurions tous deux, peut-être un incendie, un accident – aujourd'hui, on dirait un attentat.

J'ai grimpé les trois étages qui mènent à mon studio. Sorti la clé de ma poche, déverrouillé, m'étonnant parce que la porte du couloir minuscule qui conduit à l'unique pièce de l'endroit était fermée. Je l'ai poussée.

Ils étaient tous là. Le Garçon, Robert et deux ou trois autres personnages que je ne connaissais pas. Quand je suis entré, ils écoutaient des appareils qui ressemblaient à des transistors, en fait des scanners. Ils ne m'ont prêté aucune attention. Ils étaient rivés à leurs machines, ils échangeaient des commentaires inquiets. J'ai compris qu'ils n'étaient pas là par hasard, qu'ils avaient abandonné à la hâte un théâtre d'opérations. Le Garçon avait la clé, les flics étaient dehors pour eux, ils les cherchaient, ils étaient les éclairs invisibles de ce jour de printemps.

Ils ne me dirent pas grand-chose, sans doute parce que je n'étais pas des leurs et aussi parce qu'ils ne savaient pas alors précisément quel drame s'était joué sous leurs fenêtres. Il y avait eu une fusillade entre des policiers et deux de leurs camarades. Eux-mêmes se trouvaient dans un appartement proche. Ils ne savaient rien d'autre. À l'époque, Twitter, Instagram, les réseaux sociaux, les téléphones portables, rien de tout cela n'existait. L'information circulait lentement. Je n'avais pas la télé, je n'écoutais pas la radio, je lisais la presse, mais la presse, en cet après-midi du 31 mai 1983, ne pouvait rendre compte d'un événement qui venait de se produire.

Mes visiteurs inattendus m'ont demandé s'ils pouvaient rester. D'habitude, je ne me souciais pas de l'usage que le Garçon faisait de mon studio quand j'étais absent. J'avais confiance. C'était la première fois que, rentrant chez moi, je l'y trouvais, fébrile et pas seul. Je leur ai demandé de partir.

Une heure plus tard, Élisabeth m'a rejoint. Nous nous connaissions depuis quelques mois. Nous avions trente ans et nous allions vite. Si nous ne parlions pas encore de vie commune, nous savions que cette histoire-là était un peu plus sérieuse que les autres. Nous partagions une exigence sur laquelle nos jeunesses avaient reposé. Un socle moral autant qu'idéologique. Nos chemins avaient suivi les mêmes courbes : l'indépendance face aux parents, la liberté, le souci d'autrui, la cause des femmes.

Une heure encore, peut-être deux ou trois, on a sonné à la porte du studio. Je n'attendais personne. J'ai ouvert à une jeune fille que je n'ai pas reconnue. Elle m'a dit que nous nous étions croisés un an plus tôt avec le Garçon et qu'elle était au lycée de Rueil-Malmaison quand je proclamais la grève et séquestrais les inspecteurs d'académie. Elle a dit : « Ils sont chez moi. » Elle était affolée. Elle a bu un verre d'eau, ses dents claquaient, elle avait peur. Élisabeth l'a rassurée. Je lui ai demandé pourquoi elle était venue chez moi. Elle a répondu qu'*ils* l'avaient jetée au-dehors de chez elle. Le Garçon lui avait dit que je pourrais l'héberger.

J'étais abasourdi : je venais de le virer de chez moi et il m'envoyait une quasi-inconnue pour que je la prenne en charge !

Elle ne connaissait pas grand monde à Paris, elle n'avait pas d'endroit où dormir, elle ne savait pas ce qui allait arriver, deux flics étaient morts à Trudaine, elle sanglotait, elle appelait à l'aide.

Élisabeth lui a donné la clé de son appartement, rue du Temple. Elle est partie. Je l'ai revue quatre ans plus tard, lors du procès de la mouvance d'Action directe, sur le banc des accusés où je me trouvais moi aussi.

Le 10 août 1983, deux mois après la fusillade de l'avenue Trudaine, alors que le Bordelais n'a encore jamais entendu prononcer mon nom, le chef de la brigade criminelle reçoit une lettre anonyme ornée d'une étoile signée d'un mouvement mystérieux, l'ARC, Alliance Révolutionnaire Caraïbe, ou Action pour la Renaissance de la Corse. Postée rue Bréguet, dans le XIe arrondissement de Paris, elle est écrite en majuscules :

LA FLINGUEUSE DE L'AVENUE DE TRUDAINE EST FRÉDÉRIQUE, PSEUDO BLOND-BLOND, JUIVE CORSE, TERRORISTE D'AD, UNITÉ MARCEL RAYMAN, ET OCCASIONNELLEMENT DU FLNC. ELLE AVAIT UN BERETTA 7,65 (DÉTAIL NON PARU DANS LA PRESSE). ELLE A HABITÉ CHEZ DAN FRANCK, L'ÉCRIVAIN (QU'ELLE CONNAISSAIT DÉJÀ AU LYCÉE DE RUEIL), ET CHEZ LA MAÎTRESSE DE DAN FRANCK QUI HABITE 19 RUE DU TEMPLE. ELLE EST AUSSI RESPONSABLE DES ATTENTATS REVENDIQUÉS RAYMAN, PAR EXEMPLE LA BANQUE

MONDIALE. VOUS ME DEMANDEZ LA PREUVE ? L'EXPLO DE CES ATTENTATS ÉTAIT DANS UNE COCOTTE MINUTE ET COMPORTAIT DE LA POUDRE D'ALUMINIUM (JAMAIS LA PRESSE N'EN A PARLÉ). ARRÊTEZ BLOND-BLOND AVANT QUE NOUS L'EXÉCUTIONS PUBLIQUEMENT.

Les enquêteurs de la crim' se renseignent auprès des Renseignements généraux. Personne ne connaît une juive corse prénommée Frédérique. Ils épluchent les dossiers impliquant AD (Action directe) : mitraillages, bombes, attentats, sabotages, vols de tampons officiels, de papiers d'identité vierges, attaques contre les locaux de la DST, le ministère des Transports, Orly, la Bank of America, le Citrus Marketing Board of Israel et, le 1er août 1982, contre le responsable de la sécurité de l'ambassade d'Israël en France. Ce dernier attentat est revendiqué par Action directe, unité combattante Marcel Rayman.

Les enquêteurs approfondissent. Non loin de la Banque mondiale, une charge explosive a été déposée dans un autocuiseur. Les débris portaient des traces de poudre d'aluminium. La lettre anonyme dit vrai. Conclusion : la flingueuse de l'avenue Trudaine a participé aux attentats signés Action directe, unité combattante Marcel Rayman. Un portrait-robot est établi d'après les témoignages des passants : une femme assez jeune, cheveux gris, mèche blanche sur le front. À ses côtés : un homme qui pourrait être un Asiatique. Rien d'autre. Le gardien de la paix réchappé de l'avenue Trudaine a passé en revue deux cent quatre-vingt mille photos de bandits fichés dans tous les services de police. Sans résultat.

L'équipe policière se renforce : six hommes de la crim', autant de la BRI. La seule piste précise, c'est l'individu dénoncé par la lettre anonyme. On a son nom. Il est facile de trouver son adresse. Le Bordelais se rend au numéro 40 de la rue de la Montagne-Sainte-Geneviève, troisième étage face. C'est un samedi. Un homme tenant un enfant dans ses bras l'accompagne : couverture parfaite. L'homme est le chef de la BRI : Claude Cancès.

La concierge confirme : l'individu recherché habite bien là. Il a emménagé en octobre 1976.

On installe une baraque de chantier en face. On assure une ronde de motos et de voitures banalisées. On entame une enquête de voisinage discrète. Et une autre, plus fouillée, sur l'identité du seul suspect éventuel. *« D.F., fils d'Alain Amédée et de Levsky Refko. »*

Le scripteur s'est trompé. Je suis bien le fils de mon père et de ma mère, mais celle-ci s'appelle Marcelle Refkolevsky, fille d'un couple russo-polonais venu en France dans les années 20. Elle a obtenu la nationalité française le 1er mars 1929, six mois après sa naissance.

Les flics me repèrent et m'épient. Après quelques semaines de filatures et de stations prolongées dans des voitures interchangeables, ils me décrivent comme *« un homme d'allure plutôt négligée, de taille moyenne, portant moustache, ayant des cheveux bruns bouclés, conduisant une R5 noire et possédant deux chiens qu'il lui arrive de promener dans le quartier. Il ne semble pas avoir d'activité définie bien qu'il se prétende homme de lettres. Il reçoit beaucoup et paraît n'avoir aucune liaison attitrée »*.

À l'époque, en effet, je reçois beaucoup. Je sors tout autant. Je travaille de onze heures à dix-neuf heures, les amis débarquent avant le dîner puis nous écumons les bars jusqu'à l'aube. Mes journées sont partagées en trois tiers : les livres des autres pour les deux premiers, le dernier étant réservé à mes romans. C'est là l'« activité indéfinie » à laquelle les enquêteurs n'ont pas compris grand-chose. Ils ignorent – ou n'ont pas noté – que j'ai reçu le prix du premier roman pour *Les Calendes grecques*, que j'ai publié trois livres et que je m'apprête à en publier un quatrième au Mercure de France.

Ils se rendent chez le gestionnaire de l'immeuble sis 40, rue de la Montagne-Sainte-Geneviève, la société David, 16 rue des Immeubles-Industriels. Là, ils constatent que DF paie régulièrement ses loyers, qu'il ne s'est jamais fait remarquer sinon, en début d'année, pour que la ligne téléphonique de son logement de la rue de la Montagne-Sainte-Geneviève (325 59 25) soit transférée à sa nouvelle adresse (square Adanson) et mise sur liste rouge. On note le nouvel indicatif (326 34 06). Les deux lignes seront placées sur écoute après l'autorisation de Jean-Louis Bruguière, juge d'instruction.

Les enquêteurs se rendent ensuite 19, rue du Temple. Mon nom n'apparaît pas sur la liste des habitants. Interrogée, la concierge affirme ne pas me connaître. Ma « maîtresse » (Élisabeth) est locataire d'un trois-pièces situé au cinquième étage, porte droite ; l'appartement est au nom de son ancien ami, PD.

Que disent exactement les Renseignements généraux (posant les bases de mon premier interrogatoire) ? *« Il a attiré l'attention des services de police le 9 avril 1970. En compagnie de six autres lycéens, il a pris part à l'occupation des locaux de l'inspection académique de Rueil afin de protester contre une mesure d'exclusion concernant l'un de ses condisciples pour menées subversives. À cette époque, il semble militer activement au sein du Comité Rouge (Ligue communiste révolutionnaire) qu'il avait contribué à mettre en place au lycée Richelieu de Rueil-Malmaison.* »

Autre information – qu'évoquera le Bordelais quand nous serons assis face à face dans son bureau : « *En 1979, il s'est occupé de collecter des fonds destinés à la veuve de Pierre Goldman.* »

On va à Rueil-Malmaison où, à en croire la lettre anonyme, « Blond-Blond » a rencontré DF. Hélas, après cinq ans, les archives sont détruites. Le proviseur ne se souvient ni de l'un ni de l'autre. Les flics apprennent seulement que DF a été scolarisé de la seconde à la terminale, entre 1969 et 1970, qu'il était un élève « *très moyen* », « *perturbé par les événements de 1968* ». Le 14 mai 1970, il a été convoqué devant le conseil de discipline : « *Invite les élèves à participer, pendant les cours, à des assemblées qui perturbent la vie du lycée.* »

Une certaine Frédérique B. était élève de l'établissement, classe de seconde en 1970. Auparavant, elle était inscrite au lycée Pierre-Corneille de La Celle-Saint-Cloud.

La Celle-Saint-Cloud ne sait rien.

On va à l'académie de Versailles. Dans les archives, on trouve la trace de vingt-sept Frédérique. Interrogés, les services spécialisés font leur rapport : « *Après examen des archives de cette époque, il a été trouvé trace d'une liste de personnes conduites au poste de police à la suite d'une manifestation en 1970 dans laquelle le nom de DF apparaît ainsi que celui d'une certaine Frédérique B.* »

Le 1er août 1983, deux mois après la fusillade de l'avenue Trudaine, je quitte la rue de la Montagne-Sainte-Geneviève pour un appartement proche (square Adanson, dans le Ve). Je m'installe avec Élisabeth dans une nouvelle vie. Je laisse mon studio à un déserteur affaibli par la jaunisse. Le Garçon m'a réglé un an de loyer d'avance (15 000 F), grâce à quoi j'ai pu payer la caution de notre appartement. Élisabeth travaille comme attachée de presse dans l'édition. J'écris mes livres et réécris ceux des autres.

Élisabeth et moi entamons une existence de trentenaires heureux. Nous habitons un appartement confortable. Il y a des fêtes chez nous, le Garçon y vient. Il parle beaucoup, laissant entendre qu'il se livre à des activités dont il ne peut rien dire sinon laisser entendre, et chacun l'entend comme il veut, beaucoup considérant que ce type est un vantard, séduisant mais hâbleur et fanfaron : comment prendre au sérieux un homme qui se laisse caresser dans le sens de la clandestinité tout en s'abandonnant à des bavardages inconsidérés ? Il en dit à la fois trop et pas assez.

Il exaspère certains de nos amis, en fascine quelques-uns. Ceux-là se laissent envahir par un sentiment trouble, approchant délicieusement d'une ligne jaune dont ils suivent de très près la courbure sans croire qu'elle puisse emmener quiconque dans le décor. Élisabeth, la plus lucide, est dans le camp des réticents. Elle n'aime pas le Garçon. Cent fois, elle s'est étonnée de nos proximités.

— Comment peux-tu être ami avec un type pareil ? Écoute son discours sur les drogués : pire que le pire des réactionnaires. Et les femmes ! Je n'ai jamais vu un misogyne pareil !

Elle quitte la pièce quand les bavardages éthyliques dépassent les doses prescrites.

— Vous êtes débiles ! s'écrie-t-elle.

Nous le sommes. Tous, nous tombons sous le charme et le charisme d'un garçon qui rit et sourit comme un enfant, parle de la Résistance comme s'il y avait participé, de la Commune comme un survivant de la Semaine sanglante. Les femmes ? Les drogués ? On a oublié. J'AI oublié…

Le hasard s'introduisant partout, j'ai publié quelques mois plus tôt mon deuxième roman, *Apolline*. Le premier portait sur la guerre d'Espagne. Le deuxième raconte l'histoire de trois branquignols défendant leur squat de Montmartre comme s'ils étaient des Communards livrant bataille aux Versaillais. Pour écrire ce livre, j'ai sillonné le Paris de la Commune avec le Garçon. Nous avons ricané ensemble devant le boulevard des crapules staliniennes du Père-Lachaise et levé le poing devant le mur des Fédérés. Preuves que si je ne croyais plus au Grand Soir, j'en cultivais encore la mémoire. L'idéalisme du roman est aussi niais qu'est stupide l'arbre généalogique de la page 279, filiation révolutionnaire qui commence en 1871 pour s'achever un demi-siècle plus tard. S'y trouvent dix noms, dix Café-Gauloises et Peace and love à qui je voulais rendre un hommage quasiment révolutionnaire en les enfermant dans une généalogie absurde. Le Garçon est le premier d'entre eux.

Je l'ai rencontré dans les années 70 au lycée de Rueil-Malmaison où, d'après le Bordelais, se trouvait également une certaine Frédérique, alias Blond-Blond. Nous avons victimisé ensemble les élèves fayots, les surgés autoritaires, les profs fachos. L'un d'eux nous signalait régulièrement à l'administration. Il se déplaçait à bicyclette. Un jour, il a retrouvé son engin en pièces détachées – roues, pneus, chaîne, guidon, selle, cadre – déposées par nos soins sur le bureau de sa salle de cours ; nous l'avions entièrement démonté. Les élèves étaient hilares, le prof furieux, et nous, renvoyés devant le conseil de discipline. Nous étions coutumiers de ce genre de blagues. Elles trahissaient une résistance à l'autorité autant qu'un désir aigu d'amuser la galerie. Et une conscience politique plus proche des potaches libertaires que des stalino-trotskistes de l'OCI.

Nous nous sommes perdus de vue peu après. Nous nous sommes revus le 10 mai 81, lors de la deuxième prise de la Bastille. Les *Internationale* fusaient, drapeaux, banderoles, slogans claquaient sous la pluie. La gauche était au pouvoir. C'était quasiment la première fois depuis le Front populaire. Il fallait lui faire crédit. Mitterrand avait aboli la peine de mort alors que la majorité des Français la défendait. Pour moi, c'était immense. Pendant longtemps, je pardonnerai à la gauche ses innombrables dérives, ses approximations, ses hésitations, ce que d'autres appelleront ses trahisons. Je l'excuserai, considérant qu'après tant d'années dans l'opposition elle devait apprendre à gouverner et que, surtout, nul ne devait oublier cette mesure extraordinaire portée par Robert Badinter dont le discours au Palais-Bourbon s'ouvrait par ces mots : « J'ai l'honneur, au nom du gouvernement de la République, de demander à l'Assemblée nationale l'abolition de la peine de mort en France. »

Le Garçon vient chez moi, rue de la Montagne-Sainte-Geneviève. Il m'offre un ouvrage de David Diamant, *Combattants juifs dans l'armée républicaine espagnole*, dans lequel je puiserai les noms de la plupart des personnages de mes romans. Nous jouons aux échecs des nuits entières. Nous lisons les mêmes ouvrages, aimons les mêmes films. Nos complicités intellectuelles sont nombreuses. Nous avons conservé de notre jeunesse le goût de l'insoumission, une parole libertaire que j'exprime dans mes livres et lui, pour ce qu'il m'en rapporte, au micro des radios libres alors florissantes. Il est mystérieux. J'ignore où il habite, on ne se retrouve jamais ailleurs que chez moi, je ne connais ni ses amis ni ses petites amies, je sais seulement qu'il est carreleur sur les chantiers et qu'il dort dans des squats. Il ne parle jamais des mouvements qui se développent alors à Barbès et à Strasbourg-Saint-Denis où des militants généreux occupent des appartements vides, des immeubles délabrés, d'anciennes maisons closes où ils logent et protègent des ouvriers sans papiers, souvent turcs, pour lesquels ils organisent également des distributions de nourriture. Je suppose que le Garçon y joue un rôle. Moi qui m'engage essentiellement avec ma plume, j'admire cet intello-prolétaire aux activités humanistes. Et lorsqu'il me demande les clés de mon studio, je les lui confie sans hésiter. Tout comme on prête les clés de sa voiture sans imaginer un instant qu'elle finira fracassée contre la façade d'une banque.

Le 30 septembre 1983, une nouvelle lettre anonyme postée deux jours plus tôt rue des Pyrénées parvient à la brigade criminelle. Cette fois, la missive est dactylographiée. Elle confirme les informations reçues par la BRI : le soir de la fusillade de l'avenue Trudaine, la surnommée Blond-Blond s'est retrouvée chez l'écrivain Dan Franck. Elle dénonce l'un des tueurs de l'avenue Trudaine : un Algérien, Mohand Hamami, membre ou proche d'Action directe. La lettre précise que le 30 juillet, Blond-Blond a participé au hold-up de la bijouterie Aldebert, boulevard de la Madeleine, à Paris. Et que chez une certaine Caroline D., domiciliée rue de Lancry, les policiers trouveront une cache d'armes.

Square Adanson, les bavardages sont devenus confabulations. Le Garçon mène la danse. Ses récits sont grandioses. Quand il raconte une cavalcade au Père-Lachaise, entre les tombes où son groupe cache des armes, on y est presque ; on se demande à peine comment il a pu être relâché après une nuit passée au commissariat. On ne le croit pas trop non plus quand il parle de mitraillettes Sten, celles que les Anglais parachutaient dans les maquis pendant la guerre… Mais quelle importance, la vérité ? Le réel s'efface, transcendé par un récit enthousiaste, haletant, une accumulation de légendes qui recoupent à peu près tous les thèmes de mes écritures, les romans déjà parus, ceux auxquels je songe et qui porteront tous l'empreinte de ces mémoires envahissantes si chères à mon identité – et pas seulement d'écrivain : la Commune, la guerre d'Espagne, la Résistance. Ou encore, les marges, l'engagement, les artistes. J'écoute le Garçon avec la passion d'un entomologiste observant un lépidoptère rare et précieux. Il incarne le premier personnage de mes mythologies.

Il est un grand voyageur. Quand il part, il ne nous dit jamais où il va. Il est très mystérieux. À certaines allusions énoncées comme de gros clins d'œil, nous comprenons que c'est la Belgique ou le sud de la France. Nous fêtons son retour autour d'une bonne bouteille de whisky. Ne nous raconte pas, surtout ne nous raconte pas !

Il cherche un imprimeur ? Pas de problème, j'en connais un. Il habite Rouen, il est sympa, un peu anar comme beaucoup d'imprimeurs.

On s'installe à quatre dans l'Alfa Romeo – Élisabeth, le Garçon, sa fiancée du moment, le pilote. On arrive à l'heure du dîner. Ça cause tout bas, dans un coin, tandis que l'hôtesse sert à boire aux trois exclus des échanges clandestins. À dix heures, on passe à table. Un quart d'heure plus tard, un flash lumineux crève la nuit.

— Les flics !

En une seconde, tout le monde est dehors. Sauf Élisabeth.

— Vous êtes débiles ! répète-t-elle.

On fouille les fourrés du jardin. L'imprimeur reste très calme. Le Garçon est tendu. Trois verres de rhum humidifient ses humeurs. Sur la route du retour on chante à tue-tête en surveillant les rétros. Pas de flics en vue. Au bout de l'autoroute, l'Alfa fume, hoquète et perd soudain de la vitesse. Le joint de culasse a lâché.

Le Garçon a des goûts de luxe. Souvent, il arbore des Weston. Elles sont neuves. Il nous avoue que chaque fois qu'il monte sur un braquage, il s'offre une paire de Weston. La Weston serait-elle au Garçon ce que le masque noir est à Fantômas ? Une signature ?

Les manifs avec lui sont un régal. On les fait toutes : le 1er Mai, bien sûr, puis pour les sidérurgistes, pour les agriculteurs, pour les travailleurs de Talbot, pour l'arrivée de la marche des Beurs à Paris, pour l'égalité, contre le racisme…

On va sur les bordures, comme toujours, mais on reste à l'affût. Le type derrière, en jean et blouson, ce ne serait pas un flic par hasard ? Et n'est-ce pas lui qui observe l'impasse avec, peut-être, une paire de jumelles qu'il vient de dissimuler ? Facile de vérifier : l'immeuble du square Adanson compte deux entrées. On entre par l'une, on sort par l'autre, on revient par la rue Monge sans que personne nous ait vus et on chope le type par-derrière. Ce n'est pas un flic : il est parti. Quelles frayeurs délicieuses ! L'utilisation des phrases codées m'amuse, je sais reconnaître les voitures banalisées des flics et des Renseignements généraux (leur antenne n'est pas chromée mais peinte de la couleur de la carrosserie), je vérifie dans les vitrines des magasins que personne ne me suit… On est dans Léo Malet, Dashiell Hammett, Ed McBain… Pour l'heure, un jeu romanesque.

Tandis que le Garçon nous régale de ses récits, les enquêteurs de la brigade criminelle sont toujours en planque rue de la Montagne-Sainte-Geneviève. *« Bien qu'il n'ait pas été aperçu sur place depuis plusieurs semaines, son studio n'en continue pas moins à être fréquenté par de nombreuses personnes, tant hommes que femmes. »*

Quand ils apprennent que la ligne téléphonique dont dépend le 40 de la rue de la Montagne-Sainte-Geneviève a été transférée au 12 square Adanson, Paris V^e^, les policiers s'y rendent. Ils vérifient seulement les noms inscrits sur les boîtes aux lettres. Par souci de discrétion, ils ne font aucune enquête sur place. Mais se renseignent auprès de l'agence qui gère une partie de l'immeuble. Le suspect dénoncé par la lettre anonyme habite au huitième étage, porte droite. Un salon, une chambre, une cuisine, une cave. Ils installent un poste d'observation.

Au fil des semaines, le Garçon commence à nous inquiéter. Pas trop, mais un peu. Il nous raconte le hold-up d'une bijouterie auquel il prétend avoir participé. On y croit sans y croire. Si c'était tout à fait vrai, il ne se vanterait pas tant. Si c'était tout à fait faux, il ne serait pas aussi lyrique. Si c'était tout à fait faux, il ne donnerait pas tant d'indications, lieux ou heures, qui laissent entendre que c'est peut-être un peu vrai. Donc pas totalement faux. Si c'était tout à fait vrai, il n'apposerait pas ses empreintes digitales sur un livre d'or exposé à tous les regards. (Je possède un carnet relié que mon père m'a offert jadis. Tout au long de l'adolescence, mes amis y laissaient des messages qu'ils signaient. Je l'ai montré au Garçon. C'était après qu'il m'eut demandé la clé de mon studio la première fois. Il l'a signé. Non pas d'un paraphe quelconque : de ses deux pouces trempés dans l'encre.)

Le 14 octobre 1983, une agence de la Société générale est attaquée avenue de Villiers, à Paris. Un braqueur est tué, deux policiers blessés. En planque rue de la Montagne-Sainte-Geneviève, les enquêteurs remarquent un homme qui s'introduit dans l'immeuble et monte au troisième étage. Ils alertent les fonctionnaires chargés des écoutes téléphoniques. En général, ceux-ci relèvent les bandes magnétiques une fois par jour, les traitent et communiquent aux services les propos qui leur semblent intéressants. Ils ne restent à leur poste, dans les sous-sols du 36, qu'en cas d'interpellation prochaine. Ce jour-là, les magnétophones de la police judiciaire ont enregistré un message troublant émanant du studio de la Montagne-Sainte-Geneviève : *« Pour les maths, ça a été. Pour le français, ça n'a pas marché. »*

Les enquêteurs comprennent que ce message est lié au hold-up de l'avenue de Villiers : pour l'argent, c'est bon, pour le reste, c'est raté.

Ils découvrent l'identité de la victime : Ciro Rizzato, un militant des COLP italiennes. Ils font le rapprochement avec la fusillade de l'avenue Trudaine : ils ont découvert que des Italiens y étaient mêlés. Après un échange entre les services, le Bordelais est dépêché à Milan. Les carabiniers ont arrêté une jeune femme dont le signalement correspond au portrait-robot de la tueuse de l'avenue Trudaine : Gloria Argano. Elle est détenue dans une caserne. Sa cellule donne dans une cour où passent ses camarades. De loin, ils se saluent. Le Bordelais se mêle à eux et reconnaît aussitôt la détenue : une mèche blanche lui descend sur le front.

Blond-Blond n'est donc pas la tueuse de l'avenue Trudaine. Cependant, d'une manière ou d'une autre, elle est liée à l'affaire. Et aussi au hold-up de la bijouterie Aldebert. Et à toutes les opérations revendiquées par le commando Marcel Rayman d'Action directe. Les enquêteurs supposent que les occupants de la rue de la Montagne-Sainte-Geneviève en savent long sur ces opérations. Mais il est trop tôt pour se démasquer. Les biscuits manquent. Ils ont compris que le Scribe ne les mènerait pas très loin. Mais, pour l'heure, ils n'ont pas beaucoup d'autres pistes. Ils approfondissent l'enquête de voisinage.

En octobre, je reçois un appel téléphonique de mon ancienne voisine de la rue de la Montagne-Sainte-Geneviève. Je lui demande si l'occupant du troisième lui cause du souci. Elle répond :

— Aucun. Je ne l'entends jamais.

Elle m'appelle car elle a reçu une confidence de la concierge.

— La police est venue la voir. Les flics te cherchent.

Je ris.

— Ce n'est pas une blague. Ils lui ont posé des questions sur toi.

— Je suis facile à trouver et je ne vois pas pourquoi la police s'intéresserait à moi.

— Demande à la concierge.

— J'irai la voir.

Deux jours plus tard, c'est le marchand de journaux, le jeune Marocain qui vend des livres anciens de chez Gallimard, qui me prévient :

— Les flics sont après toi.

Je n'en crois rien. Et la concierge me conforte dans cette idée :

— Ce n'est pas la police qui est venue mais les pompiers, me dit-elle lorsque je frappe à sa porte : il y avait une fuite d'eau sur votre palier.

Je pose quelques questions au Garçon. Il me répond :

— Chez toi, il n'y a que mon cousin. Personne d'autre.

Je le crois. Je n'imagine pas qu'il puisse me mentir, héberger Nadine ou Robert, d'autres personnes, que le déserteur pourrait être un peu plus que déserteur… Nous nous connaissons depuis quinze ans : j'ai confiance en lui.

Les jours passant, je suis revenu à mes moutons et ai continué à vivre et à dormir sur mes deux oreilles. Je me suis marié. Élisabeth portait un tailleur pied-de-poule très simple, un pull sombre et des collants de laine noirs. Moi, un blouson en daim et un pantalon de velours. Ce fut sans tra-la-la. Le soir, il y eut une fête chez mes parents. Le Garçon nous a rejoints. Il n'était pas à la mairie. Pour des raisons que j'ai comprises plus tard, il avait refusé d'être mon témoin. J'en avais été blessé : il était alors mon ami le plus proche.

Nous sommes partis en voyage de noces : Prague et Budapest. Au retour, j'ai retrouvé ma place à ma table de travail : correction des épreuves d'un roman à paraître, quelques tâches d'écritures alimentaires... J'avais fini par comprendre que le Garçon montait réellement sur des braquages. Je savais un peu plus précisément que les autres où il allait quand il disparaissait pendant vingt-quatre heures. J'ignorais le lieu, la date, l'objectif, mais je comprenais qu'il chaussait ses Weston. Lorsqu'il partait, j'étais inquiet. Il m'appelait *après coup* et me faisait comprendre par des phrases codées que les Weston n'avaient pas été abîmées. Je ne l'écoutais plus comme un écrivain captivé par une histoire inhabituelle, des personnages plutôt que des personnes, un monde à écrire. Mon inquiétude grandissait. La logorrhée du Garçon dérivait vers des rivages où politique et engagement s'estompaient au profit d'agissements sans cause. Ses sujets de conversation, notamment sur les armes à feu, glissaient vers des rives dangereuses. Ses discours devenaient fumeux, violents, incohérents. Je n'étais pas le seul à m'inquiéter pour lui. Je n'étais pas le seul à tenter de le raisonner. Je n'étais pas le seul à craindre des débordements fatals. J'essayais, autant qu'une autre, de le convaincre de renoncer. Pourquoi, lui un amoureux des livres et de l'histoire, n'ouvrirait-il pas une librairie ?

Il y avait alors quelque chose dans l'ambiance générale qui annonçait le drame. Le ciel gris, peut-être, plus certainement une conscience qui enfin émergeait. Plus tard, beaucoup plus tard, me souvenant de cette soirée où il avait braqué un flingue invisible sur sa tempe en disant « On finira tous avec une balle dans la tête », je me suis demandé s'il n'avait pas choisi d'arrêter lui-même cette course folle, non pas en se livrant, mais en laissant les autres approcher.

Quoi qu'il en soit, il ne me parlait plus de Robert, de Nadine, à peine de son cousin qui, à l'en croire, survivait, enfermé et toujours malade, dans mon ancien studio. C'était la trahison originelle, le fer rouge qu'il posa sur l'échiquier de notre amitié.

Je me souviens très exactement de l'instant où j'ai compris. C'était en décembre, après le mariage. J'ai demandé au Garçon comment se portait le déserteur. Il m'a répondu :

— Il est guéri. Je vais lui acheter des Weston.

S'ils avaient connu l'importance des Weston, il aurait suffi aux flics qui s'apprêtaient à fondre sur nous de compter les paires de pompes du Garçon pour évaluer le nombre à peu près exact de ses braquages. Mais ils ignoraient ce détail. Tout comme ils ignoraient où se terrait Frédérique, alias Blond-Blond. Les autres étaient logés. Après sept mois d'enquêtes, de filatures, de décryptage de milliers de conversations téléphoniques, le Bordelais en savait assez pour ordonner aux fonctionnaires qui se tenaient dans les sous-sols du 36 de ne plus lâcher leur station d'écoute, de jour comme de nuit.

20 mars 1984, 8 h 55

« *Étant en surveillance devant l'immeuble du 10 square Adanson, à Paris V^e^, où demeure le couple D. et E. Franck, constatons à 8 h 55 que le nommé DF sort du bâtiment accompagné de deux chiens. Après avoir décliné notre qualité et exhibé la commission rogatoire dont nous sommes porteurs, nous nous assurons de sa personne et en sa compagnie nous transportons au 8ᵉ étage porte droite où se trouve son logement. »*

Deux mois après avoir levé ma garde à vue, le Bordelais m'a convoqué au 36. Je n'étais pas menotté en y arrivant, personne ne m'a poussé dans le grand escalier. À l'étage, j'ai croisé des personnages semblables à celui que j'étais quelques semaines plus tôt. Ils étaient assis sur les bancs, les poignets entravés, la tête basse. Passaient des policiers en chemise, holster sous le bras ou à la ceinture. Beaucoup d'hommes en civil, quelques gardiens.

J'ai retrouvé le bureau dans lequel j'avais été interrogé en mars. Cette fois, j'y entrais en homme libre. Pas de menottes, quelques égards. Les écoutes avaient appris aux enquêteurs que j'aimais le whisky, alors ils m'ont offert du whisky sorti de l'armoire métallique où les flingues étaient rangés. Nous avons parlé de l'affaire comme si elle ne m'impliquait pas.

En mars, je n'avais rien dit de Trudaine et de la venue des autres, ce jour-là, rue de la Montagne-Sainte-Geneviève. J'étais persuadé que ceux qui se trouvaient là n'avaient pas pris part à la tuerie. Je n'avais pas tort. Ce que j'ignorais, lors de cet interrogatoire, c'est que les flics savaient tout. Notamment que j'avais menti. Ils avaient reçu les lettres anonymes (que je ne connaissais évidemment pas) qui dénonçaient la présence de Blond-Blond chez moi le soir de Trudaine. Ils étaient sur la piste de la fille. La fameuse Frédérique que tous les policiers de France et d'Europe recherchaient, c'était elle. Rueil et Versailles avaient confirmé. Mais où se cachait-elle ? Ils n'avaient pas de patronyme, pas d'adresse, pas d'empreintes. Je restais la première borne sur le chemin menant à l'inconnue.

Ils insistaient : étais-je sûr de ne connaître aucune Frédérique ? J'ai fait semblant de chercher, et j'ai confirmé ce que j'avais dit en mars :

— Non, je ne connais aucune Frédérique.

Le Bordelais a souri gentiment. Il a abattu une carte qu'il avait soigneusement conservée par-devers lui en mars.

— À Rueil, au lycée ? Quand vous étiez en première ?

— J'ai déjà répondu à cette question.

— C'est non ?

— C'est non.

Le Bordelais a fait signe à ses collègues de s'éloigner. Il a rapproché sa chaise de la mienne, à l'envers, et il a posé ses coudes sur le dossier.

— Ne faites pas l'andouille. Dites-moi la vérité.

C'était comme une demande. Pas une injonction. Il me regardait, son visage à quelques centimètres du mien, sans trace de violence. Il m'est soudain apparu que depuis le mois de mars, il y avait certainement eu un élément nouveau. J'ai feint d'être traversé par un éclair. Je me suis lancé dans une partie d'échecs, sacrifiant une pièce pour protéger ma dame. Un jeu auquel je n'avais aucune chance de gagner. J'ai quand même essayé. J'ai dit que oui, peut-être, je n'avais pas envisagé de remonter si loin dans mon histoire. Il y avait bien une Frédérique au lycée de Rueil-Malmaison. Peut-être même plusieurs.

— L'avez-vous revue depuis ?

J'ai réfléchi à toute pompe, me disant que si le Bordelais posait la question c'est qu'il connaissait la réponse et que même s'il ne la connaissait pas aujourd'hui, il la découvrirait peut-être demain et alors mon compte serait bon, les jeux seraient faits.

— Il me semble l'avoir aperçue une fois.

— Une seule ?

— Je crois…

J'ai pensé que l'incertitude valait l'avancée d'un pion latéral que les joueurs poussent d'une case pour gagner du temps, à l'affût de l'attaque à venir.

— Quand ?

— Je ne saurais pas vous dire.

— Un an ? Trois semaines ?

— Plutôt un an.

— Le 31 mai dernier, par exemple ?

— Le soir de Trudaine ? a appuyé l'Albinos qui s'était rapproché.

J'ai fait mine de me creuser, couvrant maladroitement le pion latéral par un autre pion :

— Je ne crois pas.

— Vous vous en souviendriez, c'est ça ?

— C'est ça, ai-je reconnu sans gloire.

— Décrivez-la-moi.

— Elle est blonde, de taille moyenne…

— Cheveux longs ou courts ?
— Mi-longs.
— Les yeux ? De quelle couleur, les yeux ?
Je n'en avais aucun souvenir.
— Vêtue comment ?
— Je dirais un tailleur-pantalon…
— Elle a l'âge pour ?
— Peut-être un jean, alors.
— C'était où ?
— Franchement, je ne me souviens pas.
— Concentrez-vous.
Si je ne répondais pas à la question, le Bordelais comprendrait que je trichais : à partir du moment où j'avais admis l'avoir rencontrée, je ne pouvais ignorer en quelles circonstances. Sur cette question, autant dire la vérité. En l'enrobant d'un voile de doute pour faire passer la pilule de l'affirmation précédente.
— Je crois que c'était chez moi.
— Un matin ? Un soir ?
— Plutôt le soir.
— Vous vous souvenez de l'heure ?
— Non.
— Pourquoi chez vous ?
— Elle est venue…
Je me suis interrompu. La suite coulait de source. Mauvais coup.
— Seule ?
— Oui.
— Pourquoi chez vous puisque vous ne la connaissiez pas ? Ou à peine.

Je me suis tu. J'avais mal joué. Le silence s'est prolongé. Je cherchais une voie de dégagement. Le Bordelais attendait. Il manipulait un crayon sans cesser de me regarder. L'Albinos m'observait lui aussi. Mentir une fois, c'est mentir toujours.

— Pourquoi ?

Je n'avais pas le choix. Je grommelai :

— Le Garçon nous connaissait tous les deux…

Le fou était pris. Je laissai à l'adversaire le soin de le ramasser.

— Qu'est-elle venue faire chez vous ?

J'ai dit que je ne me rappelais pas. Il arrivait fréquemment que des gens passent dans la journée, pour une raison ou une autre. Le Bordelais n'a pas insisté. Je n'ai pas compris : il détenait entre ses mains la moitié de la pelote qu'il cherchait à dévider, et il s'interrompait.

— Votre copain et elle se connaissent depuis longtemps ?

— Je ne sais pas.

— Pourquoi la protégez-vous ?

Je ne pouvais pas dire que j'avais tenté de lui laisser une chance d'échapper au nœud coulant. Je me souvenais de son désarroi le soir de Trudaine ; cette jeune femme affolée débarquant chez moi parce qu'elle n'avait nulle part où aller. Elle était une victime, elle n'avait pas à payer pour les autres.

J'esquivai en assurant que je ne me souvenais plus très bien, tant de choses s'étaient passées en un an… Je ne pouvais pas cracher la pilule et avouer qu'elle avait débarqué chez moi après que les autres l'avaient foutue dehors parce que j'avais refusé de les héberger ce fameux 31 mai 1983, après que deux gardiens de la paix étaient tombés au champ d'honneur. Je ne pouvais pas car c'était allumer la mèche d'un cordon porteur de déflagrations systémiques. Je n'étais pas une balance.

Ils me montrèrent des photos, des dessins, des portraits-robots. Toutes les filles qu'ils me présentaient s'appelaient Frédérique. Mais ce n'était pas elle.

— Et celle-ci, vous la connaissez ?

Une femme marchant dans une rue parisienne, un sac dans la main, un homme à son bras. La photo était récente.

— Non, dis-je.

— Et elle ?

Une adolescente brune, assez jolie, un peu replète, les joues rondes, le sourire franc.

— Peut-être, répondis-je.

— C'est la même, quand elle était à Rueil. Elle avait dix-sept ans. Il semble qu'elle ait été votre maîtresse, jadis.

On ne disait pas « maîtresse », mais « petite amie ». Je ne me souvenais pas que nous avions eu une liaison. Ou que nous étions sortis ensemble, selon les mots de notre âge. Si c'était le cas, ce fut bref. Dans ces années-là, on était libres, on couchait facilement, sans s'attacher, pour le plaisir et la découverte.

— Vous vous souvenez de son prénom ? Frédérique ?

— Ah ! fis-je.

Je répétai : « Frédérique… Oui, Frédérique… » Et brusquement, je me souvins d'elle : elle était amoureuse d'un apprenti comédien, elle roulait sur un vélomoteur Honda caréné qui nous faisait rêver, elle habitait une maison où nous aimions nous retrouver car elle était dotée d'un bien inestimable : un jardin.

— Ce n'est pas elle qui est venue chez moi, dis-je sans même attendre la question.

— Nous le savons. Rueil et Versailles nous ont conduits jusqu'à elle. Frédérique B. Elle était avec vous lorsque vous avez séquestré l'inspecteur d'académie à Rueil. Nous l'avons longuement interrogée. C'était une fausse piste.

Ils me libérèrent assez vite ce jour-là. Le lendemain, sans que je sache comment elle avait obtenu mon adresse, cette Frédérique débarqua square Adanson. Elle s'était mariée, elle avait un travail (elle dit « une situation »), elle me suppliait de la laisser tranquille, de faire en sorte que les flics l'oublient. Elle avait peur. On l'avait longuement questionnée. Sur le Garçon, sur moi. Elle ne croisait plus personne, elle n'avait rien à voir avec tout ça, Action directe, les vols, les attentats… Je n'en doutais pas : dans mon souvenir, elle chevauchait joyeusement sa Honda carénée entre son jardin et le lycée, sans jamais emprunter une route où elle eût risqué de s'égarer.

Dans les semaines qui suivirent, les flics me convoquèrent plusieurs fois au 36, espérant que je reconnaîtrais sur photo la fameuse Frédérique, la vraie, celle qu'ils recherchaient. Ce n'était jamais elle.

Le 26 juin, le Bordelais vint chez moi. Il s'annonça par un coup de téléphone et débarqua en fin d'après-midi. Il montra une photo.

— C'est elle ?

Je répondis que non. Mais je l'avais reconnue. Blonde, les cheveux filasse, l'œil clair. Le flic insista :

— Vous êtes sûr ?

Je confirmai. En même temps, je me demandais s'il n'y avait pas un piège, si l'autre ne testait pas ma bonne foi, peut-être savait-il à coup sûr que c'était elle, si c'était le cas, à plus ou moins brève échéance, j'étais fichu. Mais je ne me contredis pas. Je me rassurais en supposant que si on avait voulu me piéger, on m'aurait convoqué au 36, où c'était plus facile de me coffrer. Donc, je maintins. Le Bordelais téléphona et dit : « Il ne la reconnaît pas. »

Après, nous avons parlé. Nous en étions à cette étape du jeu du chat et de la souris où nous faisions semblant de nous être dessaisis des rôles qui restaient en vérité les nôtres. Nous parlâmes des années gauchistes, que nous connaissions aussi bien l'un que l'autre. Je comprenais ce respect qu'éprouve le chat pour la souris, et réciproquement, quand vient le coup de griffe fatal. Plus tard, je lirai qu'au moment de leur arrestation, Robert et Nadine avaient accueilli le commissaire Mancini avec une certaine élégance que l'autre leur avait rendue. Le Bordelais et moi n'en étions pas là, mais chacun savait que sous les dehors d'une conversation aimable et de bon aloi, nous menions un combat à fleurets mouchetés. L'un voulait savoir, l'autre dissimulait.

Je me souvenais de cette parole du Garçon : « S'ils te prennent, tu resteras vingt-quatre heures. Après, je te disculperai. » À vrai dire, il ne s'agissait pas de me disculper mais, plus définitivement, de reconnaître que je n'avais aucun rapport ni avec Trudaine, ni avec les braquages, ni avec les attentats. Je savais des choses parce qu'on avait trop parlé, oubliant cette règle essentielle, cette prudence élémentaire : moins on en sait, mieux ça vaut. Le Bordelais me laissa entendre qu'à l'exception d'un seul, aucun de ceux qui avaient été arrêtés au mois de mars ne parlait. C'est à peine s'ils reconnaissaient leur appartenance à Action directe même si, pour les confondre ou les contraindre, leurs camarades de l'extérieur avaient exigé leur libération à coups de mitraillages et de revendications.

— Divergences idéologiques ?

— Je ne sais pas.

— Vous n'aviez pas de conversations politiques avec eux ?

— Pas vraiment.

— Vous connaissiez leurs accords avec l'extrême gauche allemande ?

— Non.

— Avec les Italiens ?

— Non plus.

C'était vrai. Les confidences du Garçon n'allaient pas jusque-là.

— Ils font des braquages ensemble. L'argent récolté alimente d'autres réseaux. En Allemagne, en Italie, et aussi en Belgique.

Je dis qu'à mes yeux, les histoires d'Action directe et celles de la Fraction armée rouge allemande, de l'Armée rouge japonaise ou de Prima Linea ne pouvaient se confondre. Tout comme les jeunes Italiens, les jeunes Allemands et les jeunes Japonais étaient enfants de nazis et de fascistes. Ils posaient des bombes contre la société de leurs pères. Ils devaient se relever de dictatures sanglantes et criminelles, sachant, de toute façon, que les coups portés ne blesseraient jamais autant que les crimes contre l'humanité commis par leurs pères. Cependant, leurs ascendances nauséeuses, détestables, n'étaient pas comparables aux trahisons du pétainisme. Si elles ne justifiaient pas l'assassinat du patron des patrons allemands – Hanns Martin Schleyer – ou du chef de la démocratie chrétienne italienne – Aldo Moro –, elles allégeaient le poids des charges accablant ces descendants de lignées abjectes. Les indignités pétainistes sont d'une autre nature. Auschwitz n'est pas Drancy ; les SS gardes-chiourmes ne montent pas sur le même podium que les gendarmes – et les CRS n'ont jamais été des SS, contrairement aux âneries proférées en mai 68. Même si nous avions manifesté contre le général de Gaulle, il avait été là. Et si la France officielle, celle de Pétain, s'était couchée devant l'hitlérisme, notre pays s'honorait d'une résistance active. J'étais bien placé pour le savoir : mon grand-père avait fait sauter les trains qui partaient en Allemagne et, plus tard, ceux qui conduisaient des renforts vers la Normandie après le débarquement du 6 juin 1944 ; à seize ans, mon père ramassait dans la campagne lyonnaise les armes lâchées par les avions britanniques.

Je dis cela, qui marquait évidemment un terrain de bonne entente. Puis je racontai au Bordelais cette histoire que je tiens de ma grand-mère. Son mari était l'un des chefs de la Résistance-Fer. Ni sa femme ni ses enfants n'imaginaient que le petit fonctionnaire à chapeau qui quittait la maison pour son travail rencontrait clandestinement des cheminots avec qui il établissait, sur plans, la liste des dépôts d'armes et des convois militaires à faire sauter (dans la pièce où j'écris, est affichée une carte datant de la guerre sur laquelle mon grand-père a tracé d'un trait bleu les objectifs à détruire). La famille s'était réfugiée à Lyon, se cachant sous une fausse identité (Franchet). Mon père était en terminale. Il avait compris que son prof principal était membre d'un réseau de résistance. Il lui avait demandé de l'y faire entrer. Le prof avait répondu qu'il en parlerait à son chef. Rendez-vous fut pris. Et mon père se retrouva face à son propre père.

— Un dans la famille, ça suffit, lui dit celui-ci.

Il interdit à son fils de suivre la même voie que lui. L'ordre ne fut pas suivi. Mon père fut arrêté à Lyon, probablement torturé aux mains (il ne cessait de protéger ses ongles, les grattait souvent la nuit sur les draps de cauchemars dont il ne parlait jamais), puis, finalement, relâché.

Jusqu'alors, l'échange avec le Bordelais s'était cantonné à mi-chemin entre un interrogatoire informel et une conversation bien élevée. Avant de revenir à ses moutons, c'est-à-dire à la mystérieuse Frédérique, il m'apprit que l'attentat contre la Banque mondiale et le mitraillage de la voiture d'un responsable de l'ambassade israélienne (août 82) avaient été revendiqués par Action directe, unité Marcel Rayman. Rayman était un résistant juif appartenant aux FTP-MOI, l'un des vingt-trois de l'Affiche rouge (parmi eux, Missak Manouchian) fusillés le 21 février 1944 par les nazis. Rayman, « ce Juif absolu, sain et sacré » selon Pierre Goldman. Il avait vingt ans. Je me souvenais de la dernière strophe du poème d'Aragon, *L'Affiche rouge :*

Ils étaient vingt et trois quand les fusils fleurirent
Vingt et trois qui donnaient le cœur avant le temps
Vingt et trois étrangers et nos frères pourtant
Vingt et trois amoureux de vivre à en mourir
Vingt et trois qui criaient la France en s'abattant.

— Vous vous sentez insulté par cette signature ?

— Mon père et mon grand-père le seraient. Et aussi ma mère, fille d'immigrés juifs russo-polonais.

— Elle était résistante ?

— Trop jeune… Mais si, rectifiai-je aussitôt, à sa manière, elle l'était. Ses parents étaient fourreurs. Juifs ashkénazes. Ils ont fui Paris avant la rafle du Vel d'Hiv. Ils sont allés à Nice. Quand les Italiens sont partis, les Allemands sont entrés dans la ville. Ça a été l'effroi. Les Juifs se sont terrés où ils pouvaient. Mes grands-parents ont été abrités par un flic collabo qui espérait, la paix revenue, se blanchir grâce à eux. Il les a parqués au fond de son jardin, dans un clapier à lapins où ils sont restés jusqu'à la fin de la guerre. Ma mère et sa petite sœur ont rejoint un convoi d'enfants que des organisations clandestines tentaient de sauver en les envoyant en Suisse. Elles ont été interceptées à la frontière. Les passeurs ont été arrêtés. Après s'être arraché la cheville sur les barbelés, ma mère a été hospitalisée. Elle avait quinze ans, et ma tante à peine cinq. Les deux sœurs ont été séparées.

Ma mère portait la trace de ce drame sur la jambe : une cicatrice longue et profonde entaillant la peau. Ma grand-mère en portait une autre : ses cheveux avaient blanchi en une nuit lorsque, terrée dans son clapier, elle avait appris l'arrestation des passeurs et imaginé le pire pour ses filles.

— De ce côté-là de ma famille, je ne sais même pas s'ils connaissaient l'existence de l'Affiche rouge, ai-je dit en manière de conclusion.

— Pourtant, tous étaient juifs et ashkénazes, a rétorqué le Bordelais.

Nous nous sommes tus pendant un instant, plombés par l'irruption de ces années terribles dans une histoire qui ne les méritait pas. Puis nous avons retrouvé nos rôles et nos fonctions. Le policier a renoué avec le fil de ses questions.

— Je vous demandais si les revendications signées *Marcel Rayman* vous choquaient.

— Évidemment.

— Elles vous auraient choqué en mai 68 ?

— Je ne connaissais pas Marcel Rayman à l'époque.

— Si votre copain, le Garçon, avait revendiqué ces attentats et si vous l'aviez su, vous lui auriez dit quoi ?

— Il n'aurait jamais fait cela.

— Pourquoi ?

— On ne touche pas à l'Affiche rouge. Sauf pour la célébrer. Mitrailler un diplomate israélien aujourd'hui n'est pas comparable à un lancer de grenades sur un camion de SS en 1942.

Le Bordelais a émis un petit ricanement puis, sans me dévoiler le contenu de la première lettre anonyme qui l'avait lancé à ma poursuite, il me demanda si je croyais que la Frédérique qu'ils recherchaient était juive. Je répondis que je n'en savais rien.

— Imaginez qu'elle ait fait des attentats et qu'elle les ait signés *commando Marcel Rayman.*

— Si c'est le cas, je ne crois pas qu'elle soit juive.

Nous nous détendîmes. Au moins en apparence. Le Bordelais s'étira sur son fauteuil

— Vous avez du whisky ? On se boit un petit verre ?

J'aurais bien aimé, moi aussi, poser des questions, mais je m'abstins. Je trouvais le Bordelais assez sympathique, dans une autre vie peut-être aurions-nous été vaguement copains, mais c'était un flic, on ne fraie pas avec les flics me disais-je à l'époque.

Avant de partir, il me remontra la photo de la fille blonde et insista :

— Vous êtes sûr que ce n'est pas elle ?

Évidemment que c'était elle. Je feignis une intense concentration puis secouai la tête, un peu – mais pas trop – navré.

— Non, ce n'est pas elle.

J'étais tombé dans le piège qu'il m'avait tendu.

Car ce que j'ignorais, ce qu'il n'avait pas dit, c'est que la fille blonde avait été arrêtée le matin même, qu'au moment où nous buvions un petit verre de whisky, elle était interrogée dans le bureau du 36 où je me trouvais moi-même quelques jours plus tôt.

Le Bordelais me téléphona le soir, assez tard. D'une voix encore aimable, il me dit :

— Vous ne l'avez pas reconnue, mais c'est elle.

Il ajouta, un peu plus fermement :

— On vous attend demain au 36. Huit heures. Vous serez confrontés.

Cette nuit-là, une des pires de ma vie, je n'ai pas fermé l'œil. J'ai envisagé tous les cas de figure. Dire que la photo était mauvaise, raison pour laquelle je ne l'avais pas reconnue. Dire que je n'étais pas sûr que ce soit elle en vrai. Dire que c'était bien elle, mais à une époque où je ne la connaissais pas…

Quoi qu'il en soit, je reconnaissais là l'impéritie du Garçon. Pourquoi m'avait-il adressé Blond-Blond ? Comment, alors que ses camarades et lui venaient d'échapper à une fusillade mortelle, avait-il été assez inconscient pour jeter hors de chez elle une jeune fille affolée et l'avoir dirigée vers un endroit dont il savait qu'il ne pouvait être un refuge – puisque, aussi bien, je l'avais bouté, lui et ses camarades, hors de chez moi ? Avec la même inconséquence, il avait appliqué ses deux pouces sur mon carnet d'autographes. Un résistant ne laisse pas d'empreintes, me disais-je en observant la trace de ses doigts soigneusement appliquée sur une feuille de papier bible.

Cette nuit-là, enfin, même s'il était trop tard, m'apparut clairement une double ambiguïté. Celle de mon camarade d'adolescence qui parlait alors qu'il aurait dû se taire, qui marquait ses territoires délictueux de mille façons, dont chacun finissait par comprendre qu'il montait à l'assaut des banques et des bijouteries parce qu'il s'en cachait à peine – tant et si bien que nous fûmes nombreux à témoigner contre lui parce que ses appels téléphoniques nous impliquaient alors que nous croyions jouer une autre partie.

La mienne, aussi, la mienne, surtout : ma propre ambiguïté. Lorsque je l'avais retrouvé au début des années 80, j'imaginais que le Garçon participait aux mouvements qui défendaient les squats de Barbès et de Strasbourg-Saint-Denis. Je n'avais pas mesuré la dérive qui, partant de là, débouchait sur des voies de faits assimilables à du gangstérisme. Dans l'œilleton aveugle de ma longue-vue sociale, n'apparaissaient que des horizons distributifs. Je voyais la fin, pas les moyens. Raison pour laquelle je ne désavouais pas le Garçon. Comme si je prenais de l'avance sur l'Histoire qui, après les avoir condamnés, célébrait (dans le désordre) Marius Jacob et son alias Lupin, Bonnie & Clyde, Durruti, Spaggiari, les postiches et tant d'autres.

Désormais, chacun devait payer son écot à cette inconscience collective. Moi le premier. Je m'étais piégé tout seul. J'avais menti une première fois sur le 31 mai, une seconde sur la reconnaissance de cette fille que je ne connaissais pour ainsi dire pas. Si Blond-Blond avouait être venue chez moi, la première question que me poseraient les enquêteurs, celle que je me posais moi-même au cours de cette nuit d'insomnie, celle que beaucoup d'autres me poseraient durant les quarante années qui allaient suivre : pourquoi avais-je pris le risque insensé de dissimuler l'intrusion de ce soir-là ?

Parce que dans ce genre de drame, la logique n'a pas sa place. L'affectif et la morale jouent un rôle considérable. Avouer Trudaine, d'une manière ou d'une autre, c'était confondre le Garçon. Et Blond-Blond. Ce n'était pas trahir (puisque je n'ai jamais appartenu à ce groupe), mais c'était armer le bras de la police alors que la cible visée m'était chère. Le Garçon n'avait peut-être pas tiré, mais il n'était pas loin de ceux qui l'avaient fait. Il appartenait à leur bande. Je ne savais pas quel prix lui coûterait une telle révélation. Assez stupidement, je ne me posais pas la seule question qui valait pour moi-même : quel prix *me* coûterait un tel silence ? J'étais dehors. Le Garçon en prison. Sans doute pour longtemps. C'était là une raison suffisante pour me taire.

À l'aube, je me suis résolu à adopter une ligne de conduite des plus hasardeuses, la seule cependant qui nous sauverait peut-être l'un et l'autre. Au premier regard, je devais faire comprendre à Blond-Blond que j'avais assuré ne pas l'avoir reconnue, et décrypter en une fraction de seconde ce qu'elle-même avait dit. Ainsi seulement pourrions-nous affronter l'épreuve de l'interrogatoire qui suivrait. Nous nous en sortirions à la seule condition de tenir le même langage.

À sept heures du matin, le Bordelais a téléphoné. Il a dit :

— La confrontation est inutile. Elle a tout avoué.

Trois mois ont passé. De sa cellule, le Garçon m'a envoyé un mot : E2-E4. Défense sicilienne. La partie, cependant, a tourné court. J'avais compris que mon vieux camarade ne m'absoudrait pas.

Je suis allé voir un avocat. C'était un ténor du barreau aux convictions bien ancrées, dur, implacable. Il trônait dans un bureau sombre. Je lui ai raconté toute l'histoire. Il m'a demandé ce que j'attendais de lui. J'ai répondu que j'avais besoin d'une aide, que je ne me sentais pas assez solide pour affronter la suite seul.

— Quelle suite ?

J'ai dit que j'étais persuadé que le Bordelais ne me lâcherait pas. Il m'a demandé pourquoi

— Il m'a prévenu.

— De quelle manière ?

— Il m'a dit que si je lui avais menti, il viendrait me rechercher.

— Et vous avez menti ?

— Oui.

— Que croyez-vous qu'il puisse vous arriver ? Qu'on vous arrête ?

Cette hypothèse me semblait inenvisageable. De quoi pouvait-on m'accuser ?

— Au pire, vous serez inculpé de non-dénonciation de malfaiteur.

— Et au mieux ?

— Rien, j'imagine.

— Ce n'est pas si simple.

Je dis que je craignais de ne pas savoir résister à la pression. De m'embourber dans les interrogatoires. De finir par craquer et de balancer des informations accusatoires.

— Contre votre copain ?

— Oui.

— Vous ne balanceriez rien du tout. Vous vous défendriez ! C'est légitime !

— Vous ne voulez pas m'aider à préparer la suite ?

— Qu'est-ce qu'ils ont contre vous ? Rien !

— J'ai abrité un de leurs complices...

— Sans le savoir. Et vous m'avez dit que vous aviez reçu un loyer ?

Je confirmai. Je donnai même le chiffre.

— Cela vous absout d'une accusation de complicité.

Je ne voyais pas en quoi.

— Action directe, c'est politique, non ? Des militants... On ne se paie pas entre militants. N'étant pas militant, vous n'êtes pas complice.

L'avocat m'observait d'un œil froid. Il n'avait pris aucune note.

— C'est tout ce que vous pouvez me dire ?

— Pour le moment.

— Si je reste campé sur mes premières déclarations, je risque combien ?

— Au moins quatre ans.

Il m'a tendu une main osseuse et glacée.

— S'ils reviennent, prévenez-moi.

L'humeur perplexe, j'ai quitté cet homme pressé.

En septembre, je corrigeais les épreuves de mon quatrième livre que publierait le Mercure de France. À la même époque, je fus contacté par Michel Lafon pour assister Rika Zaraï dans l'écriture d'un ouvrage sur la médecine naturelle.

Je rencontrai Rika chez elle, villa Montmorency. C'était une grande maison, sombre et triste. Dans une vaste pièce, Rika avait rassemblé sur des étagères une quantité invraisemblable de plantes, de graines, de racines, de feuilles séchées, de poudres et d'onguents divers. Une bibliothèque de fioles. Cette passion quasi messianique pour la nature lui était venue après un accident qui lui avait brisé la colonne vertébrale. Aucun médecin, aucun chirurgien n'avait su la rétablir. Elle devait son salut à un naturopathe qui l'avait immobilisée dans un corset d'argile. Remise sur pied, elle s'était lancée dans cette vaste entreprise à laquelle elle allait consacrer sa vie et sa fortune : la santé par les plantes.

Je donnai mon accord à Michel Lafon. Nous nous accordâmes sur une méthode de travail : Rika m'adresserait ses feuillets écrits dans un galimatias que je mettrais en forme, c'est-à-dire en mots et en phrases, respectant impérativement le ton qu'elle voulait donner à son ouvrage.

Le 15 octobre, tandis que le Bordelais demandait aux équipes installées dans les sous-sols du 36 de surveiller ma ligne téléphonique jusqu'au lendemain matin, je recevais pour la troisième fois un antiquaire suisse qui voulait à toute force me faire écrire un roman dont il avait eu l'idée : une escroquerie littéraire originale et bien ficelée. J'avais refusé : je n'ai jamais écrit de romans pour d'autres – seulement des biographies, des essais, des mémoires. Le type insistant, je l'avais dirigé vers un ami écrivain qui avait rédigé un chapitre que l'antiquaire m'apportait pour obtenir mon avis.

Le 16 au matin, on sonna à ma porte. C'était l'amant en titre de Rika, un type roulant dans une énorme BMW qui m'apportait le chapitre écrit la veille par sa dulcinée. Comme j'étais enrhumé, elle avait joint à son envoi un sachet de thym qu'elle me recommandait de boire aussitôt, deux cuillerées ce matin-là, deux après le déjeuner, deux le soir avant le coucher.

Je lus : *« Vous êtes chauve ? Dominez votre complexe, et au lieu de vous sentir infériorisé vous deviendrez irrésistible. Imitez Yul Brynner : justement parce qu'il était chauve comme un œuf, il est parvenu à séduire les plus belles femmes de la terre. »*

J'ai pensé que ça n'allait pas être de la tarte…

Une heure plus tard, nouveau coup de sonnette. Ils étaient quatre, comme la première fois. L'appartement était encombré de bouteilles, vins et champagne : le soir, des amis devaient venir. C'était le jour de mon anniversaire.

Le chat paraissait un peu ennuyé de donner le coup de patte final à son adversaire. C'est ce que j'ai compris quand le Bordelais m'a dit :

— Je vous avais prévenu : vous avez menti, je vous embarque.

Nous avons suivi la même route que la première fois. Je me suis retrouvé dans le même bureau. J'ai été interrogé par les mêmes enquêteurs. Ils ont commencé par me présenter une trentaine de photos. J'ai compris qu'il s'agissait de tester ma bonne volonté. J'ai donc reconnu Blond-Blond sur les deux premières. Ils ont paru satisfaits. Après quoi, ils ont joué la comédie du « je-sais-tout ». C'est l'Albinos qui dirigeait l'offensive. Il me lança un chiffre : 187 000.

— 187 000 quoi ?

— 187 000 francs. C'est ce que vous avez gagné en 83.

— Et votre femme, 91 000.

— Pour un loyer de 3 150 francs. Il vous restait de quoi vivre.

Je ne comprenais pas où ils voulaient en venir.

— Votre banque, c'est bien l'agence du Crédit Lyonnais qui se trouve rue de l'Ancienne-Comédie ? Vous n'en avez aucune autre ?

— C'est la seule.

— Êtes-vous propriétaire d'un appartement ?

— Non. Locataire seulement.

— D'une maison de campagne ?

— Non plus.

— Vous n'avez acheté aucun bien ces dernières années ?

— Avec quel argent ?

— Celui d'Action directe.

— Vous rigolez ?!

Je n'avais pas pu me contenir.

— Blond-Blond prétend que vous blanchissiez de l'argent pour Action directe…

— C'est n'importe quoi !

— … Et aussi qu'à la demande de votre ami, vous leur avez acheté une maison de campagne…

— … Ou un appartement parisien…

J'étais accablé.

— D'où sort-elle ces saloperies ?

— De votre copain. Il lui a raconté ça.

— Si vous êtes allés à ma banque, vous savez bien que je ne suis propriétaire de rien et que…

Je n'ai pas pu poursuivre : l'émotion m'étouffait.

— On va remettre les pendules à l'heure, a commenté l'Albinos. On a interrogé des dizaines de témoins. Parmi ceux-là, beaucoup savaient des choses qu'ils n'auraient jamais dû savoir. Ils témoigneront à charge contre votre copain. C'est la monnaie de sa pièce : à trop parler, on se brûle…

Je l'interrompis :

— Baratiner à sa copine ! Se servir d'elle pour m'enfoncer !

Intérieurement, je le maudis. Je devais désormais me défendre contre les accusations d'une femme que je connaissais à peine, qui répétait les mensonges que ce salaud, oui, ce salaud, avait proférés. J'étais hors de moi.

— On l'a interrogé pendant quarante-huit heures, a dit un flic que je n'avais pas particulièrement remarqué au mois de mars.

Il portait une bacchante épaisse qui me fit songer à celle de Mesrine.

— Il a refusé de répondre à nos questions. Il répétait qu'il était un prisonnier politique et nous des flics fascistes.

— Ça ne changeait rien à sa situation, a complété l'Albinos : on connaissait les réponses à nos questions parce qu'un autre avait parlé.

— Et maintenant, Blond-Blond…

— Toutefois, a rigolé le Bordelais, il a accepté de trinquer avec moi : il a bu du whisky avec le flic fasciste qui l'avait arrêté !

Ils rirent de conserve. Pas moi.

— Votre copain, il était très fier de faire de vous un complice. Un écrivain ! Ça le grandissait aux yeux de sa copine…

— … Et des autres.

— Vantard, irresponsable et bavard, commenta fermement l'Albinos. Et appréciant le luxe. Vous savez ce qu'on a trouvé chez lui quand on l'a arrêté ? Des Weston ! Toutes neuves ! Encore emballées !

— Ce n'est plus le sujet, interrompit Mesrine.

— De toute façon, ils n'avaient besoin de personne pour blanchir : les billets partent en Italie ou en Belgique. Et pour les traveller's chèques, il faut une organisation financière très lourde… Mais cette fille vous a présenté comme un soutien logistique, un blanchisseur de fric et un membre pur et dur de l'organisation.

— C'est n'importe quoi !

— On le sait.

— On le sait parce qu'on a épluché vos comptes sur plusieurs années, a temporisé le Bordelais. On n'a relevé aucun mouvement suspect. Blond-Blond a été arrêtée le 25 juin. Nous sommes le 16 octobre. Presque quatre mois. Ça nous a laissé le temps d'approfondir nos recherches sur vous.

— Mais vous me considérez comme un soutien logistique ?

— Au tout début, nous le pensions. Plusieurs mois d'écoutes et de filatures nous ont finalement persuadés du contraire… D'un certain point de vue, la surveillance dont vous avez été l'objet plaide pour vous. Nous, nous pensons que vous ne saviez pas que le cousin du Garçon, le Petit Jaune, travaillait avec Action directe. Là encore, si nous l'avions pensé, vous ne seriez pas sorti en mars.

Il avait dit « nous ». Qui doutait ?

— … Et puis, enchaîna Mesrine, un type qui ne met pas les voiles quand il apprend par une voisine que la police travaille sur lui…

— C'étaient les pompiers, ai-je dit.

Ils ont ri.

— C'était nous. Nous avons su par les écoutes que vous comptiez vous rendre chez la concierge. On a dépêché un motard pour la prier de s'en tenir aux pompiers.

Le ton de ces échanges n'était pas agressif. J'ai pensé que je pouvais m'en sortir : finalement, ils n'avaient rien à me reprocher de plus qu'au mois de mars. Sinon d'avoir dissimulé des informations qu'ils détenaient déjà.

— Revenons à vous, dit le Bordelais.

Il ôta ses lunettes et me fouilla du regard.

— Quand avez-vous vu Blond-Blond pour la dernière fois ?

— Je ne me souviens pas.

— Vous êtes sûr ?

J'ai vaguement bredouillé une réponse inaudible.

Il assena :

— Vous l'avez rencontrée le 31 mai, jour de la fusillade de l'avenue Trudaine.

— Qui vous l'a dit ?

— Elle.

J'étais planté. Rien ne pouvait arriver de pire. À moins d'un miracle, il n'y aurait pas d'anniversaire chez moi.

J'ai joué au con. J'ai prétendu avoir réalisé très tardivement que le 31 mai était le jour de Trudaine, qu'ils étaient venus chez moi dans l'après-midi et Blond-Blond le soir. Les flics m'écoutaient en ricanant : mon témoignage ne leur était plus d'aucune utilité.

Je me suis enferré :

— J'avais d'ailleurs pris la décision de vous en parler.

— Ah oui ? Quand ?

Le Bordelais a ouvert l'armoire dans laquelle il rangeait son flingue. Il l'a glissé dans sa ceinture, sous sa veste, puis il est sorti. L'Albinos a fouillé dans un dossier cartonné. Il en a sorti un feuillet dactylographié qu'il a tendu à Mesrine. Celui-ci l'a lu à haute voix après avoir précisé qu'il s'agissait d'un PV de perquisition.

— Un appartement à Levallois. Voilà ce qu'on a trouvé : deux pistolets mitrailleurs Sten, un pistolet mitrailleur Ingram, un pistolet mitrailleur Madsen, un revolver Manurhin, un colt 357 Magnum chargé, deux carabines US à crosses repliables, deux carabines Remington 222 à lunette, trente-quatre chargeurs, des balles de tous calibres, deux grenades, quatre détonateurs, trois allumeurs, trois mètres de cordon détonant, deux pains d'hexogène, quarante-huit cartouches de dynamite…

J'ai bien compris que cette énumération visait à me déstabiliser. On n'était plus dans le fantasme, dans l'irréel. Il ne s'agissait plus seulement de braquages évoqués dans le flou de déclarations alcoolisées.

— On ne compte pas les faux papiers italiens, français et belges, les brouillons de revendications d'attentats et de vols à main armée… Qu'est-ce que vous en dites ?

J'étais anéanti.

— Association de malfaiteurs. Vous risquez dix ans.

Rien n'était plus ni grandiose, ni passionnant, ni délicieux. Les faits étaient actés, prouvés, démontrés. Je redescendais sur terre et m'y cassais les jambes. Il y avait bien eu une interpellation au Père-Lachaise, les mitraillettes Sten qui dataient de la guerre avaient repris du service, le type en jean et en blouson dans les manifs était réellement un flic qui connaissait, comme ses collègues, les deux issues du square Adanson. À Rouen, chez l'imprimeur, l'ennemi était bien en planque, appareils photo et flashes en mains, et la filature sur l'autoroute s'était achevée dans Paris.

La panique m'a saisi. À la page 279 du roman communard que j'avais publié en août 1982, parmi les dix noms de l'arbre généalogique des « révolutionnaires » cités, il y en avait un que les enquêteurs n'avaient pas trouvé et dont je savais, désormais, qu'il ne sortirait pas indemne d'une identification. N'ayant pas lu le livre, ils n'étaient pas arrivés jusqu'à lui. Même s'ils nous avaient filés jusqu'à Rouen, même s'ils nous avaient photographiés en sa compagnie, ils ne l'avaient pas eu ; il ne faisait pas partie des personnes arrêtées en même temps que moi. L'inscription de ce nom prouvait tout à la fois l'ingénuité d'un écrivain déréalisé et l'inconséquence de cet autre qui, après avoir inscrit ses empreintes sur un carnet d'autographes, avait déposé son caca identitaire dans un livre tiré à plusieurs milliers d'exemplaires. Comment le Garçon avait-il pu me laisser commettre cette ânerie, lui qui avait lu le roman avant publication ? Pourquoi ne m'avait-il pas fait gommer ce nom, et aussi le sien, sachant que si les enquêteurs mettaient la main sur l'ouvrage, ils découvriraient l'un et coinceraient immanquablement l'autre ? Je devais m'arc-bouter à cette balise : ne jamais mentionner *Apolline.* Détruire le livre quand je rentrerais chez moi.

Le Bordelais est revenu. Il a posé une fesse sur son bureau. Les deux autres ont quitté la pièce.

— Je vais vous apprendre un détail que vous ne connaissez pas.

J'entendais des allées et venues dans le couloir, des portes grincer.

— Le déserteur était bien un déserteur, et il avait la jaunisse. Sur ces deux points, le Garçon ne vous a pas menti. Ce que vous ignoriez, c'est que son cousin assurait le standard d'Action directe.

Il me l'avait déjà dit. J'ai pensé que ce n'était pas si grave. Répondre au téléphone, c'est moins dramatique que braquer une banque. Le cousin s'en sortirait mieux que son aîné.

— Ils sont partis de la Montagne-Sainte-Geneviève en décembre. Savez-vous pourquoi ?

— Quand j'ai compris, je leur ai demandé de partir.

— Vous croyez ?

Des amis avaient besoin d'un logement. Je leur avais donné les clés du studio, et j'avais commencé à rembourser le Garçon des loyers qu'il avait réglés. La présence de ces amis rue de la Montagne-Sainte-Geneviève interdisait le retour du déserteur.

— Vous avez fouillé l'appartement après leur départ ?

— Pas moi mais les nouveaux occupants.

— Leur nom ?

— Le Peutrec.

— Celui que vous appelez Papy ?

— Oui.

— Qu'ont-ils trouvé ?

J'ai lâché un peu de lest. Je m'étais persuadé qu'il fallait que je fasse un pas dans la direction du Bordelais, que de leur côté à eux, le Garçon et sa bande, la partie était jouée et perdue. Et puis j'éprouvais une sourde colère.

J'ai donc dit que mes amis m'avaient appelé après avoir découvert dans la cheminée du studio des perruques, des cagoules et des fausses moustaches. Nous les avions enfouis dans un sac poubelle jeté dans une benne. Je n'ai pas demandé au Bordelais s'il les avait récupérés. De toute façon, son impassibilité prouvait que cette information n'avait aucune importance à ses yeux.

— Le déserteur n'était pas seulement déserteur, a-t-il repris.

Il semblait ennuyé. Peut-être même ennuyé pour moi.

— Il participait à des hold-up.

Je n'ai pas bronché.

— La bijouterie Aldebert, vous avez entendu parler ?

J'ai répondu que non. C'était faux. La bijouterie Aldebert était la seule cible que le Garçon avait mentionnée précisément. La seule fois où les brumes et les mystères dont il s'entourait s'étaient éclaircis. Le moment où j'avais commencé à penser sérieusement qu'il y avait beaucoup de vrai dans ses paroles. L'instant où l'écrivain avait enfin commencé à redescendre sur la terre des réalités.

— Le cousin a braqué une bijouterie ? Pourquoi me parlez-vous de lui ?

— Parce que…

Il a hésité puis il a bifurqué. Il a saisi une feuille de papier.

— Vous souscrivez à ce genre de définitions ?

Il a lu :

— « Les attaques de banque sont des réappropriations prolétariennes. » Qu'est-ce que vous en dites ? Vous êtes d'accord avec ça ?

C'était la première fois qu'il se départait de l'humeur froide qui semblait être la sienne depuis mon retour au quai des Orfèvres.

— Et ça : « Est-il plus criminel d'attaquer une banque que d'en fonder une ? »

— C'est tiré d'une phrase de Brecht, ai-je dit.

Il a poursuivi, sans relever :

— L'argent volé, ils le redonnent aux ouvriers ? Aux prolétaires ? Trente-sept millions de francs… Ils le redistribuent à qui ?

Ils s'achètent des Weston, ai-je pensé avec méchanceté.

— Votre copain a braqué la bijouterie Aldebert. Il n'était pas seul. Et détrompez-vous : ils ne sont pas partis parce que vous le leur avez demandé. Ils sont partis sur ordre de leur organisation. Les scanners leur avaient révélé la surveillance autour de votre studio.

J'ai compris la raison de la virulence du Garçon quand il s'exclamait : « On finira tous avec une balle dans la tête. »

— Ils passaient leurs journées à nous écouter sur leurs scanners. Ils avaient nos fréquences, nos codes, nos indicatifs. Quand ils ont réalisé qu'on approchait, ils ont décampé. Vous avez une chance inouïe. D'une certaine manière, je vous le redis, les écoutes vous sauvent. Nous avons bien compris que vous ne saviez pas tout. Quand il est prévenu par sa concierge et son marchand de journaux, un type qui sait qu'il cache un braqueur se met au vert. Il disparaît.

Je n'avais rien à dire. Je recomposais mentalement le cheminement qui m'avait amené là. Le flic avait dit : Nous avons bien compris que vous ne saviez pas *tout*. C'est ce *tout* qui les intéressait.

— Maintenant, je vais vous dire pourquoi vous n'allez pas vous en sortir comme ça. Je vais vous dire pourquoi je ne vous ai pas lâché…

Il s'est tu. Deux de ses collègues sont entrés dans la pièce. J'étais assis dos à la porte : je ne les voyais pas. Il leur a fait un signe, et ils sont ressortis aussitôt. Par la fenêtre, je voyais le jour baisser. Le ciel était gris-fer. Dans le bureau, la tension était désormais étale, comme si elle avait atteint son niveau de croisière, très haut mais sans bouillonnements, un cours puissant, inexorable, dont je venais de comprendre qu'il allait m'emporter.

Le Bordelais s'est levé. Il a regardé les noirs clochetons de la Conciergerie mourant sous la brume du soir. Puis il a repris sa place, repoussé sa machine à écrire, il a croisé ses mains et les a posées sur la table. Il a dit :

— Le déserteur… Le Petit Jaune, comme ils l'appelaient.

Il parlait lentement. Il me fixait avec une sorte de curiosité plaintive.

— Vous savez où il se trouvait le 31 mai à deux heures de l'après-midi ?

J'entrevis la catastrophe. En un éclair, je me dis que c'était impossible. Qu'*il* ne m'avait pas fait ça.

Le Bordelais a poursuivi, sur un rythme très lent, sans me quitter des yeux, comme s'il voulait me faire mesurer la profondeur du trou dans lequel j'allais tomber.

— Le 31 mai, c'était le jour de Trudaine.

Cette date-là, désormais, était au cœur de ma vie. J'ignorais encore à quel point elle se trouvait là.

— Votre déserteur, le Petit Jaune… Il était là-bas. Il était sur place. Dans un café, pas loin du lycée Jacques-Decour.

Je me suis écrié que c'était impossible. Je voulais m'en convaincre. J'ai ajouté que j'avais une preuve de cela : il n'était pas chez moi avec les autres.

— C'est vrai, a dit le Bordelais. Sur ce point vous ne mentez pas : il n'était pas chez vous. Mais il a peut-être braqué la voiture dans laquelle les assassins ont fui.

Je me suis accroché à un branchage qui surnageait dans le cours du puissant fleuve qui m'emportait.

— Il n'a pas tiré ?

— Non. Il n'était pas armé.

L'Albinos est revenu. J'ai demandé au Bordelais comment il savait que le Petit Jaune était avenue Trudaine.

— Il l'a reconnu.

J'ai gardé le silence. La rage, la colère se transformaient lentement en hébétude.

— Je n'ai rien à voir avec Trudaine, ai-je balbutié.

— Nous le savons. Mais cela ne suffit pas.

J'étais anéanti. Brisé. Le tableau était largement déployé devant moi : j'avais abrité l'un des membres du commando qui se trouvait avenue Trudaine le 31 mai 1983. Que je le sache ou non, que j'aie été trompé ou pas, ne changeait rien à l'affaire. Circonstance aggravante : les écoutes téléphoniques prouvaient que je n'ignorais pas tout à fait les actions délictueuses commises par mon copain de lycée.

À cet instant, dans cette pièce qui s'assombrissait de minute en minute, le désespoir me gagnait.

— Confrontez-nous, ai-je dit aux flics. Asseyez le Garçon face à moi.

— C'est au juge de décider… Qu'est-ce que vous lui diriez ?

Je n'ai pas répondu. Je le revoyais dans le couloir du 36, six mois plus tôt. Une policière avait dit : « Il est aimable. Il est dangereux. » C'était exactement cela. Aimable et dangereux. Séducteur et funeste. Il m'avait trahi. Il m'avait menti sur la destination de mon studio ; il m'avait menti sur son cousin ; il avait menti à Blond-Blond en me faisant porter un chapeau beaucoup trop large pour moi qui me valait de me trouver là, 36, quai des Orfèvres, alors que ni la coupe ni la taille du costume n'étaient à ma mesure. Je lui en voulais de tout cela, et aussi de la situation morale dans laquelle il m'avait placé. Aux yeux des flics, seule la vérité m'absoudrait. C'est-à-dire l'aveu. Le Bordelais me l'avait dit : « D'une certaine façon, je vais vous étrangler. Vous enfermer dans un espace si réduit que vous serez obligé d'ouvrir la porte pour respirer… La porte, ce sera l'aveu. »

L'aveu de ce que je savais. Colère et désespoir. Oui, je le revoyais passer dans le couloir. Mais il avait les mains liées dans le dos. Mais il resterait enfermé pendant des années. Sa vie s'arrêtait là. Celle du Petit Jaune, emporté à vingt ans, aussi. Tandis que la mienne…

Je ne pourrais résister sur tous les fronts. Nier les évidences. À un moment, je serais obligé de baisser la garde. Le plus tard possible, me disais-je tandis que les flics s'affairaient ici et là, dans le bureau et les couloirs. Confirmer seulement : quand les preuves amassées par les enquêteurs condamneraient le Garçon sans échappatoire possible. Je compris soudain pourquoi il s'était présenté aux enquêteurs comme un militant antifasciste refusant de parler à des flics fascistes : un mot en appelle un autre, puis un autre, et les vagues finissent par ensevelir. Je ne militais pas de cette façon-là. Je ne considérais pas les flics comme des fascistes. Je n'étais pas prêt à donner dix ans de ma vie pour un homme qui avait trahi une amitié ancienne et emporté tant de « naïfs » dans son sillage. Et si j'avais décidé de baisser la garde le plus tard possible, c'était autant pour le protéger encore que pour rester à peu près droit dans mes bottes : ne pas être le traître qu'il était lui-même. Le traître à une cause que, de toute façon, je n'avais pas à défendre : elle n'avait jamais été la mienne.

Le premier interrogatoire s'est achevé à dix-neuf heures. Le deuxième a repris une heure plus tard. Les questions, cette fois, pleuvaient comme des grêlons sur mes épaules affaissées. J'étais pris en sandwich entre les écoutes téléphoniques, les aveux de Blond-Blond, ceux du Petit Jaune. Une piste verglacée sur laquelle j'essayais de maintenir une ligne à peu près droite, bordée d'un côté par le Garçon que, malgré ma colère, je ne voulais pas accabler davantage, et, de l'autre, par les dix ans d'emprisonnement dont m'avait menacé le Bordelais. Toutes les demi-heures, celui-ci abandonnait sa machine à écrire, reprenait son flingue, s'absentait pour revenir quelques minutes plus tard. Je supposais qu'il allait interroger un autre gardé à vue dans un bureau proche.

Ils voulaient savoir pourquoi le Garçon, quand il me téléphonait, ou moi-même, lorsque je donnais de ses nouvelles à Tel ou Telle, utilisions des phrases codées. Si je savais où il allait quand il disparaissait. Pourquoi j'avais menti sur le 31 mai. Pourquoi j'avais menti sur la connaissance que j'avais de ses braquages. Pourquoi j'avais menti sur à peu près tout ce qu'ils savaient désormais grâce aux aveux de Blond-Blond et à ceux d'un autre. J'étais coincé. J'avais beau envelopper mes phrases dans des expressions suggérant des doutes, des approximations (« peut-être », « sans doute », « probablement »), des marques de colère témoignant de ma bonne foi (« Je ne le croyais pas capable de ça »), des marches arrière (« Après réflexion, j'avais décidé de vous le dire »), des désespoirs, j'étais cerné, tiré à vue, enfermé dans un quadrilatère dont ils maîtrisaient les côtés, les angles et la surface. Ils savaient tout. Je ne pouvais que confirmer. J'aurais pu me draper dans l'uniforme d'un prisonnier politique maltraité par des flics fascistes, refuser de parler, accepter de partir au trou pour dix ans. J'aurais pu, tout au contraire, déballer le peu que je savais et rentrer chez moi souffler les bougies de mes trente-deux ans. Dans les deux cas je me condamnais.

— Dix ans, me répétait le Bordelais. Vous croyez que ça le mérite ?

— Et vous, vous croyez que je le mérite ?

— Ce n'est plus nous qui décidons. C'est le juge d'instruction.

Il m'apprit alors que lorsqu'il quittait son bureau, c'était pour se rendre chez le juge Jean-Louis Bruguière.

— Il suit votre interrogatoire depuis la première minute. Je lui apporte vos dépositions.

C'était là le « nous » dont il m'avait menacé.

— Reprenons.

Il s'assit derrière sa machine à écrire. De nouveau, nous étions seuls.

— Cessez de faire l'imbécile. Pensez à vous. Rappelez-vous que nous connaissons toutes les réponses aux questions que nous posons.

Il glissa un carbone entre deux pages.

— Êtes-vous enfin décidé à nous dire tout ce que vous savez sur la présente affaire et sur les activités de celui que vous appelez le Garçon ?

Ce n'était pas une question, mais une menace. J'ai répondu par l'affirmative. J'avouerais le minimum. Les faits qu'il n'était plus possible de nier. Pas plus.

— Saviez-vous que votre copain faisait des braquages ?

— Oui.

— Lesquels ?

— Je ne sais pas précisément.

— La bijouterie Aldebert ?

Il m'a regardé.

— On a deux dépositions concernant Aldebert. Dont l'une émane d'un complice qui a attaqué la banque avec lui.

— Qui ?

— Blond-Blond.

J'ai baissé les yeux. Réfléchi à toute allure.

— On a tout le matos nécessaire. Le juge l'a inculpé dans ce dossier. Dites la vérité. Elle ne changera rien à son sort.

— Aldebert, oui.

— Autrement ?

— Autrement, je ne sais pas.

— Vous persistez ?

— Oui.

Il tapa ma réponse.

— Pourquoi des paroles codées ?

Il les cita : « Le pape est mort », « Le ménage a été fait » et quelques autres.

— Parce que le Garçon étant membre d'Action directe…

— Membre ou proche ? Vous vous êtes déjà contredit sur ce point.

— En tout cas, proche.

— Il vous l'a dit ?

— Je l'ai déduit de ses propos et de ses fréquentations.

— Quelles fréquentations ?

— Robert et Nadine.

— Vous voulez dire Rouillan et Ménigon.

— Oui.

L'interrogatoire a duré longtemps. Les allées et venues dans le couloir se sont peu à peu espacées, la porte du bureau s'est ouverte puis refermée sur des Salut-Bonsoir expédiés. Je n'avais rien mangé depuis des heures, j'avais envie de vomir, de dégueuler sur le visage poupin, aimable et dangereux d'un garçon à mes yeux devenu innommable – et innommé.

À une heure du matin, la mine un peu crispée, le Bordelais a pris son revolver dans un tiroir, puis un talkie-walkie. Il l'a porté à sa bouche et a dit : « On y va. » Il m'a fait signer une feuille sur laquelle j'ai lu : « Fin de garde à vue. » Je me suis levé.

Nous avons quitté le bureau. Deux de ses collègues attendaient à la porte. Élisabeth était assise sur un banc. Quand elle m'a vu, elle est venue vers moi, m'a pris dans ses bras et m'a chuchoté :

— Dis ce que tu sais. Je t'en supplie, ne leur cache plus rien. Oublie ton mythomane débile.

Je l'ai serrée contre moi, et j'ai dit :

— Ne t'inquiète pas. Dans une heure je serai à la maison.

Elle pleurait.

J'ai traversé le palais de justice entouré par deux policiers. Ils ne parlaient pas. Nous avons emprunté des couloirs tortueux. C'est quand j'ai vu des gardes armés de mitraillettes, quand j'ai senti leurs mains fouiller mon corps, quand on m'a délesté de mes clés et de mon chéquier que j'ai compris.

Je suis entré dans un bureau où m'attendait le juge Bruguière. Carré de gueule et d'épaules, visage fermé, suçotant une pipe à l'ébonite jaunie par l'usage. La même impassibilité que l'avocat à la main froide et osseuse. Il m'a fait asseoir et m'a dit :

— Je vous inculpe d'association de malfaiteurs et je vous place sous mandat de dépôt.

J'ai demandé pourquoi.

— Pour les besoins de l'enquête. Vous mentez depuis le début.

J'ai haussé les épaules.

— C'est une mesure injuste.

— Je ne reviendrai pas sur ma décision.

Le juge m'a posé quelques questions auxquelles j'ai répondu brièvement. J'avais compris que je ne le ferais pas changer d'avis. Derrière lui, assise à une table à l'écart, la greffière tapait mes réponses sur une machine à écrire électrique. J'ai dit :

— Notez ce que vous voulez sur vos feuilles. Je m'en fous, maintenant. Puisque je ne suis plus libre, rien ne m'importe.

Le temps de la crainte était passé. Désormais, j'étais dans l'épreuve. On ne craint jamais l'obstacle autant qu'avant de l'avoir franchi. J'étais dedans.

J'ai demandé à poser une question.

— Faites, a répondu le juge.

— Qui m'a dénoncé ?

Il a échangé un regard crispé avec sa greffière et m'a répondu :

— Je ne peux pas vous le dire.

Il a ajouté, suçotant sa pipe.

— Si vous l'apprenez un jour, vous ne le croirez pas.

J'ai signé une feuille. On m'a demandé de choisir un avocat, et j'ai donné le nom de l'homme à la main froide et osseuse.

Le juge Bruguière m'a dit :

— Vous allez à la Santé.

J'ai baissé la tête, tendu les bras pour recevoir les menottes. Un policier en tenue m'a tiré hors du bureau. Je me suis retourné vers le juge, et j'ai dit :

— C'est aujourd'hui mon anniversaire. Merci pour le cadeau.

Le juge a répondu :

— Bon anniversaire.

II

Paris, prison de la Santé, 17 octobre 1984

Je suis arrivé dans la nuit. Je venais du palais de justice où j'ai été promené de souricière en souricière, puis poussé dans un car qui a traversé la Seine escorté par quatre motards dont les sirènes hurlaient à mes tympans. Nous sommes passés près de chez moi. J'ai pensé à Élisabeth.

Au greffe, on m'a pris mon portefeuille, ma ceinture, les lacets de mes souliers. J'ai noirci mes doigts dans l'encre des empreintes. On m'a photographié, face et profil. Un gardien m'a promené dans des couloirs sombres, sales et déserts. Il m'a poussé dans une cellule infecte. Je me suis allongé à l'étage supérieur d'un châlit. Sous moi dormait un homme qui ronflait abominablement. À l'aube, je l'ai réveillé. Il a grogné, s'est rendormi. Les ronflements ont repris.

À sept heures, on m'a sorti de la cellule pour me jeter dans une cage marquée Salle d'attente. *Nous étions douze. On nous a appelés à tour de rôle. J'ai été présenté au directeur de la prison puis à l'assistante sociale. Je lui ai demandé de communiquer mon adresse à ma femme, de m'apporter une enveloppe, un timbre, pour que je lui écrive. Elle m'a dit :*

— Je lui téléphonerai. Je ne peux pas faire plus. Vous êtes placé à l'isolement.

— L'isolement ?

— Vous êtes seul en cellule, vous n'avez pas droit aux visites sauf dérogation spéciale accordée par le juge. La radio comme les journaux sont interdits.

Deux gardiens sont entrés. Ils m'ont encadré jusqu'à une cellule sale, blanche, trois pas dans un sens, deux dans l'autre. Armoire et table scellées dans le mur. Jour gris pénétrant à travers une fenêtre opaque et cadenassée par des barreaux à trois mètres du sol. La porte et son judas. La lumière qu'on ne peut éteindre ou allumer de l'intérieur. Le lavabo et son robinet d'eau froide. La poussière partout. Le bruit des targettes et des verrous signant la mort, la mort sociale.

C'est aujourd'hui le jour de mon anniversaire : j'ai trente-deux ans.

J'ai passé la matinée, depuis dix heures jusqu'à midi, sur le lit, la tête sous l'oreiller pour ne rien voir et oublier. Je me berçais d'un côté puis de l'autre, sans cesse, retrouvant ce mouvement de l'enfance abandonné depuis des années. Le désespoir infantilise.

Dès l'aube, j'ai reçu des télégrammes d'Élisabeth et de mon père me conseillant, me suppliant, m'enjoignant de récuser l'avocat que j'avais choisi et de nommer Me T. à sa place. Sonné, assommé, j'ai pensé qu'ils étaient plus aptes que moi à décider, et je l'ai fait. Ils étaient libres, j'étais enfermé. Cela leur donnait une légitimité que j'avais perdue. Je n'étais pas seulement détenu ou incarcéré, j'étais en prison. En prison. Dehors, les autres ne diraient pas Il est enfermé, détenu ou incarcéré ; ils diraient Il est en prison. Ces deux vocables portent une condamnation définitive. S'en relève-t-on ? En plus des portes cadenassées, celles du greffe, de la rotonde centrale, du quartier cellulaire, de ma cellule, il y aurait les appréciations de tous ceux qui, à l'extérieur, diraient, aussi violemment que les gardiens claquant les grilles, Il est en prison. Et ces mots, ai-je pensé, me hanteraient, me poursuivraient pendant dix ans, ou vingt, ou trente, tout au long de ma vie peut-être.

Lorsque j'entends approcher le pas des gardiens qui poussent le chariot de nourriture, je redoute l'instant où il me faudra sortir d'un néant artificiel pour tendre la gamelle. Ce matin, j'ai jeté la soupe dans les toilettes. Je ne mange pas. Même s'ils sont douloureux, je préfère les songes d'hier à la réalité d'aujourd'hui. Je cherche des diversions, toutes pénibles. Les images me renvoient à des gestes, à des personnes qui s'éloignent à grands pas vers le temps des souvenirs. J'essaie de les capter. Je n'y parviens pas : le poids du présent est trop lourd. Je suis là. Je me lève, je me couche, je lave mon assiette (à la main sous l'eau froide, sans savon), je pisse, j'écris. Je n'agis pour personne. Nul ne me viendra en aide. J'ai peine à croire que je me trouve pour de bon dans cet univers totalement étranger. Passant sans transition des sphères aimables qui sont les miennes habituellement à une succession d'impudeurs, de violences, de hontes, je mesure le cauchemar, tentant de me rassurer en songeant qu'il finira par se diluer. Je suis terrifié.

Hier encore, j'étais un homme libre. Vingt-quatre heures, et l'actualité devient mémoire. Il faut effacer, oublier. Créer une inertie, un ordre du silence propice à la maîtrise des douleurs. Penser fait mal.

J'ai demandé à voir le médecin. On m'a exfiltré de la cellule, fait franchir deux grilles et monter un étage. Je suis entré dans un cabinet médical. C'était une pièce sombre avec des barreaux aux fenêtres. Nous avons bavardé, le médecin et moi, comme dans une consultation normale. Il y avait un téléphone sur son bureau. Je ne le quittais pas des yeux. Je rêvais de prendre le combiné, de composer les sept chiffres de ma maison, de parler à Élisabeth, très normalement, comme si j'appelais d'une cabine téléphonique. J'ai demandé si je pouvais l'utiliser. Le médecin a gentiment secoué la tête :

— Les lignes ne communiquent qu'à l'intérieur.

Il m'a prescrit du Tranxène. Des gélules qui me seraient apportées chaque fois trempées dans l'eau pour être avalées sans attendre. Précaution élémentaire pour éviter qu'elles soient stockées et absorbées comme une drogue ou un poison mortel.

Je suis redescendu à dix-sept heures trente. Une lettre de l'avocat à la main froide et osseuse m'attendait : à l'évidence, il souhaitait revenir dans le dossier. Action directe, un écrivain emprisonné… L'affaire était prometteuse.

J'ai avalé la soupe. Puis les gardiens sont venus, ont lancé un « bonsoir » monocorde, et il y eut ce bruit épouvantable du verrou et des deux targettes.

J'ai essayé de dormir. Impossible. On ne coupe les deux cents watts qu'à 23 heures. Il fait un froid de gueux. Allongé sur le lit, j'ai interrogé une pythie imaginaire : combien de temps resterai-je là ?

Dans la nuit, j'ai été réveillé trois fois par les lumières brusquement allumées de l'extérieur. Je me suis redressé, j'ai deviné l'œil du gardien m'observant, je me suis recouché, rabattant la couverture sur mon visage.

Les nuits suivantes, ce fut pareil. Et les matins se succèdent, glacés, sans qu'aucune transition ne facilite le passage de la nuit au jour. À peine suis-je sorti des langueurs du sommeil, le vacarme des targettes tirées de leur support me rappelle *immédiatement où je suis. Les gardiens commencent toujours par l'une des extrémités du couloir pour finir par l'autre. Le bruit se rapproche à grande vitesse, et c'est votre tour. Targette inférieure, targette supérieure, verrou, lumière, la porte qui s'ouvre et ce cri, toujours le même : Debout !*

Je me lève, totalement désemparé par les deux cents watts qui m'éclatent à la gueule, je me lave à l'eau froide, et la journée commence.

Elle est rythmée par le passage des surveillants. Je les guette. S'arrêteront-ils devant la cellule ? Et si oui, pourquoi ? La douche ? Une visite ? Le reste du temps, c'est l'attente.

Le seul moment de la journée où s'éloigne l'aile noire du déluge, c'est après la cantine de midi quand arrive le courrier. Je ne cesse de le lire et de le relire. Les lettres me font oublier un instant la vie quotidienne en prison, quand les détenus enfermés au mitard hurlent pour se faire entendre, s'agressant par-delà les murs.

Ma plus grande crainte, c'est de mourir pour l'extérieur. Les nouvelles du dehors me rassurent. Elles m'aident à rester vivant. Les journaux et la radio m'étant interdits, les lettres sont mes seules sources d'information. Le cachet de la poste m'indique si ces nouvelles sont récentes ou plus anciennes. Hier, ce n'est pas comme avant-hier. Plus proche est le passé, mieux je me représente la vie des autres, moins je m'en sens exclu. J'ai établi un véritable cérémonial du courrier. Je dispose les enveloppes sur la table, je les regarde et les classe. Certains mots me bouleversent, d'autres me laissent indifférent. Je mesure aux termes employés la façon dont mes correspondants jugent mon incarcération. Il y a les lettres de condoléances, sages et polies ; celles qui ne savent traduire un désarroi qui transparaît pourtant à chaque ligne ; celles, nécessaires, rédigées avec courtoisie ; celles qui me touchent par leur maladresse ; celles, enfin, la plupart, qui débordent d'affection et dont la lecture m'émeut.

Élisabeth ne viendra pas : le juge lui a refusé tout permis de visite. Mon père, oui, mais il est le seul. L'avocat choisi par lui m'a envoyé un petit mot :

Ces lignes sont dictées ce lundi après-midi alors que je reviens de la maison d'arrêt sans avoir pu m'entretenir avec vous du fait de la grève des surveillants, prévue pour durer jusqu'à jeudi au moins. Malheureusement, cette grève risque d'empêcher Monsieur le juge d'instruction de vous interroger ces jours-ci. Une analyse rapide peut permettre d'être optimiste quant à la durée de votre détention, encore que la méfiance doive être de rigueur. Toutefois, vous devez pouvoir compter la durée de votre incarcération en semaines, sans vous attendre dans l'immédiat que chaque lendemain vous apporte la nouvelle de votre libération.

J'ai relu cette lettre dix fois. J'en ai analysé la substance, fond et forme, puis j'ai cogné contre la porte jusqu'au moment où un gardien est entré.

— Vous êtes en grève ?

— Oui.

— Jusqu'à quand ?

— On ne sait pas.

— Pour nous, ça veut dire quoi ?

— Les avocats ne peuvent pas entrer et nous interdisons les extractions. Personne ne va au Palais. Les instructions sont bloquées.

Il est parti. Dans le couloir, le cri de guerre des détenus a résonné contre les grilles : « Enculés ! » Tous cognaient sur les portes en hurlant. Moi, je relisais la lettre de l'avocat, circonlocutions fleuries que je formulais plus simplement : Patience. On ne sait rien. Au revoir.

Je me suis allongé sur le lit. Le concert a duré la moitié de l'après-midi. Je ne m'y suis pas mêlé. J'ai toujours défendu le droit de grève.

Dans la cellule voisine, il y a un fou qui ne cesse de hurler. Ses cris me parviennent la nuit malgré les couvertures rabattues sur les oreilles. Ce fou parle, crie ou chante régulièrement à vingt heures et à cinq heures du matin. Il clame : « Promenade, promenade ! », « Directeur assassin ». De loin en loin, de cage en cage, les détenus répondent. Ils insultent le dément : « Putain de ta mère ! », « Je la baiserais bien, celle-là ! » Et l'autre de répondre : « Mitterrand assassin ! », « La ballade des pendus ! »

Les gardiens ne bougent pas.

Je regarde mes chaussures, ma montre, je touche ma pipe, mes vêtements. Je vais d'un bout à l'autre de la cellule simplement pour renouer avec ma démarche et retrouver des gestes habituels. Je murmure des paroles pour ne pas perdre les locutions qui sont les miennes. Je dis Évidemment, Tu penses bien, Cela dit… *Je fuis la glace et ce visage blême, gris, mangé par la barbe, ces cheveux hirsutes (je n'ai pas de peigne) qui me rappellent que je suis tombé. Et je comprends cette revendication des prisonniers d'hier qui se sont battus afin de conserver leurs vêtements civils : pour ne pas être fondus dans le plomb cellulaire.*

Dans ma cellule, au-dessus du lit, il y a un piton fiché dans le mur, et au bout de ce piton une chaîne à l'extrémité de laquelle est fixé un crochet. Le piton forme le centre d'un cercle, et l'empreinte du crochet, sa circonférence. En faisant tourner le crochet et sa chaîne autour du piton, on grave une empreinte dans le mur. C'est la circonférence du cercle.

Quand il ne hurle pas dans la cellule contiguë à la mienne, mon voisin produit un bruit que j'ai identifié tardivement : il fait tourner le crochet autour du piton, formant sur son propre mur la circonférence qui se trouve sur le mien. J'imagine que sur tous les murs de la prison, il y a cette marque de l'ennui et du désespoir. En arrivant ici, je me suis fait le serment de ne pas toucher à cette chaîne. Je l'observe depuis le matelas, réglant sa course fantomatique sur le geste qu'accomplit le fou, à côté. Et lorsque mes doigts s'y portent, je me redresse pour gagner la table, où j'écris.

J'écris. J'écris sans cesse. Sur un cahier ligné, j'ai noté des dates, des noms, des lieux. Autant de repères pour l'avenir. C'est-à-dire pour les confrontations futures avec le juge. Sur les feuilles d'un bloc, d'une écriture minuscule, à peine lisible, je raconte l'histoire de Frédérique, du Garçon, de ceux que j'ai côtoyés dans ce groupe qualifié de mouvance *par le Bordelais. J'ai seulement transformé l'histoire : les attaques de banque sont devenues des vols de voitures, l'une d'elles ayant été propulsée contre un car qui a explosé, faisant deux morts : Trudaine. Je masque les protagonistes, les filles devenant des garçons – ou inversement –, les trafiquants de drogue remplaçant les braqueurs. S'il y a fouille, aucun maton, flic ou juge, ne saura retrouver des correspondances que je suis seul à connaître.*

J'ai reçu ce matin une lettre du frère d'Estibal. Je le connaissais dans les années 70. Il était étudiant à Nanterre et militait avec les maos de VLR. Il connaissait Richard Deshayes, défiguré par un tir de lance-grenade. J'ai relu cette lettre dix fois, cent fois, et j'avais les larmes aux yeux en songeant à mon ami Estibal. J'avais raconté sa fin dans mon deuxième roman publié. Au moment de sa disparition, je me trouvais également enfermé, allongé sur un châlit militaire semblable à celui-ci, dans un monde qui m'était étranger, hostile, dans lequel, pas plus qu'aujourd'hui, je n'avais ma place. L'histoire politique d'Estibal est la mienne. Elle naît en mai 68. Sans Mai 68, je n'aurais jamais écrit ces lignes sur la table scellée dans le mur d'une cellule de prison.

« Il y a eu beaucoup d'agitations, de gesticulations, de paroles, de bêtises, d'illusions en 68, mais ce n'est pas ce qui compte. Ce qui compte, c'est que ce fut un phénomène de voyance, comme si une société voyait tout d'un coup ce qu'elle contenait d'intolérable et voyait aussi la possibilité d'autre chose. »

Gilles DELEUZE et Félix GUATTARI

« Je propose aux Français de rompre réellement avec l'esprit, avec les comportements, avec les idées de Mai 68. Je propose aux Français de renouer en politique avec la morale, avec l'autorité, avec le travail, avec la nation. »

Nicolas SARKOZY (2007)

En mai 68, j'ai quinze ans et quelques mois. Je vis avec mes parents dans une banlieue bourgeoise de l'Ouest parisien. On a de l'argent sans être riches. Milieu de gamme, en quelque sorte. Mon père roule en 2 CV. Notre territoire social est défini par la résidence dans laquelle nous habitons. Un appartement (loué) semblable à tous les autres, chambres partagées dans les familles nombreuses, chaîne hi-fi dans le salon, tourne-disques pour les enfants, des vélos qu'on se repasse, un peu plus tard petits boulots obligatoires pendant les vacances, voire une fois par semaine en nocturne dans les grandes surfaces avoisinantes. Des bourgeois.

Mai 68 m'a pris au saut de l'adolescence. J'étais en troisième dans un lycée de garçons à Saint-Germain-en-Laye. Élève moyen, assez bon en falsification de notes et en imitation des signatures parentales ; installé au fond de la classe, vêtu de ces longues blouses grises obligatoires qui se consumaient très lentement, dégageant un rideau de fumée propice au déclenchement des alarmes. Expert en potacheries, comme tant d'autres. Rien de politique dans tout cela. Au début du mois de mai, auraient écrit les Renseignements généraux, il se fait signaler en envahissant avec quelques camarades le lycée de filles voisin, réclamant la mixité scolaire. Conséquence : viré. En quatre ans de secondaire, c'est la deuxième fois. Bon pedigree. Élève prometteur.

Il faut se représenter l'univers scolaire de l'époque, les centaines de lignes à écrire bien droites sur des pages lignées en cas de punition, les coups de règle soigneusement appliqués sur les doigts tendus des élèves du primaire en cas de récidive. Les établissements étaient rarement mixtes, les conseillers d'éducation, appelés surveillants généraux – on disait « les surgés » –, contrôlaient la marmaille studieuse sifflet aux lèvres. Ni les parents ni évidemment les élèves n'avaient voix au chapitre dans les instances scolaires où ils n'étaient pas représentés. Dans les cours de musique, des dames à particule battaient la mesure de guide-chants pneumatiques sur les accents de *la Marseillaise*.

À quinze ans, j'étais trop jeune pour animer les mouvements. Mais, comme tous mes camarades, je suivais. Les terminales nous entraînaient dans des sillages rougeoyants qui nous menaient aux dépôts des autobus où nous collions des affiches sur les flancs des Saviem. On allait à la fac de Nanterre, à la Sorbonne, à l'Odéon, dans la rue Gay-Lussac renversée.

Un jour, alors que je faisais de l'auto-stop pour retrouver mes camarades trublions à la fac de Nanterre, une DS 21 Pallas gris métal (la reine des voitures) s'arrête. L'homme qui conduit parle avec un accent que je n'identifie pas. Il a le visage carré, très sympathique, ouvert à la jeunesse. Il se dirige vers Paris. Lorsque je lui dis que je vais à la fac, royaume des Enragés, il bifurque et me pose des questions sur l'alphabet de l'époque, FER, JCR, PCMLF, ESU, JC, PSU, MAU, CAL, UJC (ml), auquel, évidemment, je ne comprends rien. Lui, il vante les quatre lettres de la FGDS, Fédération de la Gauche Démocrate et Socialiste, François Mitterrand, Gaston Defferre, Guy Mollet et quelques autres, dont mon père parle sans cesse car il les défend – comme il les défendra toute sa vie.

Juste avant de me déposer à la fac, Monsieur FGDS m'explique que les camarades de son parti cherchent un contact à Nanterre, où les portes leur sont totalement fermées. Si je voulais bien m'entremettre afin de faciliter les rapports, la gauche officielle éternelle et bien-pensante m'en serait très reconnaissante. Il échange sa carte contre mon numéro de téléphone, se gare sur le parking où il attendra la réponse.

J'ai présenté la carte du Monsieur à quelques FER, JCR, PCMLF, ESU, JC, PSU, MAU, CAL, UJC (ml). J'eus droit à un cours magistral sur la social-dem, sa relation au peuple, aux masses et à moi-même, le rapport historiquement conflictuel entre la deuxième et la troisième Internationale, les déviances au sein de la quatrième, chante après nous camarade :

Du passé faisons table rase,
Foule esclave debout debout
Le monde va changer de base,
Nous ne sommes rien, soyons tout.

J'ai repris en chœur. J'avais l'âme toute rouge. Je suis parti, mandaté par la faculté autonome de Nanterre, la révolution est devant moi et le peuple derrière, expliquer au social-mou en DS que les masses ne fumaient pas le pain béni des bourgeois et des curés.

Il devait le savoir : sur le parking, la DS avait disparu.

Le soir, à la maison, mon père, ébahi, m'a tendu le téléphone pour me passer l'archange de la FGDS : Roger Hanin, le Navarro de la gauche française.

Nous ne nous intéressions pas aux manœuvres politiques. Seuls « les grands » savaient pourquoi ils conchiaient la CGT et le PC, Séguy et Aragon. Ils avaient huit ou dix ans de plus : à cet âge, presque une génération. Les plus jeunes sonnaient la charge. Leurs aînés empruntaient les voies de la construction, qui vient après la déconstruction. Ils parlaient dans les amphis, les théâtres, les lieux publics. Krivine, Bensaïd, Weber, Cohn-Bendit, Geismar, Sauvageot… À quinze ans, nous aurions pu faire nôtre ce mot de Baudelaire, incendié par les flammes de la Révolution de 1848 : « De quelle nature était cette ivresse ? Goût de la vengeance. Plaisir naturel de la démolition. Ivresse littéraire. » Les événements rompaient la monotonie des jours. Ils nous inoculaient le sens du mouvement, des dysfonctionnements, des ruptures, qui nous importaient tant et d'après quoi nous voulions construire nos vies.

Un peu plus tard, alors que le monde entier fêtait Armstrong et Aldrin marchant sur la lune tandis qu'un million de Biafrais anémiés mouraient de faim en Afrique (deux poids deux mesures), j'ai commencé à militer dans les Cercles rouges. Je prétextais des cours du soir pour sortir. J'enfourchais ma mob, je roulais à fond de train jusqu'à Nanterre, un endroit secret qui changeait chaque fois. Je déposais ma bécane à une centaine de mètres du lieu de la réunion, je frappais à la porte – trois coups brefs puis deux après un silence –, on m'ouvrait, on me demandait si je n'avais pas été suivi (par les RG ou par les fachos), si j'avais pensé à ma cotise, puis je rejoignais les autres qui assuraient déjà sur la dialectique des conquêtes partielles. On avait des pseudonymes. J'avais choisi Ben Canaan, le héros d'*Exodus*, de Léon Uris. La guerre des Six Jours était passée par là.

On se séparait à minuit, les uns à la suite des autres, trois minutes d'intervalle entre chacun. La jouissance des interdits contournés. Semblable au jeu romanesque auquel se livrerait le Scribe vingt ans plus tard.

J'ai distribué des tracts sur les marchés, vendu *Rouge* et les livres ou les brochures édités par les éditions Maspero : Ernest Mandel, Trotsky, Lénine… La première fois que j'ai pris le micro, c'était pour venir en aide au représentant des cercles rouges du lycée Richelieu de Rueil-Malmaison : un type de terminale qui se faisait huer parce qu'il bégayait. Difficile, dans ces conditions, d'appeler à la réréré-vovolulu-tion. Je l'ai remplacé. Quand les jeunes gaullistes de l'UJP me menaçaient de leurs matraques fascistes, deux types m'encadraient sur les estrades, me protégeant des coups. L'un s'appelait Éric. L'autre était Estibal : un malabar au sourire pourtant angélique. Bientôt, nous sommes devenus les grands ordonnateurs des bordels lycéens. À Rueil mais pas seulement. On rayonnait partout alentour. Le Garçon nous a rejoints. Étoiles filantes rouges et motorisées, on accourait sitôt qu'une AG nous réclamait. Deux sur chaque mob. Moi derrière Estibal, le Garçon, joueur de petites cuillers et de bombarde dans les fêtes révolutionnaires, petit, rieur, malin, tragique, baratineur, zigzaguant derrière nous avec une camarade en amazone.

Certes, nous étions des enfants de bourgeois. Bourgeois, mais pas petits-bourgeois. Nous ne cessions de proclamer que la bourgeoisie se mesure au portefeuille, la petite-bourgeoisie aux rituels. Très stupidement, on les recensait : messe le dimanche précédant le déjeuner en famille qui réunit une brochette stérile, sénile et débile autour d'un poulet au trou du cul soigneusement aillé. Les autres jours de la semaine, la petite-bourgeoisie bouffe dans une salle promue à manger devant la télé monocorde – puisqu'on n'a rien à se dire, regardons. On se déplace en Simca, on se baigne l'été sur la Costa Brava d'où les plus rusés importent une Conchita maison, moins paresseuse que la Portugaise d'avant, plus soignée que le Yougo qui coiffait le jardin du voisin. Plus tard, la bourgeoisie française portera aux nues la discrétion thaïe avant que les îles Philippines s'emparent de la première place au hit-parade des bonniches promues employées de surface logées dans des chambres requalifiées de service. Prophétisait Estibal.

Tout cela était caricatural. Ainsi le voulait l'époque. Sans doute fallait-il ces excès grotesques pour soulever la chape de plomb fondu qui paralysait les us, les coutumes, la bienséance d'un temps très vieux. Mai 68 a bouleversé les mœurs d'une société paraplégique. Mai 68 a ouvert le chemin de la modernité.

Les mois passant, on a changé de costumes. Seuls les nazes de l'UJP portaient encore les vestes en tweed et les cheveux courts de Cohn-Bendit et des trublions de Mai. L'allure générale des Café-Gauloises et des Peace and love s'est dégingandée, la silhouette avachie. On portait des pattes d'eph' et des Clarks. Elles étaient assorties aux besaces (qui avaient remplacé les cartables) et aux shetlands jetables, rétrécis après lavage et troués avant usage. La barbe nous poussait, gazon follet deviendra dru. On apprenait à rouler les cigarettes dans du papier Job, les fumeurs de joints collectionnaient les tickets de métro, parfois les chiloms qui arrachaient la gueule. Et les boîtes d'allumettes dites de cuisine pour la cuisine de l'herbe. Les poignets s'ornaient de demi-ovales argentés, de fourchettes coudées. Positions préférées : assis en tailleur ou allongés, la tête des unes reposant sur le ventre des autres. On se laissait porter par les vents délicieusement doux des heures séchées, de la découverte des corps et des grands soirs à venir. L'époque était exigeante mais douce au toucher. Combative sans violence.

Lorsque nous avons occupé l'académie et séquestré pendant trois heures l'inspecteur – exigeant la réintégration d'un camarade expulsé –, on nous a balancé des femmes dans les pattes, disant qu'elles étaient enceintes, des hommes, disant qu'ils étaient cardiaques, et nous avons compris alors, la dizaine de lycéens présents, sans manches à balai ni barres de fer, pas plus vociférants que menaçants, amusés mais pas belliqueux, que nous provoquions la peur – même lorsque nous avons ouvert les portes à ces fonctionnaires qui nous décriraient plus tard, dans les colonnes de la presse locale, comme des preneurs d'otages.

Quelques jours après être passé devant un juge versaillais qui nous a seulement admonestés (croyais-je), j'ai rencontré Caroline dans les couloirs du lycée. Elle était brune, grande, les yeux verts. Son père était charpentier à Bougival. Il avait la main ferme mais le regard embrumé, d'un vert très clair, semblable à une eau vive qui ruisselait sur vous, sans violence, plutôt un intérêt timide, comme une excuse de ne pas en dire davantage. Il ne parlait pas. Il écoutait, ponctuait d'un sourire, parfois d'un bref acquiescement du menton ou des paupières, pas plus. Chaque dimanche, il lustrait son bien le plus précieux : une 4L Renault. Sa femme aspirait les moquettes chez les bourgeois que nous étions. Caroline les aimait comme elle eût aimé ses enfants si elle en avait eu. Elle leur devait le privilège des études et jamais ne l'oublia. Elle les respectait, eux, leurs usages et leurs valeurs.

Elle incarnait pour nous la classe ouvrière. Elle était le fer de lance de ma révolte, le plus beau pavé qu'un enfant de bourgeois pouvait lancer contre ses pairs. Et elle m'avait choisi. Grâce à elle, un soupçon prolétaire épiçait désormais mes mardis gras révolutionnaires. Au bout de mon poing levé, il y avait elle. Elle était ma fiancée ouvrière.

Pour arriver chez elle, il fallait suivre une impasse jusqu'à sa maison. Une porte ouvrait sur un haut escalier. Elle était toujours ouverte. On se déchaussait, on prenait les patins, on passait devant les écussons sous verre, les assiettes agrafées aux murs, la télé allumée, on saluait joyeusement le coucou – qui répondait à heures fixes –, et la chambre nous ouvrait ses murs roses. Il y avait les Doors sur un mur, quelques livres bien ordonnés, une lampe à abat-jour près du lit, un poisson rouge grimaçant sous verre, son emploi du temps d'élève de 1re 4 punaisé au-dessus du bureau. Et Elle, les mains derrière le dos, m'observant, les pieds croisés, le visage penché, un joli sourire aux lèvres, comme si elle m'accueillait. La Seine coulait plus bas, rarement tumultueuse. Quelques mariniers s'affairaient. Les péniches quittaient les écluses pour des mers intérieures dont nous nous plaisions à imaginer les rivages lorsqu'une gêne nous embarrassait.

Caroline avait été élue déléguée des élèves au conseil d'administration du lycée (Mai 68 était passé par là), dont j'étais également membre. J'avais franchi une étape supplémentaire en siégeant à la commission permanente. Elle se réunissait avec les plus hautes autorités pour décider de je ne sais plus trop quoi. Jacques Baumel, le maire de Rueil-Malmaison, nous faisait parfois l'honneur de sa présence. Je le dézinguais, il demandait mon expulsion, nos algarades réchauffaient l'ambiance. Il ignorait qu'avec mes copains Estibal, Éric et quelques autres, nous nous étions hissés au sommet de sa mairie pour y planter les deux drapeaux à nos couleurs : un rouge, un noir.

— Vous êtes débiles ! s'écriait Caroline.

Elle fut la première à me lancer cette invective.

Le soir, après le lycée, je retrouvais souvent Estibal et son frère. On collait des affiches dans les rues désertes de la banlieue parisienne. Le frère d'Estibal conduisait une Fiat 500 verte à deux portes dont la boîte à crabots sautait dans les côtes. On s'arrêtait. On attendait que les synchros se dérouillent. On repartait. J'étais assis devant, le seau de colle entre les jambes. Poisseuse et pâteuse, la mixture m'éclaboussait les pieds. On y avait ajouté du verre pilé pour que les fafs se déchirent le bout des doigts si la mauvaise idée leur prenait d'arracher nos affiches. On collait puis, les phalanges noircies par le débouchage des bombes de peinture, on inscrivait nos revendications sur les murs : dissolution des brigades spéciales d'intervention, libération de nos camarades emprisonnés, liberté d'expression pour tous, autogestion des usines, abolition de l'article 16…

Je n'ai – hélas – pas participé à l'irruption des maos dans l'enceinte dorée de l'épicerie Fauchon, place de la Madeleine. Éric et Estibal s'y trouvaient. Ils ont dérobé des marrons glacés, des blocs de foie gras truffé, du champagne et des grands crus qu'ils ont distribués dans les bidonvilles, notamment chez nos amis algériens de Nanterre auxquels nous donnions des cours de français. « Tu aurais vu leur gueule quand on a déballé toutes ces richesses près des caniveaux où ils lavent leur linge ! » s'exclamait fièrement Estibal.

Les années passant, les immigrés avaient été logés dans les foyers Sonacotra. Leur misère était poignante : chambres de 5 mètres carrés, interdiction de recevoir et de se réunir, conditions sanitaires douteuses, loyers excessifs, répression intolérable allant jusqu'à des saisies-arrêts sur salaire. Plusieurs foyers s'étaient mis en grève. Les CRS étaient intervenus violemment. Il y avait eu des manifestations, y compris contre les municipalités communistes qui donnaient la main au pouvoir (giscardien) de l'époque. À cette occasion, j'étais revenu à Nanterre que j'avais déserté dans les années 70. Et j'avais applaudi (une fois n'est pas coutume) le mitraillage du siège de la Sonacotra, une des premières cibles d'Action directe en 1979.

J'ai perdu Éric à la fin des années lycée. La dernière fois que je l'ai vu, c'était chez ses parents. Ils habitaient un pavillon avec jardin près de La Celle-Saint-Cloud. Dans leur chambre campait un énorme coffre-fort. Éric avait décidé de l'emporter en voiture jusqu'à un endroit où il l'aurait fait ouvrir. Il comptait récupérer l'argent qui certainement s'y trouvait, en distribuer une partie et conserver l'autre pour filer en voyage. Il avait fait appel à Estibal et à d'autres costauds du même genre. Ils s'étaient mis à six pour faire basculer le coffre par la fenêtre. Ils n'avaient pas prévu que la terre serait meuble, que le coffre s'y enfoncerait, qu'il serait impossible de le sortir de là. J'ignore quel baratin Éric servit à ses parents pour expliquer la présence du coffre dans leur jardin…

J'ai raté le bac une première fois. Je l'ai repassé l'année suivante en candidat libre. J'avais été émancipé, je gagnais mes repas et mon loyer en vendant des lithographies d'amis peintres dans les couloirs des centres commerciaux de la banlieue parisienne. Je plantais quelquefois un chevalet place du Tertre, feignant d'ajouter des couleurs à des huiles fraîchement peintes. Après avoir loué une chambre glaciale au rez-de-chaussée d'un pavillon de banlieue, j'avais rejoint quelques amis. Le premier d'entre eux était le Garçon. Le deuxième était Estibal. Nous louions en communauté un appartement près de la gare de Rueil-Malmaison. Ayant salué les familles, il fallait bien que les orphelins que nous avions choisi de devenir se créent de nouveaux cocons. Les amis formaient ce nid. Nous nous tenions chaud. On accourait au premier cri, solidaires en tout, à commencer par cette dèche héroïque qui dura de longs mois et nous conduisit à faire pot commun. Parfois aussi, lits communs.

À dix-huit ans, en matière de sexe, nous voulions tout voir et tout comprendre. Mais pas tout faire. Il y avait les choses dégradantes pour la personne humaine, celles qu'on refusait parce qu'on ne les appréciait pas et que, ne les appréciant pas, on ne voyait pas pourquoi on se serait forcé à les faire, fût-ce pour l'autre (la générosité sociale n'intégrait pas le cul) ; celles qu'on ne connaissait pas et auxquelles on n'avait pas envie de goûter ; celles qui, avant d'être mises en pratique, devaient être débattues contradictoirement ; des manières prohibées, des gestes détestables, des prises de pouvoir sur le corps qui pouvaient se révéler attentatoires à la liberté de chacun ; des objets à caractère sadien, prohibés ; des mots imprononçables, des attentions petites-bourgeoises, des absences de retenue coupables, condamnables, parfois même dangereuses. Les filles ne se maquillaient pas. Elles n'arboraient pas de bijoux. Des amies merveilleuses, des maîtresses passagères. La plus proche de moi avait dix-sept ans. Gigi. Blonde, évanescente, l'œil violet, assez semblable à ces demoiselles d'Hamilton qui émoustillaient les pervers-pépères manquant de pratique. On regardait ça, consternés. Gamines blanches et transparentes sur papier glacé réunies comme dans une vitrine de bordel, exposant au fil des pages la diversité offerte, tentatrices, le doigt dans la bouche – spectacle accablant, le comble de la sensualité pour de singuliers amateurs, d'où un sujet de dissert obligé après les visions de l'Hamilton : érotisme, pornographie, pédophilie, saloperie, faites votre choix.

Dans la journée, Gigi était joueuse, rieuse, d'une extrême légèreté. Pourtant, avant de me rejoindre sur le lit monoplace que nous partagions, elle avait morflé plus qu'aucun d'entre nous mais n'en parlait pas. Elle dormait agrippée à moi, bras et jambes m'enroulant comme un paquet cadeau. Elle s'assoupissait le nez dans mon cou et se retrouvait dans la même position au réveil. Insouciante et joyeuse dans la journée, elle devenait la proie de terreurs insoupçonnables la nuit. Une enfant ayant peur du noir. Je la gardais contre moi, la rassurant de peines dont elle ne me parla jamais. Je me demandais quelle magie s'opérait en elle pour que, sautant du lit, elle redevienne en un instant la personne qui riait, jouait et plaisantait la veille. Le soir, lorsque les embruns de la tristesse la touchaient, je la prenais dans mes bras et la berçais, et elle se serrait contre moi, me disant que ce serait pour toute la vie, ce que je ne croyais pas, et elle non plus, évidemment. Nous étions deux solitudes s'étant trouvées, sachant l'un comme l'autre que nous resterions un moment embrassés mais que nous finirions par nous éloigner car une camaraderie plus une tendresse plus quelques complicités ne font pas un grand amour.

Une nuit que Gigi se défendait de violences commises par un individu facilement identifiable, je perçus l'objet et le responsable de ses terreurs. Lorsque son père, lieutenant-colonel en exercice, frappa chez nous pour chercher sa fille fugueuse, Estibal se grandit comme il faisait naguère sur les estrades de nos révoltes, empoigna le tortionnaire galonné par le col et lui assura que s'il devait être cogné autant qu'il avait cogné sa gamine, il se chargerait de la besogne avec une joie de nature quasiment idéologique. Le soldat assura qu'il porterait plainte pour détournement de mineure et qu'il aurait ma peau un jour.

Le 4 mars 1972, avec deux cent mille camarades, j'ai enterré Pierre Overney. Il faisait froid. Son portrait, barbu, chevelu, si semblable à ceux qui l'accompagnaient, claquait à la hampe des oriflammes. Les banderoles étaient percées d'ouvertures découpées dans le tissu pour résister au vent. Le cortège était silencieux. Il y avait des ouvriers de Boulogne-Billancourt, où Overney avait été assassiné par un vigile pour avoir distribué des tracts ; des militants de la Gauche prolétarienne ; des gens comme moi ou comme Estibal, désormais non-inscrits, non-affiliés, non-syndiqués, qui marchions sur les bordures, comme toujours dans les manifestations.

Le père de Gigi n'eut pas le temps de déposer sa plainte pour détournement de mineure. Le juge de Versailles qui nous avait sermonnés après l'occupation de l'académie avait pris soin de transmettre mon dossier aux autorités compétentes. En sorte que, le 2 août 1972, je fus envoyé par décision ministérielle (on appelait ça DM) à Saarburg, Allemagne, seizième groupe de Chasseurs mécanisés, bataillon semi-disciplinaire où on ne s'amusait pas. Non loin de l'endroit où le général de Gaulle s'était rendu pour consulter Massu le tortionnaire en mai 1968.

Il était facile de reconnaître les DM : l'autorité militaire les noyait dans un contingent venu d'ailleurs. J'étais le seul Parisien dans un lot de Bretons. Il suffisait aux DM déjà encasernés d'observer les listes des nouveaux arrivants et de repérer les exceptions géographiques. Après quoi, nous pouvions nous réunir. Tous les DM du 16e régiment de chasseurs mécanisés de Saarburg (RFA) se retrouvaient au labo photo de la première compagnie, où nous constituâmes l'un des premiers comités de soldats. C'est là que je retrouvai Estibal, classe 72/2, Basque noyé dans un groupe venu de la banlieue parisienne. Il n'avait pas été envoyé là par le juge qui m'y avait mené, mais par un de ses confrères. Il vivait du côté de Versailles, dans un petit studio contigu à d'autres. La nuit, il dérobait sur les rebords des fenêtres le lait et le beurre que les voisins y déposaient. Il fut dénoncé. Un matin, il eut droit à une descente. Dans sa chambre, les flics trouvèrent des Pléiade volées chez Gibert, quelques autoradios et des selles de bicyclettes. Il y avait aussi quatre roues d'Austin Mini, aluminium et jantes larges, démontées sur une voiture restée sur cales : Estibal les avait soustraites pour les offrir à sa fiancée d'alors, qui roulait en Austin.

Pendant un an, nous avons pratiqué les exercices de tirs, les corvées de patates, les levers du drapeau. On nous a appris à marcher à petits pas mais à grandes enjambées. On a tenté de nous démontrer que le tir au canon était de la génétique. On nous a fait attaquer des forêts vides avec des grenades au plâtre. On nous a appris la poésie militaire : *Un chasseur ne dit jamais rouge mais bleu-cerise sauf quand il parle des lèvres de la femme aimée ou de la couleur du drapeau.*

Estibal et moi étions chauffeurs. Jeeps et poids lourds. On sabotait les batteries des camions et on précipitait les Jeeps dans les trous d'eau : les moteurs ne résistaient pas à la poussée. Estibal enregistrait chaque engin mis hors d'usage sous forme d'un trait horizontal tatoué sur son bras gauche. « Mes barrettes », disait-il en les montrant.

Pendant un an, à Saarburg, nous avons côtoyé des anciens d'Algérie devenus néonazis qui jouaient à la guerre sur les terrains de manœuvre, obligeaient de pauvres mecs à en raser d'autres à la boue quand trois poils leur poussaient encore au menton, les humiliaient en ordonnant des corvées inhumaines, par exemple en leur faisant laver des chars AMX avec l'eau de leur casque, ramper à poil dans la neige, monter des gardes nocturnes devant des dépôts de munitions vides avec des fusils à culasses soudées datant de la première guerre. Nous avons subi les humiliations de tous ces cons de l'armée française, ces paras d'anciens régimes qui avaient chassé le fellagha en Algérie et qui, à l'exercice, revivaient des combats sans gloire. Tous ces cons préparant de grandes batailles dans les brumes tricolores d'une armée recomposée, six compagnies en ordre de bataille allant sur les routes allemandes, vieux Berliet, Jeep en panne, mitraillettes enrayées, grenades vides, soldats planqués en FOMEC (« tout combattant doit se fondre dans la Forme, l'Ombre, le Mouvement, l'Éclat et les Couleurs de la nature »), charbon sur les joues, feuillages sur les casques, tous ces cons jouant à la guerre contre *le Rouge*, ennemi de toujours bien sûr invisible, tous ces cons de colonels, de commandants et de capitaines s'appelant par radio pour annoncer le commencement puis la fin des combats, Trois divisions anéanties, mon colonel, je transmets à l'état-major.

Estibal était le plus intrépide des DM. À dix-sept ans, face aux CRS, sortant de l'académie les mains sur la tête, il ricanait en les toisant tous – flics, proviseur, surveillants généraux, censeurs… Pareillement face aux anciens d'Algérie qui encadraient les DM avec une conscience de chiens chasseurs. Je l'ai vu faire mordre la poussière à un adjudant parce qu'il avait ordonné à sa section de courir en short et bras nus sous la neige. Je l'ai vu pointé au couteau par le même et ses copains, aligné contre un mur sous les lames que les salopards, visant bien, lui lançaient à cinq mètres.

Des chants nazis ponctuaient le tour de cirque et l'un des lanceurs de couteau avait revêtu l'uniforme de son beau-père, Waffen SS. Je l'ai vu se lier d'une amitié feinte avec le gendre du nazi, l'affubler d'une mitrailleuse 12,7 entre les mains et de cartouchières sur la poitrine, lui faire braquer l'arme sur un appelé d'origine arabe, me demander de prendre la photo et de l'envoyer à *Libé* alors chrysalide (ce que j'ai fait). Je l'ai vu trébucher à l'exercice, sautant d'un blindé VTT qui rata la manœuvre, partit en marche arrière et l'écrasa sous ses chenilles. Vingt tonnes sur le corps d'un gauchiste ainsi définitivement maté par l'armée.

Tous ces cons, ensuite, assemblés autour du char qui avait broyé mon camarade, deux mètres réduits en bouillie qui de toute façon passaient par profits et pertes selon un pourcentage auquel l'armée avait droit, ces officiers en civil ou en uniforme qui passèrent la main au nazillon de service afin qu'il s'occupe du moral des troupes et qui s'en acquitta en appliquant la première loi du traité de psychologie militaire : il ordonna aux bidasses qui avaient assisté à l'accident de repartir aussitôt en manœuvre, Section, garde-à-vous ! Section, en rang par deux ! Section, dans le blindé ! Tous ces cons, assassins d'Estibal, raidis plus tard autour du cercueil, lequel était recouvert d'un drapeau tricolore dont on se demandait ce qu'il faisait là, quel rapport la mort de notre camarade avait avec la nation française ce jour-là déployée !

Lorsque je l'ai retrouvé, Estibal était caporal. Neuf mois plus tard, on l'a enseveli adjudant-chef : quatre Jeeps et trois camions. L'histoire de nos premières jeunesses s'est achevée là, sur des actes dérisoires, infantiles, au pied d'un catafalque où se sont effondrées nos adolescences. Quinze ans en 68, c'était trop vieux pour ne rien voir, mais trop jeune pour construire. Aucun de mes copains d'alors n'a participé à la création des stèles de ces années-là – les journaux d'hier dont un seul subsiste aujourd'hui, les boîtes de prod, les cabinets ministériels… Pour circuler dans les hautes sphères, il fallait cinq ou six ans de plus, et nous ne les avions pas. Loin de nous, donc, les caricatures sur les anciens soixante-huitards devenus les cadres supérieurs d'une société peu rancunière. Les miens ont bégayé pendant longtemps, se râpant les doigts sur les tours de poterie ou se brûlant les mains dans les fours à émaux, marchant pieds nus dans des sabots en bois sur des terres à conquérir, rapportant d'Angleterre des shetlands pré-mités, préparant des gâteaux au shit ou des chiloms longs comme la main, se magnifiant les yeux au khôl et les cheveux au henné…

L'Histoire nous accordera-t-elle un jour d'autres circonstances atténuantes que celles auxquelles auront peut-être droit nos morts, un jour, plus tard, parce que nous étions trop jeunes, idéalistes, inconscients, privés de la discipline des partis, électrons libres devenus affolés ?

Sur les photos de l'inspection d'académie, Estibal n'est pas le seul dont la silhouette s'est tragiquement effacée. Deux ont disparu dans les brumes d'overdoses mortifères. Un autre a sauté sur une grenade à Creys-Malville. Éric s'est envolé je ne sais où. Le Garçon s'est pris les pieds dans la grande Histoire. Et moi, je suis là, arc-bouté sur les feuillets d'une mémoire immensément douloureuse. Si je n'avais pas écrit, si les mots n'avaient pas donné un sens à de multiples désespoirs, peut-être serais-je avec eux aujourd'hui, mes amis disparus et tant aimés.

Mon identité s'épuise au fil des jours. J'apprends à jouer avec mes pensées. Je triche avec les souvenirs, habillant les plus joyeux de couleurs ternes, évacuant comme je le peux ceux qui résistent et font mal : les dîners d'amis, les promenades dans Paris, Élisabeth… Pour ne pas chuter davantage, je refuse de m'intégrer au monde carcéral. Confronter mon histoire à celles des autres me tuerait. Pour eux, l'enfermement est le lieu de toutes les confluences. Je le mesure aux conversations qu'ils échangent, le soir, d'une fenêtre à l'autre. Ils comparent les chambres correctionnelles, les juges, les centrales. La prison est un puits sans fond d'où les détenus observent la lumière du jour depuis le niveau auquel ils vont descendre. Au-delà de vingt ans, on ne voit rien. À dix ans, on est à mi-hauteur. Les premiers jours j'étais au bord, la main tendue vers une autre qui me tirerait à soi. Désormais, je glisse d'heure en heure sans trouver de saillie où m'accrocher.

Je ne peux pas lire. Un gardien m'a apporté un roman de Guy des Cars que j'ai refermé au bout de deux pages. Je passe mes journées allongé sur le lit, claquant des dents tant le froid est intense. Le lit est la niche des prisonniers. L'endroit où reviennent les gestes de l'enfance. Supprimer le lit d'une cellule constitue une torture qu'on n'imagine pas.

Assis à la table scellée dans le mur, enveloppé dans une couverture mitée, j'écris. Mon esprit est incapable d'imaginer une histoire qui serait extérieure à celle que je vis. Le présent pèse d'un poids insurmontable. Hormis l'heure du courrier, tout est sale, lourd, inerte. Chaque pensée est douloureuse. J'écris ces lignes, d'autres sur l'histoire maquillée qui me vaut de me trouver là, dans un monde que je n'imaginais pas connaître. Je suis désespérément seul. Personne ne peut rien pour moi. Aucune puissance tutélaire ne me sortira de ces murs. Je regarde mon stylo, les deux blocs de papier arrachés miraculeusement à un inconnu, une pipe, un paquet de tabac aux trois quarts vide, deux couvertures, des gamelles, un morceau de savon. La quantité de papier dont je dispose est limitée. J'écris en pattes de mouche. Mon stylo perdra bientôt sa réserve d'encre. Je suis en sursis de feuilles et de plume. Je suis moi-même un homme en sursis. Une semaine après être arrivé ici, je suis semblable au soldat qui, après le vacarme des combats, découvre un champ de bataille creusé de fondrières. Débarrassé du fracas de la mitraille qui avait bouché sa vue, il mesure brusquement l'étendue du désastre. Et c'est sur un terrain désormais immobile, sans assaillants visibles, qu'il fixe le cauchemar dans ses contours les moins abstraits. Assis sur un tabouret bancal, j'écris comme écrirait ce soldat défait qui voudrait se souvenir de l'ordre des déflagrations pour comprendre pourquoi il a perdu la guerre.

Je n'ai pas participé à la manifestation en faveur de l'avortement libre et gratuit qui précéda le procès de Bobigny (novembre 1972). Je n'étais pas dans le petit groupe qui fêta la décision du tribunal (deux acquittements et deux condamnations avec sursis). Je ne me suis pas joint aux rassemblements unitaires – lycéens, étudiants et syndicats ouvriers – contre la loi Debré réformant la législation des sursis militaires. Je ne me suis pas battu contre les flics et les fachos d'Ordre nouveau qui réclamaient la fin de l'immigration sauvage. Je n'ai pas soutenu les débuts de Lip à Besançon. J'étais à Saarburg et j'enrageais.

Cependant, après ma sortie d'Allemagne (on disait *libération*, ce qui ne manque pas de sel), revenu à la vie civile, j'ai connu à peu près toutes les images du grand kaléidoscope de ces années-là : la fac de Vincennes, les premiers pas de *Libé*, *Actuel*, les babas cool en sabots, l'Ariège l'hiver, les réunions du MLAC où nos camarades filles nous conviaient, les luttes pour l'avortement, l'accueil des Chiliens fuyant la dictature, le soutien à Pierre Goldman…

Je suis allé au Larzac avec Sylvie. Après la fiancée ouvrière, la maîtresse bourgeoise. Je l'avais rencontrée quelques mois auparavant dans les couloirs de la Sorbonne où elle enseignait la sociologie. Je vivais alors quasiment dans ma voiture, une vieille Citroën break dans laquelle j'avais empilé le peu d'affaires que je possédais. Elle m'avait reçu dans une maison sublimement bourgeoise, de bon goût du sol au plafond. J'en était reparti deux jours après que nous avions ardemment baisé dans la chambre conjugale. Ce fut un coup de foudre passionné. J'étais engagé le lendemain comme coursier sur mobylette dans une boîte de La Défense. J'y ai travaillé quinze jours avant de retrouver ma prof et ses deux enfants, un petit garçon et une petite fille que j'adorais et dont l'absence me manque aujourd'hui encore. Ma prof me pistonna pour trouver un emploi de gratte-papier à la Sorbonne. Après quelques mois d'un labeur soft, je commençai à décrypter les bandes magnétiques des livres-entretiens qui allaient bientôt envahir les étagères des librairies.

Nous n'avions pas le même âge. Vingt et quelque pour le plus jeune face à une quarantaine épanouie.

— Comme dans *Mourir d'aimer* ! disait-elle.

Elle avait vu le film d'André Cayatte qui retrace le destin de Gabrielle Russier, cette prof de français calomniée, emprisonnée, jugée, condamnée pour détournement de mineur et poussée au suicide par les bêlants de l'époque parce qu'elle aimait un de ses élèves. Ce drame avait bouleversé tous mes camarades Peace and love.

— On changera la fin ! avais-je répondu à Sylvie.

Il y avait des fleurs dans son jardin, des livres dans sa maison, de la musique, des tableaux sur les murs. Elle connaissait les noms des plantes, des arbres, des étoiles, tous les opéras véristes italiens. Elle portait les vêtements d'hiver les plus répandus pour l'époque : robe longue et bottes hautes, col roulé, mohair ou cashmere, manteau enveloppant, larges poches où nos mains se réchauffaient délicieusement.

Elle vivait dans un monde étranger, doux, une ivresse calme. Elle survolait les idées, les choses et les personnes avec une grâce immatérielle. Tout chez elle me semblait admirable : son intelligence, sa culture, la passion dont elle nourrissait notre amour, une liberté sexuelle inouïe qui m'impressionnait, moi qui venais de découvrir le journal intime de Roger Vailland. À ses côtés, j'étais comme un sans domicile fixe accueilli par une reine élégante et libertine. Elle portait de la soie et de l'agneau plongé. Mes chemises venaient de chez Tati. Elles rétrécissaient au lavage quand les siennes partaient chez un teinturier des avenues chics. Elle avait des peignoirs, mettait des bas affriolants, choisissait ses boucles d'oreilles en fonction de la couleur de ses chaussures, employait des mots inconnus – cardigan, twin set, blush, gloss… Elle possédait quarante paires de chaussures, toutes conservées dans leur emballage d'origine, une boîte à bijoux soigneusement compartimentée, une penderie comptant autant de casiers qu'une armurerie de campagne, une argenterie de famille à sa place dans un coffret en bois doublé moquette, un thé pour le matin, un autre pour l'après-midi, un troisième pour le soir, des gants de peau en hiver, des capelines en paille l'été, un vin pour chaque plat, des couteaux à viande et d'autres à poisson, des cuillers à café, à entremets, à dessert et à moka, des habitudes longuement conservées et soigneusement entretenues jusqu'à mon arrivée dans sa vie, qui provoqua un chamboulement général dans cette architecture subtile à laquelle je ne comprenais rien – sinon que le goût de l'ordre vient avec l'âge et que la jeunesse reste un privilège, quoi qu'on dise.

Je l'appelais Madame Boîte.

Madame Boîte avait un mari. Elle n'en avait jamais parlé. Il se présenta un jour. Elle l'éconduisit. Il était riche. Je suppose que la maison lui appartenait puisque, peu après, elle dut déménager. Elle vint à Paris. Un an plus tard, nous nous installâmes avec ses deux enfants à Ville-d'Avray, résidence de la Ronce, non loin de la maison où Balzac se cachait pour fuir les huissiers.

Elle avait une Volvo grise automatique qu'elle conduisait coude à la portière. Je prenais le volant sur les autoroutes. C'est dans cet équipage que nous sommes allés au Larzac. Le Larzac, c'était mon retour parmi les Café-Gauloises. Du moins le croyais-je. En vérité, il n'y avait plus personne. Je retrouvai le Garçon. Ce fut le seul. Quelques poils follets lui poussaient sous le menton. Tantôt aux petites cuillers tantôt à la bombarde, il accompagnait des joueurs de guitare et de tambourin qui orchestraient en paroles et en chansons l'objet du débat, c'est-à-dire le soutien aux paysans qui s'opposaient à l'extension du camp militaire. *Gardarem lo Larzac*.

Madame Boîte passait entre les lignes, levant le poing comme tout le monde, en tailleur pantalon comme personne. Elle considérait avec amusement les Clarks tantôt sable sec tantôt sable mouillé, l'effrangement des tuniques indiennes, plus régulier que celui des pattes d'eph', le khôl des filles, les barbichettes des garçons, pétards pour tous, en avant la musique overdosée avec Jimi Hendrix à la guitare et Janis Joplin en chant solo. Toutes les bonnes volontés étaient admises au sein de ce groupe planétaire à condition d'être pour la paix et l'amour, contre l'autorité et la hiérarchie. Emportés par de si doux concepts, certains ne distinguaient plus le vrai du fabriqué. Ayant poussé sur l'herbe incandescente du Vietnam napalmé, le mouvement ne pratiquait pas l'exclusion de bon cœur. En sorte que les vieillards qui jouaient les jeunes sur le plateau des Causses étaient les bienvenus, de même que les démagos de tous poils. Madame Boîte était la seule à distinguer le vrai du faux. Elle témoignait d'un sens critique qui nous avait échappé, ou plutôt que nous avions abandonné dans la carlingue des B52 survolant les rizières.

Madame Boîte traversait nos rangs enluminée de cette beauté qui semble si particulière aux gamins de vingt ans, mélange de force et de vulnérabilité, inaccessible, mais de si peu. Elle était une très belle femme de quarante ans. Moins charmante qu'élégante, aussi belle que jolie, avec les qualificatifs qui ne siéent pas aux filles plus jeunes, en tout cas que je ne leur aurais jamais attribués : elle avait de la *classe, du chien,* elle était *superbe, magnifique.* « Des mots pour les dames », ricanait-elle. Ajoutant, presque aussitôt : « Les jeunes cons manquent de vocabulaire. »

Elle aimait les marques : Céline pour les chaussures, Carita pour les soins, Cartier pour les trois anneaux,

Montblanc pour écrire, Dupont pour allumer. Au Larzac, elle découvrit Babacool. Elle changea de briquet et acheta Cricket. Rien d'autre. Elle effeuillait ses Dunhill extralongues dans le plastique de la rouleuse et sniffait la coke sur la reliure pleine peau de son agenda Hermès. On l'applaudissait. Elle était chic et pas snob. Elle ne singeait pas une première jeunesse qui s'était éloignée d'elle, pas plus qu'elle ne tentait d'en approcher une nouvelle dont nous constituions les abscisses et les ordonnées. Elle ne feignait pas d'embrasser une cause qu'elle avait ignorée jusqu'alors. Elle était là parce que je m'y trouvais, et le reconnaissait sans gêne si la question lui était posée. Cette assurance, preuve d'un naturel impressionnant, faisait de Madame Boîte notre complice. Au fond, au moins sur la question des apparences, elle était plus libre que nous.

Nous avons vécu plusieurs années ensemble dans un tourbillon déraisonnable. Elle recevait mes amis chez nous. Les chambres étaient à leur disposition. Elle leur infligeait des airs de Verdi, de Rossini et de Monteverdi qu'ils finirent par reconnaître à la première note. Ils écoutaient *Les Vêpres de la Vierge* en inhalant l'âcre fumée des joints ou celle, plus aseptisée, des pipes à eau. Ils aimaient l'Introït et les chœurs du premier acte. La maîtresse de maison évoluait parmi nos invités, chantant par-dessus la musique, encouragée par les applaudissements. Elle sacrifiait aussi aux soirées pink-floydiennes lorsque, dans une atmosphère alourdie par les cônes d'encens, noyés dans d'âcres volutes d'un afghan noir premier choix, *Ummagumma* en fond sonore, nous écoutions les voyageurs revenus de Katmandou. Ils étaient partis en auto-stop, 4L ou 2CV, et rentraient quelques mois plus tard enveloppés dans de longs manteaux afghans qui sentaient la chèvre et le voyage.

La Volvo disparut. Puis une partie de la garde-robe. Madame Boîte se rappela au souvenir d'anciens amis qu'elle conviait dans des restaurants luxueux. Ils payaient. Elle les tapait. « Ils sont riches, disait-elle. Je leur fais les poches. » Quelques-uns étaient d'anciens amoureux, souvent transis. Elle avait établi une liste de ces généreux donateurs, les voyait à intervalles réguliers, en alternance. Après qu'ils avaient donné puis redonné, elle leur proposait d'emprunter. La première fois, ils refusaient et sortaient de nouveau leur portefeuille. La seconde, ils cédaient à ses objurgations, ce qui lui permettait de demander plus. « Apprenez, disait-elle à mes camarades assis sur les tapis de l'appartement que nous habitions encore, apprenez que les riches donnent peu, mais prêtent beaucoup. Avec intérêts. »

Elle allait à la banque, encaissait les chèques, réglait ses dettes les plus immédiates et nous invitait à dîner avec le solde. Le lendemain, observant la liste de ses bienfaiteurs, elle élaborait de nouvelles stratégies grâce auxquelles elle organisait l'avenir. Quand il lui paraissait indécent de renouveler son tour de table, elle choisissait un bijou et s'en allait le porter au clou. Quelques semaines après en avoir découvert les mérites, elle devint une adepte du Crédit Municipal. Elle y déposait un collier de perles qu'elle troquait un peu plus tard contre un bracelet en argent pur, ajoutait une montre à fond platine, réglait les intérêts pour récupérer l'un puis l'autre, se défaisait d'une bague ou deux, d'une broche, d'un autre collier – jusqu'au jour où la boîte à bijoux se retrouva vidée de tous ses trésors.

Elle ne voulut jamais recevoir un sou des Peace and love ou de moi-même. Nous n'avions pas l'âge, disait-elle, acceptant en cette seule circonstance de souligner une différence dont elle ne parlait pas. Mois après mois, je la voyais se défaire d'un nombre incalculable de biens reçus en héritage. Je me demandais en quelles boîtes insoupçonnées elle avait dissimulé ces vases, verres en cristal, plateaux d'argent et autres capitaux ménagers qui suivirent la route des bijoux. Elle les rapatriait de je ne sais où, les étalait sur le lit et nous choisissions ensemble les plus laids – qui étaient souvent ceux qui avaient le plus de valeur.

Avec elle, nous avons pleuré la mort de Salvador Allende et sablé le champagne à la disparition de Franco. Le premier avait été étranglé par les camionneurs de la CIA puis assassiné par Augusto Pinochet ; grâce au soutien de l'Allemagne nazie et de l'Italie fasciste, le second avait vaincu une République choisie par le peuple. De Barcelone 1936 à Santiago 1973, la route passait par des sierras semblablement défendues par des démocrates élus attaqués par des fascistes soutenus par des puissances étrangères. Autant par les buts défendus que par les méthodes mises en place pour les atteindre, Pinochet valait Franco. L'anéantissement du Chili avait été plus rapide que celui de l'Espagne. Cela seulement expliquait que nous ne nous fussions pas enrôlés dans des Brigades internationales qui n'avaient pas eu le temps de se constituer – bien qu'une rumeur eût couru, pendant quelques jours, d'un centre de formation à Rome.

Nous défendions encore le concept de révolution, mais sans l'enthousiasme de nos très jeunes années. Nous retenions la dialectique et l'espoir du communisme chez Marx, Cronstadt et *Ma vie* de Trotsky, la clairvoyance de Kropotkine et son amitié pour Élisée Reclus, Babeuf et Proudhon (malgré un antisémitisme répugnant), rien chez Mao, peu chez Lénine, une exécration absolue pour Staline et les siens. Les termes mêmes de *démocraties populaires*, qui passaient par Katyn (1940), Budapest (1956) et Prague (1968) – plus tard Kaboul, et Marioupol aujourd'hui –, nous faisaient vomir. Aucun d'entre nous ne se satisfaisait des mea culpa staliniens s'ils ne dataient pas de l'après-guerre (au mieux) ou des événements de Budapest (au pire). Edgar Morin, que Madame Boîte nous présenta, trouvait grâce à nos yeux, mais pas Aragon, à qui Cohn-Bendit avait rivé le clou dans une manif en mai. Nous nous souvenions des diatribes staliniennes lancées contre le mouvement étudiant, lesquelles ressemblaient assez aux insultes des mêmes contre *La Critique sociale* et certains surréalistes dans les années 30. Ceux-là étaient des visionnaires – même si nous préférions Souvarine à Breton, dont les pratiques d'exclusion nous rappelaient trop les manières qu'il condamnait.

Madame Boîte était prof de sociologie et non d'histoire. Mais nous débattions ardemment de ces questions, seuls ou avec les élèves qui lui rendaient visite à Ville-d'Avray. J'en connaissais beaucoup pour avoir corrigé leurs copies. Cela arrivait parfois. Ils n'avaient pas à s'en plaindre : je ne notais jamais au-dessous de 12. Je me débrouillais toujours pour amener ces petites assemblées vers le seul sujet qui m'importait à l'époque car il était au centre du roman que j'avais commencé à écrire : la guerre d'Espagne. Je m'échauffais. Je rappelais que Staline avait fait la courte échelle à Hitler. Je posais des questions qui valaient réponses. Hitler aurait-il pris le pouvoir si les prolétaires du monde communiste avaient donné la main aux prolétaires du monde social-démocrate pour lutter contre lui ? Y aurait-il eu une Seconde Guerre mondiale si Staline était intervenu plus tôt en Espagne, s'il n'avait pas confisqué l'or de la République mais l'avait utilisé au profit de la victoire, s'il avait coupé la route aux nazis en occupant Gibraltar, s'il n'avait pas envoyé ses flics et ses assassins pour liquider les trotskistes du POUM et les anarchistes de la CNT-FAI, dont les canons et les mitrailleuses auraient dû rester braqués sur les fascistes et les nazis ? Les staliniens, ordonnateurs de déportations massives, d'assassinats ciblés ou de masse, sont pour partie responsables, disais-je, de la dilution de cet idéal devenu concept : *révolution.* « Un mot, rien qu'un mot, approuvait Madame Boîte. Un mot auquel la dictature du prolétariat est trop bien accouplée. » Elle avait raison : Lénine, Staline, Mao et Castro avaient emprunté un chemin pavé de fosses communes, de charniers, d'horreurs innombrables autant qu'innommables qu'aucun de nous ne suivit jamais.

« À vingt ans, expliquais-je aux jeunes gens assis sur la moquette de la résidence de la Ronce (j'en avais seulement cinq de plus !), nous défendions des luttes ponctuelles plutôt que des idéologies. Nous soutenions certains extrêmes car ils sont indices de modernité. Ils revendiquent des droits que les majorités finissent par adopter.

— Ainsi va l'Histoire, concluait Madame Boîte. Décolonisation, droit des femmes, avortement, condamnation de la torture, abolition de la peine de mort… »

Nous avons vécu quatre ans ensemble avant de revenir à Paris. Chacun chez soi mais quasiment voisins. Cela pendant six ans encore. Nous savions tous deux que la séparation était inéluctable : j'étais trop volage et elle trop exclusive. Le temps ne nous épargnait pas : il creusait des ravines sur le visage d'une femme admirable en même temps que des plis de détresse sur celui de son amant. L'injustice était profonde. Nous nous séparions dans la douleur pour nous retrouver aussitôt, incapables de franchir le cercle de feu au sein duquel nous nous débattions.

Le 31 mai 1983, tandis que deux policiers tombaient avenue Trudaine, le jeune homme d'allure plutôt négligée qui se prétendait homme de lettres venait de quitter Madame Boîte. Quelques semaines auparavant, j'avais rencontré Élisabeth. Je savais qu'elle allait compter dans ma vie, que, grâce à elle, je serais enfin capable de descendre du manège empoisonné dans lequel ma prof et moi tournions misérablement depuis tant d'années. J'ai rompu cette histoire avec une brutalité inouïe, indéfendable – une honte dans ma vie.

Aujourd'hui, pour la première fois, je suis allé à la promenade. J'étais seul dans la cour des isolés, un petit triangle borné à droite, à gauche et au-dessus par des frises et des réseaux de fils de fer. Quinze pas dans un sens, quinze dans l'autre. Devant, un gardien me surveillait depuis sa guérite. Plus haut s'élevaient les façades noircies de la Santé, trouées par les fenêtres munies de barreaux.

Au bout de vingt minutes, j'ai demandé à rentrer. Un maton m'a précédé dans la cellule. Il est monté sur un tabouret et, à l'aide d'un bâton, a vérifié que le grillage de la fenêtre n'avait pas été percé. Après son départ, j'ai grimpé à mon tour sur le tabouret. Derrière la fenêtre – opaque –, il y a huit barreaux d'acier, plus une grille, aucun appui extérieur et un vide de plusieurs mètres. Comment peut-on s'évader d'ici ? Comment rompre les quatorze grilles séparant les cellules du quartier haut de l'entrée, tromper la surveillance des quatre cent cinquante gardiens qui « veillent » sur deux mille cinq cents détenus ?

Après avoir vérifié la résistance des barreaux, le surveillant m'a tendu une enveloppe ouverte. C'était la deuxième lettre de l'avocat :

Une grève des surveillants m'empêchant toujours de venir vous voir, je m'empresse de vous indiquer que j'ai pu voir une autre partie du dossier aujourd'hui même. L'essentiel demeure que vous avez admis avoir reçu vos amis tout en sachant qu'ils avaient commis des actes illicites. La difficulté majeure, par ailleurs, réside dans les propos sibyllins enregistrés sur table d'écoute et dont vous avez donné une interprétation peu crédible.

Je suis resté un long moment les bras ballants, appuyé à la table scellée dans le mur. Puis je me suis approché de la porte, et j'ai hurlé :

— La grève ? Qu'est-ce que vous avez décidé pour la grève ?

La réponse m'est parvenue cinq secondes plus tard :

— Reconduite !

J'ai murmuré : « Enculés ! »

Élisabeth m'écrit tous les jours. Elle est en contact permanent avec mon père. Ils se battent pour moi. Ils m'attendent. Élisabeth passe des heures au téléphone à rassurer les amis. Elle les voit, leur donne mon adresse (DF 221 897, prison de la Santé, bloc A, cellule 333, 42, rue de la Santé Paris 14). Elle est en contact avec l'antiquaire suisse. Elle m'adresse les articles qui paraissent sur mon livre, La Dame du soir, *publié pendant mon incarcération. Elle est admirable. Elle me donne des nouvelles du monde. J'apprends qu'Indira Gandhi a été assassinée et Reagan triomphalement réélu. Jerzy Popieluszko, l'aumônier de Solidarność, a été assassiné en Pologne. Les « nouveaux pauvres » font la une de la presse. En octobre, Pascale Ogier, François Truffaut et Henri Michaux sont morts. À voix basse, je murmure le début de « La Paresse », dans* La nuit remue *:*

« L'âme adore nager. Pour nager on s'étend sur le ventre. L'âme se déboîte et s'en va. Elle s'en va en nageant. »

Je m'allonge sur le ventre, la tête sur le matelas.

« On parle souvent de voler. Ce n'est pas ça. C'est nager qu'elle fait. »

Je ne sens ni ne ressens rien. Sinon un froid glacial, paralysant.

« Quand l'âme quitte le corps par le ventre pour nager, il se produit une telle libération de je ne sais quoi, c'est un abandon, une jouissance, un relâchement si intime. »

En vain…

Simone Gallimard et Françoise Verny, mes éditrices, m'envoient lettres et télégrammes. Françoise m'attend le 26 novembre, jour de son anniversaire : « Ce sera mon cadeau, chéri. Je suis certaine que ces cons-là te lâcheront avant. »

Ce matin, un gardien m'a prêté un vieux magazine. J'y ai découvert des comptes rendus de films et de livres, des adresses de restaurants, des photos de Paris s'apprêtant pour l'hiver. Il y avait un compte-rendu du livre de Jorge Semprún, Montand la vie continue. *Quelques semaines avant la fusillade de l'avenue Trudaine, j'avais été invité à « Apostrophes », une émission autour d'Yves Montand à laquelle participaient également Jorge Semprún et François Truffaut. J'étais le jeunot de service, mort de trouille parce que, dans les coulisses, Semprún m'avait promis de me régler mon compte en direct pour le crime de lèse-majesté que j'avais commis : ce livre,* Les Têtes de l'art *(le titre m'avait été proposé par mon copain Yann Queffélec), donnait la parole à une cinquantaine d'artistes, les uns connus les autres pas du tout, parmi lesquels Tournier le débonnaire, Soulages le merveilleux et Signoret la méprisante. Alors que Bernard Pivot m'interrogeait évidemment sur ma rencontre avec Casque d'or, Montand avait adressé un signe comminatoire à Semprún qui signifiait : « Tu ne touches pas à ce garçon. » Il avait secouru le plus faible. Grâce à lui, je m'en étais sorti à peu près sans heurts.*

En repensant à cette émission, je me disais ce que je me dis toujours lorsque ma vie s'affaisse : il faut construire sur les décombres. Dans le cas présent, oublier le détenu, contraindre l'écrivain à reprendre la main sur la situation. La dépasser ainsi. Écrire pour atteindre ce but. Transformer la débâcle en une sorte de petite victoire. À épuiser sa peine en l'écrivant, on prend du recul sur elle.

Hélas, pour l'heure, l'hémorragie résiste à tous les cataplasmes. Je passe mes journées dans une cellule enfumée, sans respirer, mangeant à peine. Mon corps est comme une personne détachée. Mon esprit plus encore. Je vis dans un univers blanc que rien n'alimente sinon les songes. Et j'écris des pages qui ne bâtissent aucun édifice.

Parfois, je fais le compte. Je n'ai pas droit à mes stylos-plumes habituels mais à des feutres fins transmis de l'extérieur par autorisation spéciale. Pas droit à mon tabac mais au scaferlati infect et desséché de la prison. Pas droit à d'autres chaussures que celles que je portais en arrivant, ou à des baskets vendues par l'administration. Pas droit à ma ceinture. Pas droit à mon carnet d'adresses. Pas droit à l'eau chaude. Pas droit d'obstruer le lavabo avec un bouchon. Pas droit aux journaux… Autant de privations que subissent tous les détenus. Je suppose que ceux qui connaissent les us et coutumes du milieu carcéral pour les avoir toujours envisagés comme un passage obligé en souffrent moins que le quidam lambda qui n'avait pas imaginé une seconde se retrouver là.

Je vis chichement. Il m'arrive même d'envoyer des mots sur des demi-pages soigneusement coupées. J'économise papier et enveloppes. Je crains cet instant où, après avoir épuisé mes deux blocs, il me faudra recourir aux « cahiers d'essai » de la prison, margés à gauche par une ligne rouge – ces cahiers sur lesquels j'écrivais à la petite école. La règle, ici, est à l'infantilisation. Il y a des heures pour les repas, la promenade, la visite médicale, la douche, le réveil, l'extinction des feux, les visites, le rangement…

… Et le courrier. C'est par une lettre d'Élisabeth que j'apprends, écœuré mais pas vraiment surpris, que l'avocat aux mains froides et osseuses est devenu l'avocat du Garçon.

Le 17 octobre au soir, jour de mon arrestation, quittant sa pièce aux plantes, Rika Zaraï tomba en arrêt devant son écran de télévision. Elle resta là, paralysée par la stupeur. Elle appela l'éditeur.

— C'est lui ?

Face à mon visage terreux aimablement diffusé par l'identité judiciaire, deux personnes en quasi catalepsie observaient cet homme qu'on croyait si paisible et que la justice venait d'inculper d'association de malfaiteurs, qui plus est en liaison avec Action directe. On parlait de soutien logistique, d'attaques à main armée, du meurtre de deux policiers avenue Trudaine.

Toute la soirée, le téléphone sonna villa Montmorency : il fallait exclure le terroriste de l'élaboration de l'œuvre. L'éditeur lui-même proposa de trouver une autre personne. Mais Rika tint bon.

— Je connais ce garçon, je ne crois pas à cette histoire.

Ce n'était pas si simple : Action directe et Israël n'ont jamais fait très bon ménage. Dans les échanges téléphoniques, on évoquait le nom de Yasser Arafat, de la cause palestinienne. Rika s'entêta.

— Au pire, il a été naïf. Peut-être abusé. Pas plus.

Les débats durèrent quarante-huit heures. Au terme desquels Rika Zaraï fut autorisée à me faire parvenir les pages manuscrites de son texte. Les censeurs de la Santé les contrôleraient puis viseraient les feuillets corrigés par moi, Élisabeth les dactylographierait avant de les renvoyer à Rika. Ainsi, le jour où les gardiens cessèrent leur grève, je reçus une lettre de Rika Zaraï :

« Pour vous, il est important de bien respirer et surtout de respirer par le ventre. Ne prenez aucun médicament ou calmant, car vous avez besoin de toutes vos forces maintenant et à votre sortie. J'espère que cette collaboration vous fera prendre patience et garder confiance et vous permettra de voir arriver le bout du tunnel plus rapidement. Je vous embrasse. »

Cette lettre me fit un bien fou : la confiance n'était pas totalement rompue avec l'extérieur.

Le lendemain arrivèrent les premiers textes écrits par Rika. De quoi soulager ma peine :

« La surface de la planète est chargée de courants négatifs que nous recevons durant toute notre existence par l'intermédiaire de nos pieds alors que l'espace est porteur de courants positifs qui frappent notre tête. En position de "chandelle", la tête se charge de courants négatifs et les pieds de courants positifs. Chaque jour, pour stimuler votre activité cérébrale et

faire pousser vos cheveux, renversez-vous, la tête au sol et les pieds en l'air. »

J'imaginais la tête du gardien m'observant dans cette position à travers l'œilleton de la cellule…

Mon père est venu. On m'a sorti de ma cellule. J'ai présenté mon billet de parloir. Le gardien m'a dit :

— Vous croyez peut-être que je sais lire à l'envers ?

J'ai mis le billet à l'endroit sans discuter : j'avais peur que le parloir soit annulé. Je suis allé à la cabine 26. Un sbire en uniforme a tourné le bouton d'une minuterie.

Je suis entré d'un côté de la cage. Mon père était assis en face. Entre nous, il y avait une vitre sur laquelle la buée s'accumule lorsqu'on parle de trop près. Il faut crier pour se faire entendre, trouver les ombres pour se voir sans reflets, les interstices où pencher l'oreille. On a fait ça pendant quelques secondes, moins par commodité que pour dissimuler notre trouble. Quand nous nous sommes enfin regardés, il m'a demandé :

— Ça va ?

J'ai haussé les épaules. Je ne pensais pas à moi mais à lui. Je me disais que rencontrer son fils en prison, ça devait peser lourd. Ça devait même être terrible. Il me souriait, et moi je ne pouvais pas parler. À un moment, je me suis détourné. Il a sorti un stylo, un morceau de papier sur lequel il avait dressé une liste de points dont nous devions discuter. Il était un amer dans le désastre. Il m'a parlé de l'avocat qu'il avait choisi. D'Élisabeth. Ces centaines de coups de téléphone donnés et reçus. De la stupeur de tous. Des articles dans la presse. Des droits de visite. Du juge.

— La première fois que je l'ai rencontré, il s'engueulait très violemment avec l'avocat que tu avais choisi. J'ai pensé que tu n'avais pas besoin d'une défense de rupture. C'est pour ça que je t'ai envoyé tous ces télégrammes le premier jour.

J'ai dit à mon père que je me reposais totalement sur lui.

— Je sais que tu feras au mieux. Moi, je ne suis pas en capacité d'agir ou de décider. Fais-le pour moi.

L'émotion me gagnait en prononçant ces mots. Jamais je n'avais autant réclamé son aide. Il représentait le seul coin de terre un peu solide sur lequel je pouvais poser le pied. J'étais un enfant. J'étais son enfant. La paroi de verre qui nous séparait effaçait toutes les incompréhensions qui, au fil des années, s'étaient accumulées entre nous. Elles étaient nées ce jour où, à dix-sept ans, deux ans après les événements de Mai auxquels lui-même avait participé tout en m'encourageant à aller à Nanterre, à la Sorbonne et en tous lieux où grondait la colère, j'avais choisi de quitter sa maison pour inventer la mienne. Il avait tenté de me retenir. Je n'avais pas cédé. Nous étions montés ensemble sur le manège des libertés nouvelles, il me demandait d'en descendre, nous n'étions plus d'accord. Quinze ans plus tard, il m'ouvrait ses bras. Et j'avais besoin de lui.

— La prochaine fois, a-t-il dit avec un triste sourire, choisis mieux tes amis.

— Je ne comprends pas pourquoi nous n'avons pas été confrontés.

— Ça aurait changé quoi ?

— Qu'il dise la vérité. Qu'il m'absolve.

— Il ne l'aurait pas fait.

Mon père a sorti une coupure de presse de sa poche et l'a plaquée contre le plexiglas. C'était un article du Monde. *Il en avait entouré un passage : interviewée par le journal, une amie du Garçon estimait que mon incarcération avait pour but « d'obliger moralement » celui-ci à parler.*

— N'attends rien de lui. Moralement, il ne s'y sent pas obligé.

J'avais compris.

J'ai demandé à mon père quand viendrait l'avocat.

— Le plus vite possible.

Et quand il croyait que je sortirais d'ici.

— Je ne sais pas.

Si ça se comptait en jours, en semaines ou en mois.

— Tout dépendra des interrogatoires.

Nous avons un peu parlé. Certains amis avaient évoqué la création d'un comité de soutien. J'ai refusé.

— Élisabeth est d'accord avec toi, m'a dit mon père. Avant d'ajouter : Et moi aussi.

Si je pouvais prétendre à l'innocence la plus absolue, je savais que l'écrivain s'était approché de beaucoup trop près de personnages dont l'histoire fantasmée valait infiniment mieux que leur vie réelle. Je ne souhaitais pas entraîner amis et camarades dans ce sillage délétère. Mon inconscience, ma légèreté, rendaient la cause indéfendable. La seule circonstance atténuante que je m'accordais était liée à la trahison. Mais la trahison reste une affaire personnelle. Aucun collectif ne peut la prendre en charge.

La minuterie a sonné. Le gardien a ouvert la porte et hurlé :

— Terminé !

Mon père m'a adressé un sourire lugubre, puis il est parti de son côté et moi du mien. J'ai traversé un couloir, monté un escalier, présenté mon billet, franchi une grille, présenté mon billet, franchi une autre grille, rendu mon billet, puis je suis entré dans ma cellule dont le battant a claqué avant le tour de clé et les deux targettes. Je me suis allongé sur le lit. Je pensais à mon père. Lui aussi écrivait. Il avait commencé tardivement. À trente-cinq ans sa vie avait totalement basculé. Il s'était retrouvé sans femme, sans travail, un enfant chez lui, deux autres chez leur mère. Cadre commercial assez peu brillant, il avait voulu devenir auteur et s'en était donné les moyens. Et l'allure. Il était passé d'une vie lisse en costume trois-pièces à du velours côtelé avec barbe, d'une maison familiale en banlieue à un studio parisien, d'un peu d'argent à plus grand-chose, d'une femme magnifique d'origine russe (ma mère) à une jeune fille splendide d'origine belge (ma belle-mère). Il avait d'abord écrit quelques polars signés d'un pseudonyme, traduit des ouvrages anglo-saxons, puis il s'était risqué à inventer des pièces radiophoniques que des acteurs enregistraient dans les studios nouvellement construits de la Maison de la Radio. Il avait contribué à la renaissance de L'Os à moelle, *journal déjanté fondé par Pierre Dac. Je me souvenais être allé chercher celui-ci à Orly, encadré par Jean Yanne et mon père. Dans la foule emmitouflée pour l'hiver, Pierre Dac était apparu en short et chemisette, une ombrelle à la main. Les voyageurs l'ovationnèrent : entre New York et Paris, cet homme qui chaque jour pendant la guerre avait conspué les nazis au micro de Radio Londres avait égayé le voyage avec ses sketches et ses blagues.*

Les joyeux trublions du canard se retrouvaient souvent dans l'appartement que nous habitions alors, banlieue ouest de Paris. C'était en haut d'un raidillon ardu dont la 2CV familiale venait à bout à condition d'avoir pris un solide élan au bas de la côte, faute de quoi il fallait alléger la bagnole en descendant à mi-route et poursuivre à pied jusqu'aux premières lueurs de la civilisation. Lorsque mon père acquit cette décapotable grand-sport (d'occasion), nous avons fêté l'événement en ahanant à cinq jusqu'aux châteaux de la Loire, aller-retour dans la journée. Au mois de septembre 68, au volant de cette voiture qui plafonnait à cent à l'heure (dans les descentes), mon père s'était rendu à Prague pour y célébrer un Printemps bientôt assassiné.

Après L'Os à moelle *et* Les Maîtres du mystère, *pièces radiophoniques diffusées chaque semaine sur France-Inter, il avait commencé d'écrire pour la télévision. À l'époque, on ne disait pas « scénariste », mais « auteur dramatique ». Ça posait le bonhomme. Mon père se prenait très au sérieux quand il écrivait. Il parlait de ses personnages, de leur caractère, de leurs actions, parfois devant moi ou d'autres, le plus souvent avec sa femme. Ils appelaient ça « faire le mur ». Il balançait des idées qu'elle renvoyait, comme au squash. Quand ils n'étaient pas d'accord, ça tournait vinaigre. Ils s'enfermaient dans leur chambre où ils s'engueulaient. C'était très sonore. Il criait, elle hurlait, ils pleuraient, les voisins cognaient aux murs et, quand cela ne suffisait pas, sonnaient à la porte. J'ouvrais, je disais C'est pas chez nous, ils répliquaient Te fous pas de notre gueule, dis-leur que la prochaine fois, on appelle les flics.*

Mon père prenait du Corydrane pour écrire. Comme Jean-Paul Sartre. Il travaillait la nuit dans une pièce-bureau qu'il aménageait dans les multiples appartements que nous avons habités. Il avait installé une lampe rouge au-dessus de la porte, semblable à celles que je voyais quand je l'accompagnais à la Maison de la Radio où étaient enregistrés Les Maîtres du mystère. *Lorsque la lumière rouge était allumée, il était interdit d'entrer. Le matin, au réveil, j'entendais le claquement des bras de la machine à écrire (plus tard, la frappe plus régulière de la sphère IBM 82C avec ruban correcteur). Mon père me retrouvait un peu plus tard dans la cuisine, heureux, tel un sportif fier de montrer sa musculature (cérébrale).*

Je me suis endormi sur les images de mon père penché sur ma table d'écriture. Comme si nous rédigions à quatre mains le roman de sa vie. Je me suis réveillé à l'aube, terrorisé car le tableau lénifiant du soir s'était transformé en une toile horrifique : nous étions tous deux enchaînés à la table scellée dans le mur de ma cellule, obligés de consigner ensemble un acte d'accusation qui me condamnait à mort.

Je me suis redressé d'un seul mouvement. J'avais l'habitude de ces visions égarées. Les premiers jours, je dormais comme une souche. J'étais éveillé trois ou quatre fois par le fou qui hurlait dans la cellule voisine, puis par l'incendie que provoquait en moi l'allumage des lampes. Mais j'y arrivais. Aujourd'hui, les cauchemars m'habitent. Ils ont ceci de profitable qu'ils m'éveillent longtemps avant que ne résonnent les bruits de la prison, les targettes et la cacophonie des bâtons frappant les barreaux. Je m'efforce alors de ne pas me rendormir afin de contrôler la panique qui s'empare de tout mon corps quand survient le vacarme. Et je récite à mi-voix quelques vers du pauvre Verlaine emprisonné :

Un grand sommeil noir
Tombe sur ma vie :
Dormez, tout espoir,
Dormez, toute envie !
Je ne vois plus rien,
Je perds la mémoire
Du mal et du bien…
Ô la triste histoire !
Je suis un berceau
Qu'une main balance
Au creux d'un caveau :
Silence, silence !

Avec les yeux d'une tête de mort
Que la lune encore décharne,
Tout mon passé, disons tout mon remords
Ricane à travers ma lucarne.

Ce matin, un gardien m'a apporté un télégramme. L'avocat m'annonçait qu'il viendrait dans l'après-midi. J'ai attendu toute la journée. Je guettais le pas des gardiens, espérant, pour une fois, que l'un d'eux s'arrêterait devant ma porte. À dix-huit heures, la panique m'a gagné : les avocats ne peuvent venir après dix-huit heures trente. J'ai regardé ma montre et suivi la course de la trotteuse. J'ai croisé les doigts, touché du bois. Je me suis dit : « S'il n'est pas là à 10, c'est foutu. » Puis à 15. Puis à 20. Et à 25, alors que je me préparais au pire, j'ai entendu un pas s'arrêter devant la cellule, une clé tourner dans la serrure, et j'étais debout, prêt à sortir, quand le surveillant a clamé :

— Parloir avocat !

On m'a fouillé, j'ai passé deux grilles, puis je me suis retrouvé dans une pièce où Me T. m'attendait. C'était un homme élégant, cravate, pochette, boutons de manchettes. La quarantaine soignée. Il était assis derrière une table. Il m'a tendu la main. Je me suis assis. Il a dit :

— Nous avons dix minutes.

Il parlait comme il écrivait : par circonlocutions. Vu le temps dont nous disposions, c'était très exaspérant. Il avait étudié le quart d'une étagère d'un dossier qui occupait une armoire pleine. Il voulait surtout savoir comment j'allais, si je prenais l'air et m'alimentais correctement.

J'ai dit :

— Ça va comme ça peut aller en prison, je ne sors pas, je mange très peu, quelles sont les charges retenues contre moi ?

Il m'a montré l'ordonnance de mise en détention provisoire signée par le juge Bruguière.

« Attendu que les faits sont graves et complexes et que de nombreuses investigations sont actuellement en cours, que dans cette perspective il échet de prévenir toute entreprise qui pourrait être préjudiciable à la manifestation de la vérité, attendu en conséquence que la détention provisoire de l'inculpé est l'unique moyen d'empêcher une pression sur les témoins ; d'empêcher une concertation frauduleuse entre l'inculpé et ses complices ; pour préserver l'ordre public du trouble causé par l'infraction, ORDONNONS la détention provisoire de l'inculpé que nous plaçons sous mandat de dépôt. »

J'ai rendu l'ordonnance à l'avocat. Il m'a parlé de la Montagne-Sainte-Geneviève, des écoutes téléphoniques, du mauvais pas dans lequel le Garçon m'avait mis.

— C'est bien un truc d'écrivain d'étudier de trop près ses personnages !

On en était là, ou à peine plus loin, lorsqu'un gardien est entré pour nous signifier qu'il fallait conclure. L'avocat s'est levé.

— Continuez à me parler pendant que je m'habille.

Il a enfilé un pardessus long et chic. J'ai dit qu'il y avait trop de points, que je ne savais pas par lequel commencer.

— Nous verrons demain, a-t-il dit. Ne vous inquiétez pas.

— Vous revenez demain ?

— Non. Nous nous retrouverons au Palais. Le juge vous attend.

Il s'est approché de la porte et a appelé les gardiens.

— J'ai acheté votre dernier roman. J'écris moi aussi.

Il m'a tendu une enveloppe de papier Kraft.

— J'ai glissé là-dedans quelques petits écrits de ma composition. Si vous pouviez les lire…

— J'ai le droit de recevoir des textes qui ne sont pas passés par la censure ?

— Je suis votre avocat, voyons !

Nous nous sommes salués, il est parti de son côté et moi du mien. La journée du lendemain serait décisive.

De retour dans ma cellule, je me suis observé dans la glace : la mine brouillée, une barbe hirsute. Depuis une semaine je réclame un rasoir. Je me suis tour à tour adressé aux autres détenus, aux gardiens, et même au sous-directeur du bloc. Sans résultat.

À dix-neuf heures, j'ai tambouriné à la porte. Vingt minutes plus tard, un surveillant est arrivé. Je lui ai montré ma barbe :

— Comment voulez-vous que j'aille au Palais dans cet état ?

Il a fait le tour des cellules et est revenu avec un blaireau et une lame usagée. Pas de crème, pas d'eau chaude. Je me suis campé devant la glace qui surmonte le lavabo et j'ai commencé. Au bout d'une demi-heure j'avais le visage en sang. J'ai estimé que cela suffisait. J'ai fouillé dans l'armoire à la recherche d'une gélule de Tranxène. Une ou deux fois, j'ai dupé l'infirmière qui me les apporte dans un verre d'eau avec obligation de boire devant elle. J'ai réussi à les subtiliser et à les sécher. Ainsi, je me suis constitué une petite réserve que je garde pour les moments les plus difficiles. Mais il ne m'en restait aucune. J'ai rappelé le gardien. Une fois, deux fois. À vingt heures, après avoir réclamé le médecin, j'ai obtenu une pilule de je-ne-sais-quoi.

Je suis resté éveillé longtemps. Lorsque les deux cents watts des ampoules ont incendié la cellule, j'étais debout, appuyé face à la porte. À travers le judas, grossie par le verre, j'ai vu une tache intrusive, mobile, curieuse, indiscrète. L'œil du gardien.

À neuf heures, on m'a sorti de la cellule, fouillé, enfermé dans une cage, fouillé de nouveau, puis je suis monté dans un car divisé en alvéoles séparées par des grillages métalliques. J'étais seul dans la mienne. Les vitres étaient opaques. Par un interstice aménagé en hauteur, j'apercevais la cime des arbres, roussis par l'automne. J'entendais les bruits de la ville, jadis familiers. Le car a descendu le boulevard Arago jusqu'aux Gobelins, puis il a tourné dans la rue Monge, et là j'ai enfermé mon visage dans mes mains car nous sommes passés devant le square où j'habite. J'ai triché une ou deux fois, observant à la hâte entre mes doigts. J'ai aperçu le kiosque où j'achetais les journaux, la station d'autobus où j'accompagnais Élisabeth le matin.

Nous sommes passés au ras de la montagne Sainte-Geneviève. J'ai cru voir mon ancienne voisine. Que se serait-il passé si je l'avais écoutée, si j'avais prêté plus d'attention au marchand de journaux ? Rien, sans doute. J'étais filé et écouté depuis trop longtemps.

Le car s'est arrêté aux abords de la souricière du palais de justice. On m'a appelé :

— L'isolé, viens ici !

On m'a fouillé puis poussé dans un escalier jusqu'à une nouvelle cage où j'ai été enfermé avec un autre détenu. Il avait trente ans et venait de tomber pour recel de voitures volées. Je lui ai demandé combien il risquait. Il m'a répondu, très désinvolte :

— Je sors ce soir ou dans un an. Tout dépendra du juge.

Il a raconté son affaire comme un événement ordinaire de peu d'importance dans sa vie. Cela a duré cinq minutes. On est venu me chercher : l'isolé ne devait pas côtoyer d'autres détenus, il y avait erreur. Le receleur a affiché une moue impressionnée, m'a souhaité bonne chance, et j'ai mesuré, à la manière dont il m'avait dit ça, qu'il n'y croyait guère.

On m'a trimballé dans une autre cellule. Vide, celle-là. Puant la pisse et la sueur. Je me suis assis sur un banc. Il y avait de multiples arabesques sur les murs, des noms, des injures, une date, 17 octobre 1984, jour de mon enfermement. Je n'avais pas de livre, pas de tabac. J'avais peur. Je me suis balancé d'avant en arrière puis j'ai couché mon visage dans mes avant-bras et j'ai continué de me bercer.

J'ai attendu quatre heures avant d'être appelé. J'ai quitté la cage. Un gendarme m'a fait enlever mon blouson et l'a fouillé. Il m'a placé en appui contre le mur, bras levés, jambes écartées. Il m'a palpé : d'abord le col de la chemise, puis le torse, la ceinture du pantalon, l'entrejambe, les cuisses, les chevilles. J'ai ôté mes chaussures, il en a inspecté l'intérieur et les semelles.

— Vos poignets.

Il m'a menotté et a assujetti une lanière en cuir qu'il tenait dans la main. Nous avons traversé les tunnels souterrains du palais de justice, moi en laisse, lui me tirant par-devant.

L'avocat-gentleman m'attendait devant la porte du cabinet d'instruction. Il m'a souri gentiment.

— Vous avez lu mes petits écrits ?

— Pas encore.

— Vous le ferez, j'espère ! Votre avis compte beaucoup pour moi.

Le juge était en retard. Le gendarme s'est assis à côté de moi. La greffière est venue. Elle a salué mon défenseur, pas moi. Elle portait une jupe fendue sur le côté et un châle aux épaules. Moi, j'avais mon blouson de cuir, le seul pull-over, le seul pantalon, la seule chemise dont je disposais. L'avocat était en beige, le gendarme en bleu.

Le juge est arrivé. Il s'est excusé :

— J'étais à la brigade criminelle.

J'ai pensé par-devers moi : « Qu'a-t-il encore appris à la brigade criminelle ? »

Nous sommes entrés. Le gendarme m'a enlevé les menottes puis s'est assis sur un siège en retrait. J'observais ce bureau où j'étais entré deux semaines plus tôt. Et cet homme, considéré comme redoutable, occupé à bourrer sa pipe. Il a soigneusement tassé son tabac, craqué une allumette, fouillé dans ses dossiers, après quoi il m'a regardé et a dit :

— Monsieur, l'affaire est grave.

Je me suis habitué à ce « Monsieur », également employé par les inspecteurs de la brigade criminelle. Il me glace. Dans mon milieu, personne ne s'appelle ainsi. On s'embrasse et on se tutoie.

— Je vous rappelle, Monsieur, que vous êtes entendu dans le cadre d'une enquête importante, un dossier où il y a mort d'hommes. Je vous conseille la franchise.

Nous commençons *mezza voce* sur la fusillade de l'avenue Trudaine. C'est le dossier le plus lourd, celui pourtant dans lequel je me sens le moins mal à l'aise : j'ai déjà tout dit de ce que je savais, absolvant les personnes qui se trouvaient chez moi en ce jour funeste. Sauf que…

— Le cousin… Quand avez-vous connu le cousin ?

— Je l'ai croisé à l'époque du lycée. C'était un petit garçon.

— Vous ne l'avez pas revu dans votre studio ?

— Une ou deux fois, très rapidement.

— Quand avez-vous appris qu'il fréquentait Robert et Nadine ?

— Je l'ai compris à diverses allusions.

— Qu'avez-vous fait alors ?

— Ils sont partis de la Montagne-Sainte-Geneviève.

— Quand vous dites « ils » sont partis, cela suppose qu'ils étaient plusieurs ?

Je vois le piège. Facile à éviter.

— *Ils*, c'est lui-même et les autres.

— Quels autres ?

— J'ai appris par les enquêteurs que mon studio était devenu une base logistique pour le groupe.

— Vous ne le saviez pas ?

— Non.

Bruguière me regarde sans méfiance. J'ajoute :

— Si je l'avais su, j'aurais agi quand j'ai appris que les policiers me recherchaient.

— Qu'auriez-vous fait ?

— J'aurais confondu le Garçon.

— Pourquoi ?

— À part lui, je ne vois pas pour quelle raison la police se serait intéressée à moi.

Le juge a rallumé sa pipe.

— Les enquêteurs faisaient une enquête de voisinage.

Il a tiré deux longues bouffées, puis :

— Avez-vous dit à votre ami… celui que vous appelez « le Garçon », que la police vous recherchait ?

— Je ne me souviens pas, mais je suppose que oui.

Il a fouillé dans ses notes et a confirmé :

— Vous lui avez dit, en effet. Nous avons une écoute technique qui le prouve… Comment a-t-il réagi ?

— Je ne sais plus.

L'avocat-gentleman est intervenu :

— Cela ne l'a pas conduit à faire déménager le cousin. Par conséquent, mon client était en droit de penser que si l'alerte n'était pas donnée, c'était qu'il n'y avait aucune raison de s'inquiéter.

— Et donc, a enchaîné le magistrat en me regardant, vous ne vous êtes pas inquiété.

— Pas plus que ça.

— *Ça*, c'était quoi ?

— À l'époque, je ne savais rien du cousin. Seulement qu'il était malade et déserteur.

— Et votre camarade ?

— Je ne le croyais pas tout à fait lorsqu'il me parlait de ses activités.

— Quelles activités ?

— Celles liées à ses engagements.

Le juge a ricané. Il a posé sa pipe, a pris une feuille dans l'un de ses dossiers et a dit :

— Si vous ne le croyiez pas *tout à fait*, expliquez-nous pourquoi vous employiez tous deux des expressions dont vous ne me ferez pas croire qu'elles n'étaient pas codées.

Il a cité des phrases dont certaines avaient un sens, d'autres un double sens, certaines correspondant à des réalités, d'autres à des messages. Je ne pouvais le nier. Pour le juge, toutes dissimulaient un second degré. « Je viens avec une bouteille » signifiait qu'on arrivait avec un pistolet-mitrailleur. « On sera douze » indiquait le nombre des conjurés. « On se retrouve à midi » signait l'heure d'une attaque à main armée. En revanche, « j'ai bien travaillé », « je vais me reposer » correspondaient à des événements dont je connaissais désormais, sans doute possible, la nature. C'était cela le secret que j'essayais de protéger, et là où la partie devenait difficile.

— Si ces expressions n'ont pas de sens particulier, pourquoi les utiliser ?

Nous étions au cœur de l'affaire, au centre du cratère : les écoutes téléphoniques.

— C'était un jeu entre nous.

— Drôle de jeu !

J'ai essayé de louvoyer, plus ou moins habilement soutenu par mon conseil. Nous avons plaidé l'intérêt de l'écrivain pour les personnages de la vie, l'inconscience, la fascination, bref, des raisons d'essence psychologique qui n'ont pas convaincu le juge.

— Pendant que vous y êtes, invoquez les images. Dites que vous aimez vous exprimer d'une manière fleurie !

Je n'ai pas répondu. Le magistrat s'est tourné vers la greffière pour dicter ce qu'elle devait noter, puis il a ouvert un nouveau dossier dont certains feuillets étaient tapés à la machine et d'autres manuscrits.

— Le 10 novembre, vous demandez à votre correspondant d'apporter une lampe. De quoi s'agit-il ?

— D'une lampe. Il n'y a pas de sous-entendus là-dessus.

— Quelle genre de lampe ?

— Un spot… Non… Une lampe à huile.

— Un spot ou une lampe à huile ?

— L'un ou l'autre, mais pas une arme, ai-je dit.

— Pourquoi aviez-vous besoin d'une lampe ?

— Elle était dans mon studio que je n'occupais plus. Je voulais la récupérer.

— Avez-vous retrouvé ainsi beaucoup d'objets ?

— Non.

Le juge ne paraissait pas convaincu.

— Monsieur, votre studio servait de lieu de rencontre à une organisation de malfaiteurs. Vous ne semblez pas prendre l'affaire très au sérieux.

J'ai objecté que ce n'était pas le cas. Mais je ne savais pas tout.

— Je le constate.

Le magistrat m'a observé avec une nuance particulière dans le regard, un peu de sadisme sans doute. Il m'a demandé :

— Comment s'appelle votre ami ?

J'ai donné son nom et son prénom. Il a dodeliné doucement de la tête et a dit :

— Pour le nom, c'est vrai. Mais pas pour le prénom.

Je ne comprenais pas où il voulait en venir.

— Vous ne connaissez pas le prénom de votre ami ?

Le juge a refermé l'un de ses classeurs et m'a posé une question que je n'ai pas entendue.

— Vous êtes sûr pour le prénom ?

Il a hoché la tête, et moi j'ai baissé la mienne. Depuis quinze ans que je le connais, le Garçon m'a menti sur son identité. Et pas seulement là-dessus. Au marteau, le juge a enfoncé sa lame dans ma cervelle meurtrie, alignant les révélations sur une vie personnelle très différente de celle que le Garçon exposait à tous. J'ai songé aux empreintes qu'il avait déposées chez moi, tel un chat pissant pour marquer un territoire : sa véritable identité, débarrassée de mythomanies asphyxiantes.

Le juge a cherché le numéro d'une cote dans un dossier puis il est revenu sur moi.

— Vous avez affirmé aux enquêteurs que Jean-Marc Rouillan vous avait proposé de sous-louer votre studio de la rue de la Montagne-Sainte-Geneviève. Le confirmez-vous ?

— Oui.

— Pour une somme de six mille francs par mois.

— Oui.

— Vous avez refusé.

— Oui.

Il a de nouveau cherché un document dans l'un des nombreux dossiers posés devant lui.

— Toujours aux enquêteurs, vous avez prétendu avoir vu Rouillan une ou deux fois.

J'ai confirmé.

— Avant ou après la fusillade de l'avenue Trudaine ?

— Avant.

Le juge a longuement rallumé sa pipe.

— La fusillade de l'avenue Trudaine a eu lieu le 31 mai 1983. Or, vous avez déménagé au début du mois d'août. Saviez-vous, deux mois avant d'en partir, que vous quitteriez votre studio de la rue de la Montagne-Sainte-Geneviève ?

— Probablement.

— Ce n'est pas une réponse. Oui ou non ?

L'avocat-gentleman est intervenu :

— Mon client n'est en rien impliqué dans cette fusillade. De plus, il a le droit d'avoir une mémoire défaillante.

Le juge n'a pas répondu. Il a vidé sa pipe et a allumé un cigare. Une odeur âcre s'est répandue dans le cabinet. Il a demandé à sa greffière de lui présenter une cote particulière du dossier. Cet homme, me suis-je dit, est d'une habileté prodigieuse. Il passe d'un angle à un autre en jetant quelques coups d'œil rapides à ses notes. Il sait où il va et y va sans hésitation. L'information la plus anodine constitue toujours une pièce d'un plan d'attaque qu'il agence méticuleusement. Ai-je vu le Garçon au printemps ? La greffière tape : Il a vu le Garçon au printemps. Était-il normal ? La greffière tape : Il était normal. Voyageait-il ? La greffière tape : Il ne voyageait pas. Et ainsi, de fil en aiguille, il assure ses prises grâce à d'autres témoignages, des recoupements, l'analyse des écoutes téléphoniques, tout cela selon une architecture qu'il est seul à maîtriser. Son jeu physionomique est étrange. Il grimace, tire sur sa pipe ou son cigare par petites bouffées nerveuses, ricane, se penche sur ses feuilles comme un chimiste cherchant les formules susceptibles d'unir deux corps étrangers l'un à l'autre, sourit, presque espiègle, quand il triomphe. Nous sommes penchés tous deux sur un jeu d'échecs au cours d'un échange inégal : il joue avec les blancs et, quelles que soient les parades ou les offensives, il remportera la partie. Il en connaît le développement avec dix coups d'avance. Moi, je suis prisonnier d'une accusation qui ne porte pas vraiment sur ma personne mais sur un tiers dont je connais certains mouvements sans les savoir tous, lui-même étant pris en ciseau par d'autres témoignages dont j'ignore tout. Je joue à l'aveugle. Je me retrouve dans la même position que celle du 17 octobre, quand le juge m'a fait basculer d'un monde sage et bien élevé à l'enfer des derniers jours. Sauf que si, à l'époque, je n'avais pas imaginé un seul instant me retrouver dans cette nasse, je n'ai qu'un but aujourd'hui : en sortir. La question est de savoir à quel prix. Le cœur du jeu se trouve là. Je dispose d'une marge de manœuvre très faible. J'ai admis certains faits, en ai dissimulé d'autres, ai menti sur un grand nombre d'entre eux, et il faudrait, face au juge, que je patauge dans ce marécage sans m'y noyer.

— Au cours de ce printemps-là, reprend le juge, alors que votre ami paraissait dans son état normal, que, selon vous, il ne voyageait pas, les écoutes prouvent qu'il téléphonait souvent de l'étranger. Savez-vous où il se rendait ?

— Non.

Le juge se tourne vers la greffière pour s'assurer qu'elle a bien pris ma réponse en note.

— Revenons aux écoutes… Le 3 octobre, à 18 h 50…

L'avocat-gentleman intervient :

— Les écoutes techniques dont vous parlez concernent-elles mon client ?

— Oui…

Le juge reprend :

— Le 3 octobre, à 18 h 50, vous avez reçu un appel téléphonique de votre voisine du temps où vous habitiez rue de la Montagne-Sainte-Geneviève…

Nous avons repris l'étude des écoutes téléphoniques. Les filatures. Les amis des uns, ceux des autres, les connaissances, les spots, les lampes à huile… L'interrogatoire s'est achevé à dix-huit heures. Le gendarme s'est levé, m'a passé les menottes et j'ai retraversé les souterrains du palais de justice jusqu'à la cage dans laquelle j'avais attendu quatre heures dans la matinée. Deux hommes s'y trouvaient. L'un avait écopé de deux mois de prison pour « situation irrégulière », l'autre de cinq ans pour attaque à main armée. Le premier souriait. Le deuxième pleurait.

De l'autre côté des grilles, un flic lisait un journal. Il a demandé à son collègue :

— Qu'est-ce que ça veut dire onanisme ?

Un détenu a répondu :

— Quand on se touche, Monsieur.

L'homme en situation irrégulière a précisé :

— Quand on se branle.

Nous sommes partis à vingt-deux heures. Au-dessus de la Seine, des faisceaux lumineux embrasaient le ciel de traînées oblongues qui me rappelaient les sillages blanchâtres des balles traçantes que je photographiais à Saarburg, Allemagne. Je braquais mon appareil sur la cible que devaient atteindre les mitrailleuses 12,7 montées sur les camions. Je le calais sur le capot d'une Jeep, réglais le temps de pause et appuyais sur le déclencheur au moment où le servant pressait la détente de l'arme. Plus tard, enfermé dans la moiteur du labo photo, je développais puis agrandissais ces trajectoires lumineuses en noir et blanc. Estibal les comparait à des jets de salive. Comme le fourgon remontait la rue Saint-Jacques, je me disais que si Estibal avait vécu, il aurait fracassé le Garçon. Il l'aurait empoigné avec cette force qui avait bousculé jadis le lieutenant-colonel venu chercher sa fille, et lui aurait administré une correction dont l'autre aurait conservé une flétrissure ineffaçable.

À la Santé, nous avons été déshabillés, fouillés, enfermés, menés à nos cellules. Une bouillie opaque qui ressemblait à des haricots froids débordait de ma gamelle. Je l'ai jetée dans les toilettes.

Dans ma cellule m'attendaient de nombreuses lettres. Madame Boîte s'inquiétait de savoir si je ne souffrais pas trop du froid, mon vieux copain Mordillat m'embrassait « en camarade » et m'écrivait que ma situation aurait pu être pire : « Tu aurais pu être enfermé avec Jean-Edern Hallier. »

Lorsque les flics m'ont interrogé la première fois, ils ne se sont pas attardés sur la montagne Sainte-Geneviève. Quand je leur ai demandé pourquoi ils avaient arrêté le Garçon, ils se sont contentés de sourire, de ce sourire qui doit être la règle dans ce milieu-là : une grimace laissant entendre qu'on sait tout mais qu'on attendra que le piège se referme pour le dire.

La lumière, qui m'a brusquement éveillé vers trois ou quatre heures du matin, m'a sorti d'un cauchemar, premier d'une longue série qui allait me hanter sous des formes diverses pendant de nombreuses nuits. Je me voyais sur un parapet, cerné et mis en joue par des soldats. Je parvenais à fuir, dégringolant un escalier qui menait à une camionnette où m'attendait une femme. Elle me disait : « Maintenant, tu es sauvé. » Une main se posait sur mon épaule, une main très lourde, et je me retournais, découvrant des policiers braquant chacun un pistolet sur ma tempe. L'un d'eux était le juge. Il me souriait de ce sourire qui laissait entendre qu'il savait tout et que le piège s'était refermé sur moi.

Mon frère est venu. Il a fait la queue pendant deux heures au milieu d'un long cortège de femmes attendant de voir leurs mecs incarcérés. Il a été fouillé, on lui a demandé ses papiers et son autorisation visée par le juge. Quand je suis entré dans la cabine, il était déjà là. On était émus tous les deux. On ne savait pas comment se le dire. Il a esquissé un sourire.

— Tu as une sale gueule…

J'ai répondu que les cellules étaient à peine chauffées.

— J'ai tout le temps froid.

Je lui ai raconté ma visite au palais de justice. Il m'a dit que notre père avait vu le juge.

— Il veut te casser. Il attend que tu parles.

— Pour dire quoi ?

— Ce que tu sais.

— C'est pour me bousiller un peu plus qu'il refuse d'accorder un permis de visite à Élisabeth ?

— Peut-être.

Mon frère m'écrit beaucoup. Je lui ai dit que ses lettres me faisaient du bien. Il m'a répondu :

— Chaque fois que j'ai été dans la merde, tu étais là. À mon tour…

Ce n'était pas la première fois. Quand j'avais dix-sept ans, le jour de Noël, blessé par mon départ, mon père m'avait fermé sa porte. Mes parents s'étaient séparés quand j'avais dix ans. J'avais choisi de vivre avec notre père, le battu de l'histoire ; mon frère et ma sœur étaient restés avec notre mère. Celle-ci m'avait dit : « Tu reviens quand tu veux. Je t'attends. » Un jour que j'avais fugué, je suis allé chez elle. J'avais treize ans. Elle m'a raccompagné chez mon père. Ce jour-là, j'avais compris qu'elle n'était plus ma mère Noël. En sorte que, les issues familiales m'étant fermées, j'étais resté seul en ce jour de fête, comme un con, dans la chambre misérable que j'occupais après avoir été émancipé. Mon frère et ma sœur m'avaient apporté des gâteaux. J'ai rappelé cette histoire à mon frère. Il s'en souvenait encore. Nous nous sommes séparés sur ces images somme toute moins sinistres que celles qu'il conserverait de ses visites à son frangin, frigorifié et amaigri derrière un hygiaphone dégueulasse.

Je suis revenu dans « ma » cellule quelques minutes avant la distribution de la soupe. Quand j'ai entendu le chariot rouler dans le couloir, je n'ai pas eu la force de respecter la règle qui veut qu'à l'approche de la cantine, les détenus se campent derrière leur porte, gamelle à la main. Lorsque le prisonnier « classé » arrête la roulante devant la cellule, le surveillant déverrouille la porte et l'occupant doit tendre sa gamelle comme une sébile pour recevoir sa pitance. Je n'ai pas bougé. Le gardien m'a considéré avec l'amabilité d'un bouledogue et a hurlé :

— Viens ici !

L'injonction m'a atteint plus profondément que le dégoût inspiré par une substance molle et grise qu'on appelle « riz », servie ce jour-là avec un croupion de poule mal cuit. J'en ai avalé la moitié, assis sur le lit, la gamelle entre les genoux. Que dire et pourquoi se révolter ? Chaque fois, les gardiens se vengent de mille manières. Et mon combat essentiel n'est pas celui-là.

J'ai reçu une longue lettre de Pierre Ajame. Il est rédacteur en chef du Nouvel Observateur, *chargé des pages culturelles. Un de mes amis très chers. C'est grâce à lui que mon premier roman a été publié. À vingt ans, encouragé par Madame Boîte, j'avais envoyé mon manuscrit à plusieurs maisons d'édition qui, toutes, l'avaient refusé (pour la meilleure des raisons : il était exécrable). Pendant la décennie suivante, j'avais continué d'écrire mais j'arrêtais dix pages avant la fin : je ne voulais pas revivre cette blessure du refus. Quand j'ai rencontré Pierre Ajame, il m'a conseillé, puis encouragé, puis obligé à finir* Les Calendes grecques, *qui fut mon premier roman publié.*

Ensemble, nous avons signé de l'anagramme de nos deux noms trois ouvrages portant sur la musique classique : Marc Kajanef. Nous avons notamment commis une biographie de Jean-Sébastien Bach, parue en 1981. Il nous est également arrivé d'échanger nos plumes. Ainsi, j'ai écrit un ouvrage qu'on lui avait commandé, et il a écrit un ouvrage qu'on m'avait commandé. Personne ne l'a su. « Mon » livre était signé par le directeur de la musique et de la danse au ministère de la Culture dans les années 80. Un monsieur important. Il n'a pas apprécié le travail exécuté. Ça arrivait. L'éditeur m'a convoqué. Nous avons cherché un moyen de convaincre monsieur le Directeur. L'éditeur a eu une idée de génie : on choisirait un arbitre parmi les grandes plumes et les grands mélomanes du moment. On se rangerait à son avis.

J'ai proposé Pierre Ajame.

Il avait écrit le livre, il l'a jugé de première qualité. Grâce à lui, monsieur le Directeur de la musique et de la danse a accepté de voir son œuvre publiée.

Pierre m'écrivait :

« Persuadé que ton sens légendaire de l'amitié t'a précipité dans une chausse-trape et que tu paies trop cher une distraction (c'est-à-dire quelque chose qui te distrait de ce que tu es et de ce que tu aimes vraiment), je me tiens évidemment à la disposition de qui le souhaite pour dire ma conviction. Reviens vite à l'air libre, que nous y parlions d'autres choses que de ces sanglantes foutaises. »

J'ai glissé la lettre avec les autres.

Dans le courrier, il y avait également une enveloppe de Rika Zaraï.

« L'acide urique prend ses jambes à son cou à l'approche de l'oignon et du raisin… L'asthme s'évanouit devant la grenade… Le diabète détale à la vue des oignons, artichauts, betteraves, olives, huile d'olive, noisettes, noix et amandes… Les faiblesses du pancréas ne résistent pas à l'attaque de l'aubergine… La chute des cheveux s'arrête net devant le cresson… »

Je me suis assis à la table et j'ai tenté de me changer les idées avec l'oignon, le raisin et le cresson.

Le gardien a tourné la clé dans la serrure et a crié :

— Parloir avocat !

L'avocat-gentleman affichait une mine sévère. Je lui ai demandé :

— Comment allez-vous ?

Il m'a répondu :

— Mal. Le juge n'est pas satisfait. Vous n'avez pas clairement répondu à ses questions. Vous avez biaisé. Vous vous êtes comporté comme un écrivain en situation.

J'ai demandé ce que ça voulait dire, « un écrivain en situation ». Il n'a pas su répondre. J'ai explosé. J'ai dit qu'un interrogatoire est une épreuve redoutable qui brûle tous les nerfs.

— Non seulement il faut répondre juste, mais aussi prévoir, ne pas se couper, se souvenir des dates. Je n'étais pas un « écrivain en situation », comme vous dites, mais un type qui ne parle à personne, ou alors dans un parloir comme celui-ci, avec des portes verrouillées ou des grilles à droite, à gauche, au-dessus. Quand je me suis assis sur une vraie chaise, dans un vrai bureau, face à un juge avec qui j'ai pu parler de cette

affaire qui ne me quitte jamais, j'étais sans doute différent du type que vous rencontrez dans un parloir de prison !

— Vous n'étiez pas naturel. Il faut être clair.

— Face à un juge d'instruction, il y a des limites à la clarté.

— Personne n'attend de vous que vous racontiez vos états d'âme. Vous devez dire ce que vous faisiez tel jour à telle heure.

— Ce n'est pas moi qui compte, ai-je dit. Moi, les flics comme le juge s'en foutent. Ce qu'ils veulent, ce sont les autres.

— Les autres vous ont trahi.

Je n'ai pas répondu.

— Votre copain de quinze ans s'est servi de vous. Et vous n'êtes pas le seul. J'ai étudié l'ensemble du dossier. Un grand séducteur, le Garçon ! Toutes ses maîtresses étaient amoureuses de lui. Il en avait plusieurs. Il les a impliquées. Chez les unes il a planqué des armes ou des scanners, chez les autres il a logé ses copains. À leur insu, souvent. Lors des procès, forcément, elles témoigneront contre lui. Il y aura les amis, aussi. Et vous. Ceux qu'il a manipulés. Et c'est vous qui risquez le plus lourd. À cause de Trudaine. Les autres ne sont pas mouillés dans la fusillade.

— Moi non plus.

— Indirectement, si.

Tout cela, je le savais.

— Pourquoi le protégez-vous ? Il vous a menti. Vous êtes là à cause de lui. Vous risquez de passer des mois en prison.

— Je ne veux pas être une balance, ai-je dit. Mon combat se situe exactement là : lâcher du lest quand il est cerné et si je le suis moi-même. Pas plus.

L'avocat a haussé les épaules.

— Votre copain est cerné de partout. Les caméras dans les banques, les aveux du cousin, ceux de Blond-Blond, d'autres témoignages, les écoutes téléphoniques… Il a au moins quinze braquages sur le dos.

Il a croisé ses mains sur la table, il s'est approché de moi et m'a demandé :

— Sur les quinze, vous en connaissez combien ?

C'est alors que j'ai réalisé que je n'en connaissais qu'un. Un seul. Je l'ai dit.

— Aucun autre ?

— Aucun.

— Les voyages en Italie, en Belgique ou ailleurs ?

— Vaguement.

— « Vaguement » : cela ne suffira pas au juge.

— Il devra s'en contenter.

— Vous savez pourquoi les enquêteurs vous ont arrêté la deuxième fois ? Le jour de votre anniversaire ?

— Parce que Blond-Blond leur a raconté n'importe quoi.

— Et ce n'importe quoi venait d'où ? Des fanfaronnades de votre copain. Et vous avez tout faux. Les enquêteurs savaient que vous n'aviez pas blanchi du fric pour Action directe ni fait quoi que ce soit d'illégal. Ils vous ont coffré précisément parce que vous avez répondu « vaguement » à leurs questions.

— En mars, je n'ai rien lâché. J'aurais pu être accusé de non-dénonciation de malfaiteurs. Après, je me suis retrouvé coincé. Les écoutes et, surtout, Blond-Blond.

— Pas tant que ça.

L'avocat a ouvert son cartable, fouillé ses dossiers, sorti une feuille semblable à celles que j'avais signées dans le bureau de la brigade criminelle.

— Le 17 juillet, trois semaines après son arrestation, Blond-Blond a été extraite de sa cellule pour être entendue par les enquêteurs. Et voilà ce qu'elle a déclaré : « Je suis persuadée que Dan Franck n'a jamais fait partie du mouvement dissous Action directe ou même participé de près ou de loin à quelque action terroriste. »

J'étais stupéfait.

— Elle a pourtant prétendu que j'avais acheté un appartement pour le Garçon ! Et blanchi du fric pour Action directe !

— C'est lui qui l'a baratinée ! Comme, à mon avis, il a baratiné ses copains d'AD. Une façon de se donner bonne conscience. Vous imaginez ce qu'il devrait admettre, sinon ? Son cousin, un pauvre gamin qu'il a entraîné dans ses folies. Et ses copines, pareil ! Tous les autres ! Il vous fera porter le chapeau. Il dira que c'est vous qui avez trahi la cause. Vous et pas lui.

— On ne trahit pas une cause qui n'est pas la sienne.

— Ce sera son mensonge ultime : vous faire passer pour l'un des leurs.

— Les flics, et même le juge, savent que c'est faux.

— Ce sont des flics et c'est un juge.

— Un type pourrait m'absoudre. Celui à qui j'ai refusé mon studio : Jean-Marc Rouillan.

— Parlez-en au juge ! s'est exclamé l'avocat en grimaçant.

Il a ramassé ses affaires.

— Réfléchissez. Je vous donne un conseil. Le seul valable. La ligne de conduite que vous devez suivre, qui vous évitera des mois d'enfermement et n'alourdira aucunement l'addition due par votre copain : dites ce que vous savez sur les affaires où il est inculpé.

Je suis revenu dans ma cellule. J'ai découvert un Tranxène sorti de la flotte. Je l'ai avalé.

La lumière s'est éteinte. Je suis resté un moment dans l'ombre, les bras ballants. Par l'interphone qui me relie à la guérite des surveillants, j'ai signalé la panne. Il était dix-huit heures. Dans moins d'une heure il ferait nuit. Si la lumière n'était pas rétablie, je ne pourrais pas écrire. J'avais déjà un problème avec les feutres qui se dessèchent les uns après les autres en sorte que je dois en aspirer la pointe pour récupérer un peu d'encre ; avec le tabac, qui s'épuise lui aussi, m'obligeant à fumer des demi-pipes ou à mâchonner des élastiques ; maintenant, avec l'électricité…

J'ai appelé le gardien. Il m'a dit :

— Pas de lumière avant demain matin. Vous n'avez qu'à dormir.

J'ai reconnu sa voix : c'était celui de la poule et du riz. Contrairement à certains autres, qui témoignent d'une sorte de compassion pour l'écrivain qui ne cesse d'écrire à sa table sans accompagner les autres à la promenade, celui-ci est un dur. Un vrai maton.

En prison, les événements sont toujours semblables et toujours différents. S'ajoute immanquablement à ce que l'on croyait bien connaître une impression supplémentaire, un détail qu'on n'avait pas remarqué. À force de vivre dans un lieu totalement clos, coupé des autres et de l'univers, la perception s'affine. Je pourrais décrire de cent manières différentes le bruit des targettes, des verrous, des clés, cette violence qui n'a cessé de me transpercer le crâne depuis le premier jour. Et détailler les innombrables réflexes mis en place pour m'en protéger, la manière dont je me bouche les oreilles, dont je me cache sous l'oreiller. Je pourrais encore exprimer de mille façons la honte et l'humiliation des fouilles, quand nous sommes nus devant les surveillants qui inspectent bras, jambes, aisselles, et même les cheveux depuis qu'un détenu y a dissimulé une lame de rasoir avec laquelle il s'est entaillé la gorge dans un cabinet d'instruction. Je pourrais dire aussi qu'au bout de trois semaines, alors que je croyais à peu près tout connaître de la Santé, j'ai réalisé qu'aucune porte ici ne compte de poignée intérieure, pas même l'infirmerie, la douche ou les cabines de parloir.

J'ai noté cela dans le bureau du sous-directeur. Il m'a convoqué pour m'informer que des amis étaient intervenus pour moi auprès de la Chancellerie.

— Vous n'êtes plus à l'isolement. Vous changez de quartier et de cellule. Vous allez dans le bloc A, troisième étage.

J'ai rassemblé gamelles, papiers et objets divers dans une couverture. On m'a conduit dans une cellule plus petite, plus propre, dotée d'un placard où j'ai rangé mes livres et mon courrier.

Le lendemain, j'ai reçu une lettre et un dessin de l'ami qui était intervenu. C'était Wolinski. Le dessin reprenait le titre de mon livre que le Mercure de France venait de publier : La Dame du soir.

Ma nouvelle cellule présente deux avantages incomparables par rapport à la première : je peux déplacer la table, qui n'est plus scellée dans le mur ; en ouvrant la fenêtre, je respire l'air du dehors.

Ce que j'ai fait. Les bruits de l'extérieur m'ont procuré une petite joie. Une grue, des autos, des klaxons, des cris d'enfants.

J'ai approché le tabouret et me suis hissé dessus, les doigts accrochés aux barreaux. Trois étages plus bas, j'ai aperçu les grillages couvrant les cours de promenade, les murs de la prison faits de briquettes sales sur lesquelles apparaissent, peints en blanc, les numéros des cellules, la rotonde centrale avec ses cloches, sonnant, j'imagine, en cas d'évasion, trois grues, des immeubles, plus loin, semblables à celui que j'habite, enfin, à droite, une école surmontée d'un drapeau. L'école où j'allais, enfant, se trouvait en banlieue, à Arcueil-Cachan. De cette époque n'émergent que des souvenirs tristes. Et des odeurs : celle de la lingerie, à la cave, où ma mère faisait bouillir le linge dans de grandes marmites métalliques. Nous étions en 1957 ou 1958. Je venais d'apprendre que le Père

Noël n'existait pas. J'étais content : la connaissance de cette immense nouvelle me donnait une supériorité sur mes camarades. Ils m'appelaient « Rachot » parce que j'étais petit, maigre et laid. Je ne m'aimais pas, et eux non plus. C'est à cette époque, sans doute, que j'ai mis en place le levier de compensation qui m'a conduit, dans ma jeunesse et mon adolescence, à multiplier les conneries dans un but inavouable : me faire remarquer.

Je suis resté longtemps accroché aux barreaux, fasciné par ces signes d'existences normales dont ne me parvenaient que des bruits. M'ont manqué les rues, invisibles de mon point de vue, les arbres, les feuilles, les gens : la vie au ras du sol. Ce jour-là, j'ai décidé que le lendemain, j'accepterais la promenade collective.

Je me suis retrouvé dans une cour grillagée qui ressemble à un préau ouvert, mêlé à des dizaines de détenus. Ils ont tendu un filet, formé des équipes et entamé une partie de volley-ball. Ceux qui ne jouaient pas tournaient en rond dans la cour, seuls ou en groupes, happant l'air profondément. Dans un angle, j'ai repéré l'homme avec qui j'avais brièvement partagé une cellule dans les souterrains du palais de justice. Il m'avait souhaité bonne chance lorsqu'on m'avait emmené.

Je suis allé vers lui. Il m'a reconnu.

— Je sors demain. Libération provisoire avec une caution de trente briques.

— Tu les as ?

— Bien sûr.

Ma stupeur l'a amusé.

— L'année dernière, je suis tombé pour les mêmes raisons : trafic de bagnoles. Caution : quatre-vingts briques.

— Et tu les avais aussi ?

— Évidemment. De toute façon, si je ne sors pas, je les perds puisque je ne travaille pas.

Il a rejoint la partie de volley-ball. J'ai cherché des visages vers lesquels je pourrais me diriger, des signes familiers. Il y avait des bottes pointues, des survêtements, des tee-shirts et des jeans, mais pas de pantalons de velours.

À l'écart, j'ai remarqué un pauvre diable qui regardait la partie de volley. Il était arrivé le même soir que moi. Je l'ai abordé. Il était là pour banqueroute frauduleuse. Il risquait cinq ans. Il ne se mêlait jamais aux conversations des autres détenus qui, dans les « salles d'attente » (grillagées, verrouillées), à l'infirmerie, dans les cars, les cellules du palais de justice, les cours de promenade, rôdent toujours autour des mêmes thèmes et des mêmes questions : ton juge, c'est qui ? La meilleure chambre correctionnelle, c'est la dixième, T. est le meilleur avocat, la Santé, c'est mieux que Fresnes…

Nous avons fait comme tout le monde : nous avons comparé ce que nous savions des blocs, des divisions, directeurs, sous-directeurs. Puis il m'a montré ses compagnons de cellule : un des joueurs de volley, petit bonhomme rondouillard qui lançait la balle et interpellait ses coéquipiers comme s'il jouait un dimanche après-midi à Colombes ou ailleurs :

— Lui, il a pris perpète pour trois meurtres.

Un type assez maigre qui tournait seul dans la cour :

— Proxénète. Vingt ans.

Un balèze qui faisait des mouvements de gym dans un coin :

— Vingt ans aussi. Il a assassiné sa maîtresse.

Nous avons tourné ensemble pendant une bonne heure. Quand nous nous sommes séparés, il m'a demandé de descendre le lendemain.

— On discutera.

J'ai dit oui tout en sachant que nous ne nous reverrions plus. Quand j'étais à Saarburg, Allemagne, nous nous étions promis, mes camarades et moi, de ne jamais chercher à nous revoir une fois rendus à la vie civile. De quoi aurions-nous parlé sinon des tirs de nuit, des manœuvres, des serpattes et des autres crapules, anciens d'Algérie française, qui nous avaient abreuvés de leurs conneries militaristes ? De cette époque date mon dégoût des assemblées d'hommes. Plutôt une solitude imposée qu'un agrégat de bites.

Je suis remonté dans ma cellule. Elle sera mon seul espace désormais, le périmètre de ma survie. Le courrier, mes livres, les pages de mes deux blocs, le manuscrit de Rika Zaraï. Inutile de me laisser happer par une réalité qui me confond davantage à l'univers carcéral. Depuis le premier jour, je m'efforce d'utiliser au minimum les ressources de la prison. Loin, le plus loin possible. Provisoire. Fugace. Je préfère déchiqueter la viande avec les dents plutôt que d'utiliser le canif à bout rond de l'intendance. Depuis que j'ai quitté le quartier des isolés, j'ai droit à une radio. Je change de station chaque fois qu'on y parle d'incarcération, de prison, de condamnations.

J'écris. Même si mes phrases tournent beaucoup autour d'elles-mêmes, cette descente dans des profondeurs très personnelles m'aide à résister aux caprices des humeurs. Les mots sont des emplâtres qui me soignent.

Il en existe d'autres. Les amis. Le souvenir des amis. Quand je suis arrivé ici, j'assistais avec angoisse à la disparition des visages. Au fil des jours, les traits s'estompaient. Je craignais de les perdre totalement, ne conservant plus d'eux que des ombres, des ébauches. Je me suis exercé à les revoir, à les dessiner mentalement. Ça a marché pendant un petit moment. Puis je les ai de nouveau perdus. Ne me sont restés que leurs gestes et leurs expressions. La façon de parler, de rire, de boire… La nuit, avant de m'endormir, je les convoque autour de moi, et ils viennent, comme dans un bal où virevolteraient des visages flous, ils me saluent, ils me consolent. Le temps n'a pas gommé la vie au point de l'immobiliser sur des cartes postales que je contemplerais en silence. Le soir, dans l'ombre de ma cellule, viennent auprès de moi les personnages de mon histoire.

Le Garçon est celui que je me représente le mieux. Je le vois rigoureusement semblable au détenu qu'il a fait de moi. Un corps rigide allongé sur un lit, les yeux errant dans le vague et les mains immobiles sur la couverture. Mort aux yeux d'autrui. Je n'ai jamais entendu parler au présent d'un homme emprisonné.

L'interphone a craché une bonne nouvelle :

— Cellule 333, parloir avocat !

Je suis descendu. L'avocat-gentleman m'attendait. Je me suis assis en face de lui. Il m'a dit que le surlendemain, nous reverrions le juge. Une fois encore nous avons parlé des écoutes téléphoniques, une fois encore je lui ai demandé quand je sortirais.

— Bientôt, a-t-il dit. Quelques semaines tout au plus.

J'ai insisté. À force, j'ai obtenu un terme :

— Noël. Peut-être avant, mais comptez Noël.

Un mois, donc. Loin encore, mais, au moins, un repère se dessine. J'ai poussé un bref soupir de soulagement.

L'avocat a tenté de m'intéresser à autre chose, c'est-à-dire à lui-même. Il m'a parlé de sa vie amoureuse, m'a demandé si j'avais lu le texte qu'il m'avait confié (bien sûr que non), m'a proposé de me lire un passage de son dernier opus.

— Vous croyez vraiment que c'est le moment ?

— C'est très court.

Il a sorti deux feuillets de son cartable et me les a lus. Je n'écoutais pas.

— Alors ?

— Alors continuez à écrire, ai-je dit.

Son regard s'est allumé :

— Vous trouvez que j'ai du talent ?

— Un peu.

Il a grimacé.

— Pas plus qu'un peu ?

— Je vous le dirai après Noël, ai-je répondu. Et j'ai ajouté :

— Vous avez bien dit Noël ?

Il s'est gentiment emporté :

— Je vois que mes petits écrits ne vous intéressent pas.

Je n'ai pas répondu. Je comptais les jours avant Noël.

— Lundi, m'a-t-il dit avant de partir, nous reverrons le juge. Cette fois, essayez d'être clair.

Revenu dans ma cellule, j'ai relu une lettre de Jean Gemähling, chef du service de renseignement du réseau Combat pendant la guerre, père d'un ami d'Élisabeth. Je l'avais rencontré deux ou trois fois. Nous avions parlé de la Résistance, de Varian Fry, ce Juste américain qui avait créé un réseau d'évasion à Marseille, en 1940. Il m'écrivait :

« Il m'est à proprement parler insupportable de penser que la Justice de ce pays croit nécessaire d'enfermer entre quatre murs un homme dont la vocation et le goût sont de ressentir et d'exprimer quelques-uns des ressorts complexes et contradictoires qui sont ceux de la condition humaine.

Vous dirais-je aussi qu'ayant passé près de six mois dans les prisons de Vichy, pendant l'Occupation, je suis sûrement plus que d'autres sensible au sort et à la condition des détenus. Peut-être un jour, que je souhaite proche, évoquerons-nous le dégoût des mensurations anthropométriques, des fouilles, des mille vexations de la vie de taulard, la détresse que suscite le claquement des grilles, l'angoisse des interrogatoires à venir, les espoirs déçus de parloirs, de lettres qui n'arrivent pas. Je vous dirai aussi l'humiliation que j'ai ressentie lorsque j'ai dû, à la demande de mes avocats, renonçant à proclamer au juge d'instruction militaire que j'étais résistant et m'en sentais plutôt fier, accepter d'écrire à ce juge que, faisant de la résistance à l'occupation allemande et au régime de Pétain, j'avais pensé ainsi interpréter la pensée cachée du maréchal, pensée que les circonstances l'empêchaient de dire clairement. C'était un mensonge et de la flagornerie : cela m'a valu d'être mis en liberté provisoire. »

J'ai refait le parcours habituel : départ à neuf heures, rassemblement, fouille, attente, fouille, départ dans le car. Cette fois, il était plein. Quelques détenus allaient à l'instruction, comme moi. D'autres passaient devant une chambre correctionnelle ou aux assises. Ils s'interpellaient d'une alvéole à l'autre. Le chauffeur roulait à vive allure, pilait, redémarrait brutalement. Pour nous emmerder, évidemment.

On m'a enfermé dans une souricière du Palais. Sur le mur, il y avait une inscription : « Les Français sont jaloux des étrangers parce qu'ils sont incapables de satisfaire leurs femmes. Nous, étrangers, sommes là pour accomplir leur tâche. » En guise de signature, un énorme pénis portant cette mention : Zob arabe.

Il y a une heure, lorsque nous attendions le départ de la Santé, debout dans une cage minuscule, l'un de nous a lancé à la cantonade : « Je suis content parce que je suis tombé sur une cellule où il n'y a que des Français. Je ne suis pas raciste, mais les Noirs et les Arabes, ils ne sont pas comme nous. » Les deux autres étaient noir et arabe.

Le troisième était un Indien. Nous nous sommes regardés avec un triste sourire.

Un détenu est entré dans la cage. Il m'a posé des questions sur le déroulement de la journée. J'ai dit : « On attend, on passe chez le juge, on y reste dix minutes ou quatre heures, on repart avec le premier, le deuxième ou le troisième camion. »

Je me suis surpris moi-même : trente-deux jours après l'arrestation, je suis capable d'expliquer les us et coutumes du Palais. Mieux : je connais quelques trucs qui simplifient la vie des détenus – le journal roulé en boule utilisé comme bouchon d'orifice dans le lavabo ; le crin de paille de la paillasse qui sert de ficelle ; les mèches roulées dans un Kleenex que l'on glisse dans un tube de dentifrice ouvert et rempli d'huile pour faire réchauffer le café…

Le détenu novice a été remplacé par un Allemand. Dans un charabia bilingue, il m'a raconté qu'il se trouvait là pour pas grand-chose : un vol de voiture sur un parking parisien.

— En Allemagne, je n'aurais jamais été emprisonné pour ça… En France, c'est le même système que la Gestapo : contre la condition humaine. Chez moi, ce sont vos directeurs de prison qui seraient en taule.

Il a réfléchi et a ajouté, très convaincu :

— Quand j'y pense, j'ai rien fait.

La plupart n'ont rien fait. C'est un leitmotiv. Ça et l'histoire longuement rabâchée des raisons pour lesquelles on se trouve là. C'est la question que m'a posée l'Allemand après avoir une nouvelle fois proclamé sa quasi-innocence :

— Pourquoi t'es là ?

J'ai ébauché un geste de lassitude. Je voulais me concentrer sur les questions que me poserait le juge, les réponses que j'apporterais.

L'Allemand a été appelé à quatorze heures. Moi, à quatorze heures trente. Tiré en laisse par le même gendarme que la dernière fois, j'ai de nouveau parcouru les sous-sols du palais de justice. Le juge m'a fait entrer directement dans son bureau. L'avocat-gentleman était déjà là. Il m'a glissé, comme en confidence :

— J'ai écrit une nouvelle. Je vous la donnerai quand nous nous verrons chez vous.

Le « chez vous » m'a semblé déplacé.

La greffière a glissé une feuille dans sa machine. Le juge a allumé sa bouffarde, soigneusement tassé son tabac, rallumé et posé un regard froid sur moi.

— Nous allons revenir à la journée du 28 novembre.

Il voulait savoir ce que j'avais fait ce jour-là, combien de communications téléphoniques nous avions échangées le Garçon et moi, si je l'avais vu, lui seul ou avec d'autres, pourquoi j'avais dit ceci au téléphone, pourquoi lui-même m'avait répondu cela, si nous nous étions parlé la veille, le lendemain, s'il m'avait demandé un service particulier, si j'avais accepté, refusé, tergiversé, fait ou pas fait…

J'ai bien compris qu'il s'était passé quelque chose de particulier le 28 novembre, mais j'ignorais quoi.

— Vous ne savez vraiment pas ?

J'affirme, j'affirme encore. Le juge passe à la semaine précédente puis à la suivante. Il repose les mêmes questions, me redemande si le Garçon voyage souvent, dans quels pays, Italie ? Allemagne ? Belgique ? Il insiste pour savoir si je connais Untel, Unetelle, tourne autour d'un événement dont je ne me souviens pas, sans doute parce que je n'en ai pas eu connaissance, ou alors une connaissance très vague, une nébuleuse, pour le coup je ne vois pas ce que je devrais cacher, je ne cache rien, je ne sais pas. Le juge est à son affaire. Il me promène. Une fois encore, il a les blancs et dix coups d'avance, un plan soigneusement établi. C'est un modèle de précision et d'efficacité. Serein lorsque mes nerfs sont à vif, à l'affût quand il devine une faille chez moi.

— Qui est Patricia ?

— Patricia qui ?

— C'est à vous de nous le dire.

— Je ne connais pas de Patricia.

Il aligne des mots, des phrases, des expressions puisées dans les écoutes téléphoniques, pose souvent les mêmes questions.

— *Le pape est mort*, ça ne vous dit rien ?

— Rien.

— Que signifie l'expression *J'ai bien travaillé* ?

— Que j'ai bien travaillé.

— Ce n'est pas vous qui l'énoncez.

— Alors que celui qui l'énonce a bien travaillé.

— Quel travail ?

— N'importe lequel. Je ne sais pas.

— Je vais vous le dire. Le 27 octobre, en début d'après-midi, une agence bancaire de Montrouge est victime d'un vol à main armée sans doute commis par des membres d'Action directe. Ce jour-là, il y a un échange téléphonique entre vous et une femme qui vient de recevoir un appel d'un tiers. Il lui dit : « J'ai bien travaillé. » Ce même jour, à 21 heures, vous téléphonez à cette femme et vous prononcez la phrase suivante : « Le pape est mort. » Avez-vous fait une relation entre ce message et une action qui aurait été commise par celui que vous appelez le Garçon ou quelqu'un de son groupe ?

— Absolument pas.

— Selon vous, il n'y a donc aucun lien entre ces expressions et le vol à main armée de Montrouge ?

— Je ne vois pas lequel.

En vérité, je sais. À cette époque, quelques semaines avant de récupérer mon studio de la montagne Sainte-Geneviève, je n'avais plus de doute. Le jeu ne valait plus aucune chandelle. La plupart des phrases codées correspondaient *réellement* à des hold-up. C'est cela que le juge, après les policiers, veut démontrer. Et cela que je m'efforce de cacher. Ma position est irrationnelle. Elle va à l'encontre des recommandations de l'avocat. Mais c'est plus fort que moi : le type assis en face de moi est un ennemi. Chacune de ses offensives vise à anéantir la barricade morale que j'ai édifiée en guise de protection personnelle : céder le plus tard possible. Protéger ce qui peut l'être encore. Sauf l'Innommé. Peu m'importe son sort désormais. Qu'il se débrouille. Pourquoi, n'ayant reçu de lui aucune parole salvatrice, devrais-je en délivrer une qui, de toute façon, ne changera rien à son sort ? Il s'agit désormais de me sauver moi-même. Me défaire autant des laisses, des menottes, des barreaux qui m'emprisonnent que d'une culpabilité (endémique chez moi) asphyxiante et terrible.

Facile à penser. Pas facile à mettre en œuvre.

— Revenons au 28 novembre.

Ce jour-là, j'étais à cinq jours de mon mariage. Ni Élisabeth ni moi n'avions voulu du 2 décembre, jour anniversaire du coup d'État de Louis-Napoléon Bonaparte (Victor Hugo : « Quoi ! Parce que nous aurons eu Napoléon le Grand, il faut que nous ayons Napoléon le Petit ! »). Le 28 novembre, nous organisions la fête, nous avions autre chose à faire qu'à nous intéresser aux allées et venues de cet énergumène pervers et toxique grâce auquel je me trouve là, cerné par un gendarme derrière et un juge devant.

— Le 28 novembre, j'étais ailleurs, je ne me souviens de rien sinon que j'allais me marier.

Je suis à bout. J'en veux à l'avocat-gentleman qui n'ouvre pas la bouche. J'en veux à Bruguière qui ne me lâche pas. Je m'en veux à moi-même d'avoir été si léger, si insouciant, si confiant. Qu'y a-t-il de politique dans tout cela, des hold-up, rien que des hold-up, à qui va l'argent, des révolutionnaires en Weston, des mitraillages de façade, des revendications débiles, des appels téléphoniques à foison, tout cela à la mémoire des Communards, des Républicains espagnols, des Résistants, et puis qui encore ! ? Qu'ont à faire Rosa Luxemburg, Makhno ou le Père Peinard avec ces usurpateurs bavards, vantards, qui insultent la mémoire de l'Affiche rouge en signant Marcel Rayman des vols à main armée qui ne nourrissent qu'eux-mêmes ?

Je suis au bord des larmes.

— Je reprends, dit le juge. Votre ami voyage du 16 au 25 novembre. Le 25, il vous appelle d'une gare parisienne. Donc, il est de retour. Allez-vous le chercher ?

— Je ne me souviens pas.

— Cela vous arrivait-il de le retrouver dans une gare au retour de ses voyages ?

— Jamais.

— Pourquoi, alors, dites-vous que vous ne vous souvenez pas ?

Je ne réponds pas. J'ai la cervelle en feu.

— Le 26, vous ne vous appelez pas. Le 27, il laisse un message sur votre répondeur téléphonique : « Je pars travailler. » L'appel a été localisé. Le 28, à dix-neuf heures vingt-sept, il vous appelle d'une cabine téléphonique. Et il vous dit : « J'ai bien travaillé. » Je vous repose la question : de quel travail s'agit-il ?

Je m'entête : je réponds que je ne sais pas.

— Et alors ? demande l'avocat-gentleman, sortant enfin de sa torpeur.

— Tout laisse supposer que ces phrases codées ont un sens.

— Lequel ?

Bruguière soupire, dépose sa pipe, me regarde et assène le coup de grâce :

— Les opérations de surveillances techniques prouvent que votre ami est parti de la gare de Lyon pour se rendre à…

Il s'interrompt, cherche dans ses papiers, ne trouve pas et poursuit :

— Le 28, à quinze heures douze, en compagnie de deux complices, il a attaqué une banque. Les caméras de surveillance de la banque l'ont photographié. Il est très reconnaissable. Le même jour, à dix-neuf heures vingt-sept, il vous appelle pour vous dire qu'il a bien travaillé.

Je suis anéanti.

— Donc, vous saviez.

Ce jour-là, dans le cabinet du juge, je me suis effondré. J'étais défait. Le mat était imparable. D'autres parties suivraient, qui aboutiraient au même résultat. M'ayant coincé sur une écoute, le juge me coincerait sur toutes. Je ne pourrais pas nier qu'à partir du moment où le voile s'était déchiré, ce jour où, pour la première fois, le Garçon avait nommé un objectif, les vantardises avaient changé de nature pour s'approcher du monde réel et trouver un écho en moi. Pour qualifier cet écho, il suffirait désormais au juge et aux enquêteurs d'établir un parallèle entre les phrases considérées comme codées et les braquages dont le Garçon était soupçonné. En parlant trop, il s'était tué lui-même. Nos échanges l'accusaient.

Je suis sorti du cabinet les poignets rougis sous le fer des menottes. L'avocat-gentleman m'a rejoint presque aussitôt.

— À la prochaine audition, conformez-vous à ce que je vous ai dit ! Reconnaissez les faits pour lesquels votre copain est mis en examen. Avouez que les phrases codées correspondent à des hold-up. Au moins ceux que vous connaissez. Et niez les autres.

Avant de me laisser partir, il m'a dit qu'il allait déposer une demande de mise en liberté. Je lui ai demandé si elle avait une chance d'aboutir. Il m'a répondu :

— 60 %.

— Nous saurons quand ?

— Dans huit jours.

— À votre avis ?

— Je vous le redis : positive à 60 %.

Nous avons discuté pendant quelques minutes. Lorsqu'il m'a quitté, j'ai tendu un piège grotesque :

— Positive à 50 % avez-vous dit ?

Il m'a assené une bourrade à l'épaule.

— 60 % ! Écoutez-moi donc !

Il s'en est allé de son côté, moi du mien.

À la sortie de l'espace gardé dans lequel officient les juges de l'antiterrorisme, j'ai croisé le Bordelais. Je lui ai dit :

— Vous voyez, je suis encore là.

À quoi il a répondu :

— Vous ne méritez pas cela. Mais vous auriez dû prendre vos distances avec cette bande plus tôt.

Je lui ai de nouveau posé la question qui me brûlait les lèvres depuis le premier jour de la première arrestation :

— Qui m'a dénoncé ?

Il m'a regardé avec ce sourire qui en dit long sans en dire davantage, et il a répondu :

— Cherchez.

— Je ne fais que cela.

Cette question m'avait torturé. J'avais mentalement fouillé mes agendas et mes carnets d'adresses sans rien trouver.

— Vous pouvez me le dire, maintenant.

— Au premier degré, c'est un groupe corse.

— Pourquoi au premier degré ?

— Quelqu'un se cache derrière.

— Je ne connais pas de groupe corse.

J'étais atterré. Avant de me quitter, il a ajouté :

— Nous venons de découvrir deux nouveaux hold-up.

Le gendarme a tiré sur ma laisse, m'obligeant à le suivre. J'ai marché derrière lui, chaque pas martelant une interrogation en un mot qui me poursuivrait longtemps encore : qui ?

À l'entrée de la cage, il y avait un bellâtre que j'avais remarqué dans la salle de fouille de la Santé parce qu'il s'était coiffé avec amour devant une vitre de parloir. Ce bellâtre refusait d'entrer dans la cage où le poussaient les gardes. À l'intérieur, il y avait un Martiniquais. L'homme a dit :

— Je ne partagerai pas cette pièce avec un nègre.

L'un des gendarmes a rétorqué :

— Ce que vous faites est grave.

L'homme :

— Je m'en fous. Je n'entrerai pas.

Et le deuxième gendarme :

— Comment feriez-vous si vous étiez à notre place ?

On l'a placé ailleurs. J'ai rejoint le Martiniquais dans la cage. Je lui ai dit :

— C'est un con. N'y prêtez pas attention.

Il a haussé les épaules :

— J'ai l'habitude.

Il était emprisonné depuis quatre mois parce qu'il n'avait pas de papiers.

Je me suis assis sur le banc. Je me demandais : Qui ? Et je me répétais : Huit jours.

Les moments les plus terrifiants ne sont pas ceux auxquels on s'habituera. Je m'habituerai à l'isolement, à la cellule, à l'œilleton de la porte. Mais jamais je n'oublierai le premier instant où je fus fouillé et cet autre, terrible, où je fus traîné en laisse dans les couloirs du palais de justice. C'est là que j'ai perdu mon identité. Les vêtements qui m'habillaient, ma démarche, tout cédait devant cette nouvelle définition de soi, ce dérapage extraordinaire qui brise les références. Aujourd'hui, déjà, je suis entré dans la peau du coupable. Il me faut accomplir un large détour pour penser à une évidence : je ne devrais pas être là. Mais, désormais prisonnier, j'attends du juge qu'il fasse montre de compréhension plutôt que de justice. Qu'il me libère non parce que je suis innocent (au fil des heures je découvre la signification réelle de ce terme) mais parce qu'ayant travail et domicile, j'offre les garanties suffisantes à un élargissement. En un mécanisme d'un masochisme surprenant, je renverse les situations. Je rêve moins d'une libération pure et simple que d'une libération la plus proche possible. Et s'il m'arrive encore de déposer mes angoisses quelque part entre mon lit et mon stylo, songeant que je ne devrais pas être là, cela ne change rien. Cette conscience du réel ne transperce ni la porte ni les vitres opaques ni les verrous ni les chaînes. Rien.

Souvent, je songe que cet univers sordide où je végète depuis plus d'un mois n'est en rien comparable à celui qu'a connu Jean Gemähling dans les prisons vichystes. Non plus qu'à la situation des condamnés à de lourdes peines que je croise parfois sous la douche ou dans les couloirs du palais de justice. Car l'avocat-gentleman a marqué un chemin incertain d'une balise qui a le mérite d'exister : Noël. Quelques jours, quelques semaines tout au plus. Dans les bons jours, l'enfer a un goût de purgatoire.

Une phrase du Bordelais m'obsède : « Vous avez été dénoncé. » Et une autre : « Au premier degré, c'est un groupe corse. »

Je ne suis jamais allé en Corse. Il n'existe aucun lien entre un groupe corse et moi. « Quelqu'un se cache derrière », m'a-t-il dit.

Qui ?

La réponse la plus logique, c'est qu'ils ont suivi la piste du cousin, lequel les a conduits à la montagne Sainte-Geneviève. Il leur a suffi, ensuite, d'attendre la pêche miraculeuse, tapis derrière leurs magnétophones ou planqués dans leurs bagnoles de filature. Un an avant de relever les filets. Mais, si telle est la bonne piste, il y a bien quelqu'un à l'origine de la traque du cousin. Lequel n'est pas corse.

Qui ?

Délaissant Rika Zaraï et mes écrits plus personnels, j'ai refait le travail que j'avais cent fois accompli chez moi. J'ai aligné sur une feuille des dates, des noms, des lieux. Cela a duré une journée. Mais je n'ai pas trouvé.

Le vendredi suivant, j'ai appris par mon père que la liberté provisoire m'avait été refusée. Je lui ai dit que le 1er décembre, j'entamerais une grève de la faim.

Nous nous regardions à travers l'hygiaphone crasseux qui avait entendu des centaines de milliers de confidences, et les minutes tournaient derrière nous, le temps était compté : quarante-cinq minutes.

Il a esquissé une grimace très triste, et il a dit :

— Dans ton esprit, il n'est toujours pas question d'un comité de soutien ?

— Non. Je n'ai pas changé d'avis.

— Tu es sûr ?

— Oui. J'ai déconné. Tu l'as dit la dernière fois : je n'avais qu'à mieux choisir mes amis.

— Ne te lance pas dans une grève de la faim.

— Comment veux-tu que je fasse ?

Nous allions nous quitter sans trop savoir quand nous nous reverrions, si ce serait dehors ou dedans. Nous comprenions tous deux que j'étais au bord de quelque chose. Dans cet univers où tout est prévu pour enfermer et garder, chacun cherche des moyens de résister. Les seuls efficaces sont la mutilation. Il faut abîmer son corps, ultime bien, ultime ressource, pour briser l'injustice. Ainsi seulement a-t-on une chance de se faire entendre.

Mon père s'est levé de son siège et m'a dit :

— Tiens le coup, on va s'en sortir.

Je l'ai regardé s'éloigner, puis le gardien m'a empoigné par le bras et j'ai repris le chemin de ma cellule.

Une enveloppe de papier Kraft m'attendait. Elle m'avait été envoyée par l'avocat-gentleman. Elle contenait une nouvelle. Un petit mot l'accompagnait : « Je vous mets dans l'obligation quasi incontournable de lire un de mes autres chefs-d'œuvre. »

J'ai pensé que ce type avait peut-être beaucoup d'humour, qu'il écrivait certainement très bien mais qu'en aucun cas je ne le garderais comme défenseur.

Comme la nuit tombait, j'ai réclamé une visite médicale. J'ai demandé au médecin quelles précautions il fallait prendre avant d'entamer une grève de la faim. Il m'a dit :

— Il faut boire beaucoup d'eau.

— C'est dangereux au bout de combien de temps ?

— Cinq semaines. Plus pour certains, moins pour d'autres.

Il a ajouté qu'il connaissait un détenu en grève de la faim depuis huit semaines.

— Il est toujours là.

La décision que j'avais prise me conférait une force nouvelle. J'allais me battre avec les seuls moyens dont je disposais. Je m'en foutais d'abîmer mon corps si c'était le prix à payer contre l'iniquité.

Avant de m'endormir, un souvenir m'est revenu. Un souvenir d'après 68. J'avais seize ans, mon père et moi n'étions plus d'accord. Il m'avait laissé courir au mois de mai. La rentrée venue, il avait voulu me faire reprendre le chemin d'une normalité que je n'acceptais plus. Il est entré un matin dans ma chambre. J'écrivais sur une machine à écrire – une Olivetti Lettera 22 vert clair dont les tiges se coinçaient quand on tapait trop vite. Mon père n'a pas supporté que j'écrive un roman plutôt que de m'occuper de mes leçons. Il a attrapé la machine, a ouvert la fenêtre, et il a balancé l'Olivetti quatre étages plus bas.

Ce jour-là, il a fait de moi un écrivain.

Le 26 novembre dans la soirée, après quarante jours d'enfermement, j'ai quitté la prison de la Santé. On m'a rendu mon portefeuille, ma ceinture, les lacets de mes souliers, le solde des mandats reçus auquel furent ajoutées les sommes préalablement retenues « pour condamnations ». J'eus droit à un billet de sortie doté d'un « certificat de présence destiné à l'Assedic » mentionnant le temps de mon incarcération.

Élisabeth, mon père, une nuée de journalistes et de photographes m'attendaient à la sortie. J'ai filé dans une voiture. C'était le jour de l'anniversaire de Françoise Verny. Je lui avais promis que si j'étais libre, j'irais.

J'étais libre, j'y suis allé. J'ai déboulé dans une soirée déguisée. Françoise Verny était en grenouille et Françoise Mallet-Joris en lapin. Elles se sont mises à danser autour de moi, bientôt rejointes par la trentaine d'animaux plus ou moins sauvages dont les grandes oreilles, les queues velues et les mâchoires en mousse m'ont escorté jusqu'au salon. Il y avait aussi des corsaires, des rois mages, des putes et des travelos. Françoise m'a fait monter sur une chaise et de sa voix gouailleuse, avec ce regard un peu exorbité qui trahissait chez elle une certaine exaltation, elle a hurlé :

— Chééééri ! C'est toi qui as le plus beau déguisement : taulard !

III

Ma mise en liberté était assortie d'un contrôle judiciaire qui m'interdisait de rencontrer certaines personnes (je n'en connaissais pas la moitié), de quitter le territoire sans autorisation ; en outre, je devais informer le juge de tous mes déplacements hors de Paris.

Élisabeth avait conservé les articles de presse liés à mon arrestation. De nombreux amis avaient été interrogés. Ils parlaient d'aveuglement, d'inconscience, de légèreté, de malentendus. Dans *Le Canard enchaîné*, Sylvie Caster surnommait le juge Bruguière « Zorro » ; elle le soupçonnait de vouloir incarcérer la petite-fille de Mamie Nova : « Il paraît qu'elle fait des confitures explosives. » Dans *Le Quotidien de Paris*, le Garçon était présenté par l'une de ses meilleures amies comme « totalement extraverti » ; « il tenait souvent des discours échevelés ». Je ne le savais que trop.

J'ai fui les journalistes, à l'exception de Jérôme Garcin qui avait défendu ma prose lors de l'attribution du prix du Premier roman et qui m'avait adressé plusieurs lettres à la Santé. Il m'a interviewé pour *L'Événement du jeudi.* J'ai battu ma coulpe : rien dans cette histoire n'était défendable. Avec ou sans recul, je n'y lisais qu'une matière glauque.

« Raconte ! » m'encourageait Françoise Verny. Puis, plus tard, tous mes amis qui connaissaient l'histoire pour en avoir partagé des fragments. Mais fragments de quoi ? De la gauche ? En quoi le gauchiste immature, certes représentatif d'une époque mais d'une époque sans avenir, pouvait-il prétendre au titre de mémorialiste ? D'autres l'avaient fait, admirablement, parce qu'ils avaient *réellement* apporté leur pierre à une construction qui depuis s'est défaite. Hélas. Olivier Rolin, Robert Linhart... Toujours la même histoire : en mai 68, ils étaient adultes alors que nous nous frottions encore aux incertitudes de l'adolescence.

Et puis la prison me collait à la peau comme un suaire froid. J'avais été enfermé pendant quarante jours pour des raisons dépourvues de noblesse. Comment en tirer gloire ?

Beaucoup plus tard, il a bien fallu que je leur dise, à mes trois enfants plus deux, et ça n'a pas été facile. Des amis de l'époque m'ont proposé de le faire pour moi, mais non, c'était mon boulot et je m'en suis chargé du mieux possible, en tout cas le moins mal, chaque fois de la même façon. Je lançais une phrase anodine qui amenait une interrogation de leur part, et j'y allais ensuite, tendu à mort au dedans et mine de rien au dehors, espérant que *ça* passerait sans trop de casse. Élisabeth m'a aidé à dégoupiller la grenade auprès de mes deux garçons. Même si la vie ne nous a pas épargnés après, et même si nous nous sommes livrés de longs combats, elle a été merveilleuse de compréhension et de solidarité à cette époque de ma vie, elle qui connaît toute l'histoire mieux que quiconque et que je remercie aujourd'hui encore.

Quand je suis rentré de Marseille, le lendemain de ce jour où j'avais découvert Wikipédia, j'ai emmené ma fille boire un Coca dans un bistrot. Elle avait quinze ans. Je ne me souviens plus comment j'ai déposé le *ça* sur la table. La première chose qu'elle a retenue, c'est que son père avait été en prison. « Classe ! » La deuxième, c'est qu'elle devait se dépêcher de poster une photo de son chat sur Instagram.

Lorsque je suis sorti, ma grand-mère vivait encore. Elle refusait de prononcer le mot « prison ». Elle disait « quand tu étais à l'étranger ». J'y lisais une honte. Je la partageais. Elle fut la seule à manifester une gêne *soft*.

Contrairement à mes hantises, rien ne changea dans ma vie : je continuai à écrire et à publier ; aucun ami ne s'éloigna. En 1991, quand j'obtins le prix Renaudot, je reçus un appel téléphonique d'un quidam du ministère de la Culture qui proposait de m'inscrire sur les listes des postulants à la Légion d'honneur. Je refusai. Sans gloire : je savais qu'il me trouverait sur ses tablettes. La même année, je fus invité par plusieurs universités américaines. Dans l'avion qui s'apprêtait à atterrir, je contemplais avec effroi le questionnaire exigé par les autorités. Je ne souffrais pas de troubles psychiatriques, je ne consommais pas de drogue, je ne comptais pas me livrer à des actions immorales aux États-Unis, je n'avais pas l'intention de tuer le président, je n'avais jamais été impliqué dans des activités d'espionnage, de terrorisme ou de génocide, mais… mais j'avais été arrêté et condamné.

Je n'ai pas coché la case. Quand nous avons débarqué, je me suis placé à l'extrémité de la queue qui patientait devant les comptoirs de l'immigration. Mon tour venu, j'ai vu mon nom sur l'écran. On m'a enfermé dans une petite pièce transparente. J'ai appelé mon éditeur américain. Il m'a sorti de cette mauvaise passe. Grâce à lui, je n'ai pas été refoulé. Non plus qu'en Israël. Atterrissant à Ben Gurion Airport, je m'attendais au pire. *Ils* savaient, bien sûr. Et pas seulement parce qu'*ils* avaient certainement interrogé Rika Zaraï. Quelques jours à peine après mon retour à une vie normale, j'avais reçu la visite de mon plus vieil ami. Je le connaissais depuis mes quatorze ans. Il était devenu médecin dans une ville éloignée. La distance avait creusé un abîme entre nous : il était loin de mes préoccupations – et moi des siennes –, nous fréquentions des mondes absolument étrangers l'un à l'autre. Il vint me voir et me posa quelques questions. À ma grande surprise, il savait tout sur tout – le gauchisme, Action directe, mes engagements… J'ai compris ce qu'il devait m'avouer des années plus tard : il était un correspondant dormant du Mossad.

J'ai été solidement interrogé à l'arrivée et au départ de Tel-Aviv, probablement surveillé pendant mon périple, mais dans ce pays où mon père avait combattu en 1948, à l'âge de vingt ans, on me laissa aller.

« Si tu ne veux pas en avoir pour dix ans avec cette histoire, écris un livre », m'avait donc dit Françoise Verny. Chaque fois que je me suis remis à l'écriture de cet ouvrage, poussé par une nécessité impérieuse, une douleur obsessionnelle qui m'attaque régulièrement lorsque je songe à Estibal, au Garçon, à son cousin, j'ai ouvert le dossier bleu enfermé dans mon coffre. Depuis le 17 octobre 1984, jour de mon trente-deuxième anniversaire et de mon arrestation, j'ai écrit des centaines de pages sur l'emprisonnement, la trahison, les amitiés rompues, ce drame qui a traversé ma vie, y laissant des blessures qui sans doute ne cicatriseront jamais. J'ai joué avec les personnages, j'en ai inventé quelques-uns, j'ai rectifié les fonds comme un peintre bouge ses couleurs en fonction de ses humeurs et de ce qu'il veut montrer. La colère me gagnait souvent. Je savais qu'y céder me conduirait à écrire un ouvrage qui sonnerait comme un règlement de comptes. Or, j'aspirais à autre chose. Pas seulement un témoignage, en aucun cas une vengeance, un récit qui, contrairement aux conseils de mes amis éditeurs, me disais-je chaque fois, serait rédigé à la troisième personne.

La première version du texte a été écrite sur la table scellée dans le mur de ma première cellule. C'est un journal de prison tenu au jour le jour. Il se double du récit transformé pour le rendre incompréhensible aux yeux d'un curieux mal intentionné – juge, flic ou maton – de l'affaire pour laquelle j'ai été enfermé. Après que le sous-directeur de la prison m'a changé de cellule, j'y ai ajouté le récit d'une jeunesse soixante-huitarde. Plus tard, lorsque j'ai eu connaissance du dossier, j'ai rebâti le récit à partir de mes souvenirs et des procès-verbaux des interrogatoires. Puis j'ai remis l'histoire à l'endroit, sans invention ni fioriture. Cela ne me convenait pas. J'ai refermé le dossier puis le coffre.

Élisabeth et moi avons déménagé. Notre premier fils est né. J'ai remplacé ma machine IBM à boule (XYD, sans numéro apparent avaient noté les flics) par un des premiers ordinateurs Apple. Un engin magique, sans chariot, sans papier, sans ruban correcteur, grâce à quoi j'écrivais toujours pour les autres (dans la journée) et pour moi (le soir). Notre vie devint plus sage, enfant oblige. La perspective des procès me terrorisait : j'allais me retremper dans un univers dont je m'efforçais de chasser les salissures. Pour m'en échapper, j'accumulais les contrats, les rencontres, les propositions nouvelles. Plus je m'assurais sur les marches d'une reconnaissance sociale, moins pesaient les lourdeurs d'un passé dont je ne parlais pas. Il me fallait un horizon ouvert, un avenir aux couleurs vives et joyeuses. J'ai accepté avec bonheur la proposition de Georges-Marc Benamou qui, après avoir cassé la gueule de Marc-Édouard Nabe (un facho de première) sur le plateau d'« Apostrophes », m'offrit la direction des pages livres de *Globe*, « journal de gauche, intellectuel, pro-mitterrandien et antiraciste ». J'ai rencontré Jean Vautrin, avec qui nous avons inventé

Blèmia Borowicz (« Blèmia pour le prénom, Borowicz pour le nom, Boro pour la signature »). J'ai multiplié les encriers dans lesquels je trempais ma plume : chanteurs, médecins, profs, journalistes – et même un président de la cour d'assises de Paris…

En janvier 1985, le général Audran a été assassiné. Le 17 novembre de l'année suivante, Georges Besse, le patron de Renault, a été abattu devant chez lui. Les photos de Nathalie Ménigon et de Joëlle Aubron étaient affichées sur tous les bâtiments publics. Une récompense était offerte à qui apporterait des renseignements permettant l'arrestation des deux jeunes femmes : un million de francs. J'ai cauchemardé de nombreuses nuits en me représentant la scène. Le soir, quatre coups de feu dont l'un sur l'homme à terre, pour l'achever. Signé Action directe, commando Pierre Overney. Revendiqué en des termes fumeux, foireux : « Le 17 novembre, en éliminant la "brute" Besse, le commando Pierre Overney a frappé au cœur même de la contradiction la plus forte au sein du consensus général de pacification et d'exploitation. »

Pierre Overney ! La photo de Jean-Antoine Tramoni en costard-cravate braquant son flingue sur Overney, pattes d'eph', cheveux longs, bâton en main, symboles de deux mondes – nazes de l'UJP vs Café-Gauloises –, avait suscité cette immense manif à laquelle j'avais participé. Tramoni, ancien militaire devenu agent de sécurité, avait été condamné à quatre ans de prison, libéré au bout d'un an, abattu par les NAPAP (Noyaux Armés pour l'Autonomie Populaire) trois ans plus tard. Rien n'est excusable, mais

Tramoni était un assassin. Le seul tort de Georges Besse fut d'avoir dirigé Renault treize ans après la mort d'Overney. La dérive était odieuse ! Et pourquoi pas commando Pierre Goldman ?

La rage m'a maintenu droit pendant quelques jours. Puis les nuits m'ont courbé. Bruits de targettes se mêlant aux culasses d'un colt 357 Magnum, aux rafales d'une mitraillette Sten, d'un pistolet mitrailleur Madsen, au cri d'un homme abattu boulevard Edgar-Quinet, de deux autres tombant avenue Trudaine. Une pensée m'a traversé, lancinante : heureusement que le Garçon avait été arrêté avant.

J'ai déverrouillé mon coffre-fort et rouvert le dossier bleu. J'ai repris les pages que j'avais écrites sur le Garçon dans ma cellule. J'avais retracé son histoire pour essayer de le comprendre. Je lui avais donné son vrai prénom (celui que je connaissais, pas celui cafté par le juge). Mais j'ai abandonné : je ne voulais pas faire un personnage, moins encore un héros, de ce type-là.

Au mois de décembre 1986, j'ai été appelé à témoigner au procès de la fusillade de l'avenue Trudaine. Deux ans s'étaient écoulés depuis mon incarcération. La colère s'était dissoute dans les variations libres de la vie quotidienne. Le Garçon était enfermé et le serait longtemps encore. Il risquait la perpétuité. Depuis le 31 mai 1983, j'étais persuadé qu'il n'était pas présent sur les lieux de la fusillade : il se trouvait chez moi, ignorant ce qui s'était passé avenue Trudaine. Je ne pouvais pas faire grand-chose pour lui, sauf…

J'étais mis en examen. J'avais interdiction de rencontrer les parties en cause. J'ai pourtant demandé à mon copain Simon Michaël, scénariste, ancien membre de la section recherche des Renseignements généraux, de me conduire chez l'avocat aux mains froides et osseuses, désormais défenseur du Garçon. Simon ne comprenait pas ma démarche :

— Ce mec t'a foutu dedans, tu as fait quarante jours de taule par sa faute, et malgré ça tu veux le sauver ?

Nous sommes arrivés devant le cabinet d'avocats. Je portais une casquette et des lunettes noires. Simon a vérifié que la voie était libre, que nous n'avions pas été filés. Je me suis retrouvé dans la pièce que j'avais découverte trois ans plus tôt. L'échange fut bref, glacé.

— Quel témoignage aiderait votre client ?

— Le jour de Trudaine, à quelle heure êtes-vous revenu chez vous ?

— Après le déjeuner. Donc, entre quinze heures et quinze heures trente.

— Dites entre quatorze heures trente et quinze heures.

Nous nous sommes quittés sur ces mots. Je les ai rapportés à mon ami scénariste. Il m'a dit :

— Il te demande un faux témoignage. Si ça se savait, ça lui coûterait très cher.

L'avocat aux mains froides ne l'a dit à personne. Pas même à son client.

Au seuil de l'hiver, devant la cour d'assises de Paris, trois accusés comparaissaient pour le meurtre des deux policiers de l'avenue Trudaine ; un quatrième était en fuite et deux autres (dont Gloria Argano, identifiée à Rome par le Bordelais) emprisonnés en Italie. Les rapports d'expertise étaient accablants (il était prouvé que les policiers n'avaient pas eu le temps de tirer, leur arme se trouvant dans leur étui, l'un d'eux ayant été abattu alors qu'il était à terre). Le palais de justice avait été transformé en bunker : des policiers en armes partout, des tireurs d'élite sur les toits, des contrôles, des fouilles, les accusés enchaînés, menottés dans le dos et gardés. L'un d'eux ne reconnaissait aucune légitimité à la cour chargée de le juger ; il menaçait les jurés et les magistrats « des rigueurs de la justice prolétarienne ». Ainsi invectivés, les jurés désertèrent les uns après les autres. La moitié des témoins refusèrent de se présenter. Pour finir, le président fut obligé de constater que la cour d'assises ne pouvait siéger. Il renvoya l'affaire à une date ultérieure.

Le second procès se déroula l'année suivante. Les jurés avaient été remplacés par des magistrats professionnels. L'atmosphère était aussi tendue que la première fois. Le Garçon se trouvait dans le box des accusés. Il m'était devenu un étranger. Une instruction était passée entre nous, qui avait brisé une amitié désormais lointaine. Il avait fallu une raison très puissante pour séparer deux amoureux des mêmes livres et des mêmes auteurs, deux joueurs assis des nuits entières autour d'un échiquier, deux frères du Larzac et des années lycée. C'était ainsi.

Blond-Blond comparut libre. Je reconnus à peine la jeune femme que j'avais croisée quatre ans plus tôt. Elle portait une perruque et des lunettes fumées.

Elle parla pendant plus de deux heures, le regard fixé sur le président de la cour. Elle dit qu'elle avait rencontré le

Garçon un an avant la fusillade de l'avenue Trudaine. Elle était tombée follement amoureuse de lui. Il l'avait présentée à ses amis. Tout ce petit monde discutait allègrement devant elle des hold-up commis, de ceux qu'on envisageait, d'autres qu'on préparait. Certains se vantaient d'avoir été sur place, avenue Trudaine. Ils racontaient la fusillade. Des bavardages intenses. Quand on s'avisa qu'elle était là, on la menaça. Pour se protéger, elle changea la serrure de son appartement et donna la nouvelle clé au Garçon. Il ouvrit aux autres. On l'obligea à participer à l'attaque de la bijouterie Aldebert. Elle ne niait pas le fait. Elle y était allée avec un pistolet sans munitions. Sur place, elle fut horrifiée. Par elle-même, par les autres. La violence la décilla. En grande souffrance, elle rompit avec le Garçon et ses camarades. Ils la laissèrent aller : ayant participé à un hold-up, elle était « tenue ». Elle ne parlerait pas.

Lorsque les policiers débarquèrent chez elle, un an plus tard, ils découvrirent les mêmes munitions que celles de l'avenue Trudaine. « Je l'ignorais. Une catastrophe m'est tombée sur la tête. »

Sous les menaces et les sarcasmes des accusés, Blond-Blond reconnut qu'elle avait parlé, beaucoup parlé. C'était une manière de se libérer. « J'ai effectivement craqué devant la brigade criminelle. Il faut dire que j'étais psychologiquement bien plus proche d'un inspecteur de la brigade criminelle que d'un terroriste. » Elle avait fait deux ans de prison. Un calvaire absolu. Les autres détenues lui crachaient au visage. Elle partageait sa cellule avec des femmes infanticides qui pleuraient jour et nuit en évoquant d'autres martyres. « Avant de rencontrer le Garçon, dit-elle encore, j'étais conseil juridique chez Esso. Je suis docteure en droit. »

Elle conclut, sans quitter le président du regard : « Cet homme a brisé ma vie. »

Le Bordelais fut appelé à la barre. Le président lui demanda quelles étaient les raisons qui, à son avis, avaient poussé la jeune femme à parler. « Elle était perdue. Toujours très amoureuse du Garçon. Elle pouvait penser qu'il avait profité de cette situation pour la faire s'engager à ses côtés. Elle lui en aurait voulu d'avoir ainsi ruiné son avenir. »

Plus tard, au cours d'un autre procès, le Garçon attaqua le policier : « Enculé ! »

Aussitôt, Blond-Blond se leva de son banc et s'écria à l'adresse du prévenu : « S'il y a un enculé ici, c'est toi ! »

À quoi l'autre répondit : « Entre la moquette et la morbidité il y a un mot dans le dictionnaire : il y a la morale. Tu as raconté n'importe quoi ! »

Il usa des mêmes arguments me concernant. Je n'attendais aucune parole salvatrice de sa part : je les avais longtemps espérées avant de comprendre qu'il me laisserait me débattre seul dans la cage où, comme tant d'autres, il m'avait enfermé. J'avais malgré tout contribué à le disculper du meurtre des deux policiers abattus avenue Trudaine : à la barre, conformément à la demande de son avocat, j'avais avancé d'une demi-heure le moment où j'étais revenu chez moi en ce jour funeste. Ce témoignage avait valeur d'alibi.

À la fin du procès de l'avenue Trudaine, alors que la cour s'apprêtait à se retirer pour délibérer, le Garçon m'apostropha violemment : « Tu as décidé de collaborer avec la police ; ça, c'est ton problème ; c'est une question de morale… Je laisse ta conscience se pencher sur ta couardise. Ce qui m'a étonné, c'est que tu racontes n'importe quoi. »

Je lui ai volé dans les plumes. D'un mouvement du bras, j'ai embrassé la salle d'audience dans laquelle se trouvaient tous ceux qu'il avait conduits là : son cousin, Blond-Blond, moi-même et quelques autres encore qui avaient témoigné de toutes ses forfaitures. J'ai désigné son cousin, que la presse avait présenté comme un enfant perdu – et qui avait lancé au président : « Je suis solidaire de tous les gens en lutte contre l'exécrabilité [*sic*] du pouvoir actuel et de son idéologie. » J'ai montré ce gamin, ce pauvre gamin qui allait inévitablement passer sa jeunesse en prison et j'ai crié, hors de moi, dans un chahut général : « Ta morale et ta conscience sont celles d'un salaud. »

Dans le grand escalier qui glisse vers le boulevard, je dépassai peu après un homme qui m'interpella. C'était l'un des policiers qui étaient venus me chercher le jour de mes trente-deux ans.

— Cette attaque de votre ancien copain est d'autant plus dégueulasse que si vous aviez parlé la première fois, vous n'auriez pas fait un seul jour de prison.

Je suis revenu à pied. La colère m'étouffait. Je me souvenais des paroles de mon avocat : « Il dira que vous avez trahi la cause. Ce sera son mensonge ultime : vous faire passer pour l'un des leurs. » Sa mécanique avait été la même pour Blond-Blond, d'autres femmes, quelques hommes aussi : elle, la bijouterie Aldebert ; moi, Trudaine et mon studio ; d'autres, des armes planquées, des scanners trimballés…

Des prises d'otages, en quelque sorte. Une projection en miroir : conscience et morale pour travestir une grimace hideuse en sourire.

Ce soir-là, c'en fut fini de mes apitoiements, commisérations et autres attendrissements. Renversant la faute, le Garçon m'avait jeté dans une ornière dont, d'une manière ou d'une autre, il faudrait que je sorte un jour. Le sentiment d'injustice est une plaie vive qu'aucun onguent n'apaise. J'écrirai. J'écrirai puisque tel est mon premier langage. Un jour, me disais-je en longeant la Seine, un jour je finirai ce livre. Je le publierai.

À l'issue de deux heures de délibéré, les magistrats condamnèrent le cousin à dix ans de réclusion criminelle. Le Garçon fut acquitté du meurtre des deux policiers abattus avenue Trudaine.

Il y eut d'autres procès. L'instruction aidant, des caractères apparurent, des schizophrénies, des vies privées exposées, des menaces, des pressions, des violences. Des indignités. Les débats démontrèrent qu'on avait forcé des proches, on en avait séduit d'autres, on les avait mouillés sans qu'ils sachent, sans qu'ils puissent mesurer la gravité de ce qu'on leur demandait.

Quatre ans après avoir été arrêté, avec dix-neuf autres prévenus (dont quatorze détenus), je fus convoqué devant la quatorzième chambre du tribunal correctionnel de Paris pour répondre du délit d'association de malfaiteurs. J'en garde un souvenir d'épouvante. Jean-Marc Rouillan, Nathalie Ménigon, Joëlle Aubron et George Cipriani, arrêtés à Vitry-aux-Loges un an plus tôt, comparaissaient derrière une vitre pare-balles. Tous exsangues, incapables de tenir debout, menottés dans le dos, amenés au Palais en ambulances, transportés sur des civières ou en fauteuils roulants, certains sous perfusion : ils avaient commencé une grève de la faim cinquante jours plus tôt pour protester contre leurs conditions de détention – un isolement total considéré par Amnesty International comme une forme de torture. Jean-Marc Rouillan avait perdu trente-deux kilos.

En février 1987, au moment de leur arrestation dans une ferme du Loiret, j'avais visionné tous les reportages et je les avais reconnus, eux avant les meurtres, eux chez moi, pas encore assassins. Quatre chefs historiques dont deux que je ne connaissais pas. Les voisins les appréciaient. Ils étaient aimables. Nadine avait pris deux chèvres en pension. Elle élevait des hamsters. Robert buvait de la bière, lisait, fumait. Et certains d'entre eux étaient montés un soir dans une voiture, avaient roulé jusqu'à l'avenue Edgar-Quinet, avaient attendu Georges Besse dont ils avaient repéré les allées et venues depuis des semaines, et ils l'avaient abattu de trois ou quatre balles, dont l'une dans la tête. Des assassins. Aujourd'hui, des « squelettes ambulants », disait la presse.

Dès l'ouverture des débats, les insultes fusèrent à l'adresse du président. Le tribunal n'étant qu'une resucée des sections spéciales de Vichy, il n'était pas question de répondre aux questions des magistrats. Moins encore de se lever à l'appel de son nom. Gendarmes et détenus se battirent derrière les vitres pare-balles. J'étais assis sur le banc des prévenus. J'avais changé d'avocat. Me Leon Lef Forster me défendait. Il fit citer Françoise Verny et Françoise Mallet-Joris comme témoins de moralité. Il plaida l'amitié abusée. Les écoutes téléphoniques prouvaient que j'ignorais l'appartenance du cousin à Action directe, sa présence sur les lieux lors du drame de l'avenue Trudaine. L'association de malfaiteurs ne pouvait être retenue contre moi puisque les mêmes écoutes et la surveillance dont j'avais été l'objet pendant de nombreux mois démontraient qu'il n'y avait jamais eu participation ni même intention de participer. Il n'y avait qu'une relation personnelle. Je pouvais à la rigueur être poursuivi pour recel de déserteur, plaidait mon avocat, mais certainement pas pour association de malfaiteurs.

— On a cherché à l'associer, oui. Débarquer le soir de Trudaine chez lui, c'est vouloir l'associer ! Envoyer Blond-Blond chez lui le même soir, c'est encore vouloir l'associer ! Faire de son studio une base de repli d'Action directe, c'est toujours vouloir l'associer ! L'associer contre son gré !

La cour l'entendit partiellement. Elle disqualifia le délit de participation à une association de malfaiteurs prononcée par le juge Bruguière et retint celui de « brigandage ». Se montrant « sensible aux motivations qui ont inspiré la conduite du prévenu », c'est-à-dire reconnaissant la duperie dont j'avais été victime par excès de confiance ainsi que la conduite hors-sol d'un écrivain victime de son goût pour les personnages, considérant néanmoins que cet écrivain avait failli à la conduite exemplaire que la société est en droit d'attendre de lui, le tribunal me condamna à une peine de dix-huit mois de prison avec sursis. Le Garçon écopa de la peine maximum : dix ans. Il lui fut notamment reproché d'avoir entraîné son cousin, Blond-Blond et trois autres de ses maîtresses qui, toutes, « au titre de leurs déclarations » et « à la lumière de ces dépositions », précisait le président du tribunal, permettaient de constater qu'il participait « à plein temps » à l'association de malfaiteurs jugée ce jour-là. En raison de sa jeunesse, le cousin fut condamné à six ans de prison, qui s'ajoutaient à la peine prononcée contre lui lors du procès de la fusillade de l'avenue Trudaine. Blond-Blond fut dispensée de peine.

Je refusai de faire appel : je voulais désormais tourner la page des désastres.

Rika Zaraï s'envolait vers les trois millions d'exemplaires. J'avais touché un forfait de 31 410 F brut. Un de mes amis avocat, spécialiste du droit littéraire, me proposa de faire reconnaître mes droits. Je refusai : j'avais une dette à l'égard de Rika. Je fis bien pire : j'acceptai de travailler sur la suite de *Ma médecine naturelle* (que je confiai à un ami en manque de fonds, ce que nul ne sut jamais : en quelque sorte, le cocoauteur occulte du coauteur lui-même clandestin).

Encouragé par Jean Vautrin qui avait abandonné la caméra pour le stylo, je fis mes premiers pas dans le cinéma. Il s'agissait d'adapter un livre de Jorge Semprún, *Netchaïev est de retour*, avec Yves Montand et Vincent Lindon. À première vue, c'était dans mes cordes. Le livre raconte l'histoire d'un groupe d'anciens soixante-huitards réunis dans « l'avant-garde prolétarienne » qui finissent sur les plus hautes marches de l'escalier social. Vingt ans plus tôt, ils ont tenté de faire assassiner l'un des leurs revenu pour se venger : Netchaïev.

J'ai d'abord refusé. Comment aurais-je pu dépeindre les héros de ma jeunesse (certes plus âgés : encore la même histoire) en meurtriers ? Mon agent m'a renvoyé dans les cordes : « Quand on veut faire du cinéma, on ne refuse pas un film avec Yves Montand. »

Je me suis donc retrouvé à la « roulotte », place Dauphine, chez Montand-Signoret. Il y avait là le producteur, Semprún, Montand. J'ai dit que j'étais fier et heureux d'avoir été choisi... mais que je ne peindrais pas les anciens de « l'avant-garde prolétarienne » en assassins. Je préférais renoncer. « Apostrophes » deuxième ! Semprún était assis en face de moi, à côté de Montand. Il est devenu tout rouge : comment ce petit trou du cul qu'il n'avait pas pu moucher quelques années plus tôt chez Pivot osait-il discuter de son œuvre ? Et, tout comme il l'avait fait à « Apostrophes », Montand calma aussitôt le jeu. Il posa une main sur l'épaule de Semprún et dit seulement : « Le petit a raison. »

Je commençais à écrire le scénario du film lorsque, un matin, quatre malabars ont frappé à la porte de la maison. Je n'étais pas là. Élisabeth leur a ouvert. Ils voulaient de l'argent. Ils ont dit qu'ils reviendraient. Ils ont précisé le jour et l'heure. Il fallait que je sois là, avec l'argent. Sinon, ils me chercheraient. Et me trouveraient. J'ai aussitôt cru comprendre – fût-ce sans preuves – d'où venaient ces taulards fraîchement libérés. Élisabeth voulait prévenir la police. Je ne souhaitais pas remonter de cette manière-là jusqu'à la source que nous suspections : porter plainte, alourdir encore une peine écrasante ?

Mon copain Serge Raffy, rédacteur en chef du *Nouvel Observateur,* organisa une rencontre entre Claude Bardon, le patron des RG, et moi. Bardon dépêcha ses émissaires.

Je leur avais demandé de ne pas cueillir les maître chanteurs : les effrayer seulement.

Le jour dit, à l'heure dite, il y avait cinq agents des Renseignements généraux chez moi.

Lorsque le téléphone a sonné, j'ai décroché et dit aux maîtres chanteurs de foutre le camp. « Si vous débarquez chez moi, cinq flics vous attendent. »

Ils ne sont pas revenus.

Je suis retourné chez l'avocat aux mains froides et osseuses. Je lui ai dit que je n'étais pas opposé à l'idée d'aider un détenu à cantiner, mais pas dans ces conditions-là, ces méthodes de voyou. Je lui ai dit : « Transmettez à qui de droit. »

J'ignore s'il l'a fait.

Pendant des mois, j'ai eu peur. Une fois même, un accès de terreur : dans un magasin, deux types à la mine patibulaire marchaient vers moi. Je me suis retrouvé coincé à l'extrémité d'un rayon. J'ai pensé qu'on allait m'abattre. Parano, quand tu nous tiens… Mais elle me tenait bien. Et ça a duré longtemps. J'ai commencé à surveiller mes arrières, à vérifier dans les reflets des vitrines que je n'étais pas suivi, à m'écarter pour laisser passer un quidam qui me serrait de trop près, à éviter les rues sombres… Exactement comme faisait le Scribe square Adanson avant le mois de mars 1984. Mais cette fois, je ne jouais plus.

La paranoïa a ceci de terrible qu'elle installe une veille permanente au cœur des meurtrissures. Sans cesse, je lisais le non-dit de l'histoire. Il me semblait trimballer partout, tel le sparadrap du capitaine, une flétrissure ineffaçable. Je la racontais, mais seulement lorsque les amitiés étaient solidement établies. Je n'avais pas trouvé meilleure façon de me protéger d'un détournement qui m'avait brisé le cœur, à Cork, l'année de mes douze ans. Je me comportais comme un pêcheur (pêcheur/pécheur) assurant sa prise avant de se découvrir en levant sa ligne. Je me dévoilais un peu plus rapidement auprès de ceux dont les responsabilités officielles auraient pu pâtir d'une fréquentation peu glorieuse ; qu'ils me ferment leur porte avant que les oppositions les dénoncent. Mais nul n'a plus jamais tourné les talons sur mon passage. Du moins pour *ça*.

Pendant une dizaine d'années, je n'ai pas ouvert le dossier bleu. Mais je me sentais illégitime sur à peu près tout. Y compris mes engagements. Avec mon copain Gérard Mordillat et beaucoup d'autres, nous nous sommes longuement battus pour les sans-papiers, les sans-logis, les immigrés. Nous avons rencontré Lionel Jospin, Martine Aubry, et même, avec Guy Bedos, Nicolas Sarkozy. Nous avons témoigné dans la presse, organisé des manifestations géantes, occupé des immeubles vides, tenté d'empêcher des expulsions sur le tarmac de Roissy… Nous avons soutenu le DAL, acheté des tentes pour les migrants, veillé pour que les flics ne les détruisent pas, combattu Éric Besson pour son identité nationale odieuse, puis la gauche, aussi odieuse avec sa déchéance de nationalité. Nous nous retrouvions dans toutes les manifestations – contre Le Pen et l'extrême droite, le racisme, l'antisémitisme, pour le Mariage pour tous et, bien entendu, chaque 1er Mai. J'ai écrit des dizaines de tribunes libres sur tous ces sujets, signé des centaines de pétitions – notamment contre les conditions d'emprisonnement du noyau dur d'Action directe –, ouvert les portes de notre maison à des réfugiés venus d'Haïti, du Rwanda, d'Ukraine…

Mais ne faisais-je pas comme Sartre et Beauvoir, accusés par Jankélévitch (et Maurice Nadeau) de s'être beaucoup engagés à partir des années 50 pour faire oublier leur inconduite pendant la guerre ? Certes, ils avaient tenté de monter un mouvement de résistance, allant visiter Gide puis Malraux à bicyclette, mais le projet avait fait long feu et s'était dissous dans les pièces de théâtre jouées devant des parterres d'officiers allemands ou dans des fêtes bien arrosées. Beauvoir avait signé la déclaration infâmante – ni juive ni franc-maçonne – qui lui avait permis d'enseigner sous la botte allemande, et Sartre avait probablement fait de même. Où étaient-ils pendant la montée du nazisme ? Les congrès antifascistes des années 30 ? La guerre d'Espagne ? Ailleurs. Toujours ailleurs.

J'essayais de me persuader que tel n'était pas mon cas. Au moins, sur ce plan-là, l'écriture de ce livre me rassure. J'y vois le parcours chaotique d'une conviction. Elle suit la courbe des âges. Tantôt infantile, souvent stupide, irresponsable au moment de Trudaine, assagie depuis. À vingt ans on espère, à quarante on aménage, à soixante on raisonne. On est devenu réaliste : on demande le possible. Passés communs, présents composés.

Cependant, naissent d'autres langages. Si le mien doit être lu à travers les livres et les films que j'ai écrits, il témoigne d'une constance virant parfois à l'obsession. La guerre d'Espagne depuis mon premier roman, la défense des sans-droits depuis *Apolline* (y compris la page 279), les Résistances, les artistes, *Goldman*, le film dont j'ai écrit le scénario trente ans après la mort de Pierre, merveilleusement incarné par mon *frater et amicus* Samuel Benchetrit (Goldman dont Georges Kiejman, son avocat, m'a donné une photo prise par l'identité judiciaire immédiatement après son arrestation, Goldman, menotté dans le dos, chemise blanche strictement boutonnée, visage fermé, impassible et droit).

Sur les hauteurs de ma bibliothèque, j'ai conservé les livres que je lisais dans ma jeunesse : Kropotkine, Bakounine, le Père Peinard, Freud, Marx, Lénine, Trotsky, Mandel… S'y trouvent aussi les Cahiers rouges qui constituaient nos bréviaires, carnets format livre de poche à la couverture carmin pelliculée orné de la faucille et du marteau qu'on retrouvait sur les drapeaux rouges déployés en tête de manifs, et dont les titres évoquent les grands débats qui nourrissaient les conversations militantes : *Construire le parti, construire l'internationale*, *Vietnam Laos Cambodge même combat !*, *URSS et pays de l'Est socialisme ou capitalisme ?*, *Dialectique des secteurs d'intervention*, *Pédagogie et crise de la bourgeoisie*, *Lénine contre Staline*, *De la bureaucratie*, *Le gaullisme et après ?*

Je n'ouvre plus ces ouvrages, mais j'aime les savoir là. Ils constituent les relais de mon histoire. Ce sont de vieux volumes dans des éditions anciennes. Leurs pages ont jauni, ils sentent la naphtaline. Je les reconnais de loin, chez moi et parfois chez d'autres qui ont partagé les mêmes lectures, donc les mêmes espoirs, parfois les mêmes combats.

Souvent, je retrouve mes vieux camarades dans les manifs. Autrefois, mon père me rejoignait. Je ne me souviens plus contre quoi nous levions le poing, moi la cinquantaine, lui octogénaire, en ce jour de printemps où, pour rester auprès de lui, contrairement à mes habitudes, je ne défilais pas sur les bordures. J'ai repéré un type qui m'observait depuis le trottoir, fixement, avec une acuité impressionnante. À l'évidence, il me connaissait. Je suis allé vers lui. C'était le Garçon. Nous nous sommes dévisagés rageusement, puis il a commencé à hurler, prenant son entourage à témoin. J'ai tourné les talons : je ne voulais pas remettre mon père dans le bain de l'hygiaphone. Le soir même, j'ai rouvert le dossier bleu. J'ai relu le manuscrit. Puis je l'ai refermé. J'avais besoin d'écrire ce livre, je ne savais pas comment. La lecture des pages anciennes provoquait toujours chez moi une souffrance qu'une nouvelle rédaction n'étanchait pas.

Un soir, j'ai de nouveau croisé le Garçon. C'était à Paris, rue Saint-André-des-Arts. Ma seconde femme m'accompagnait. Je ne l'ai pas plus reconnu que la première fois. Un type marchant voûté, une canne à la main, une barbe grise… Il ne criait pas ; il maugréait. J'ai marché vers lui et je l'ai affronté.

— Dans tes recompositions mentales, ai-je crié, n'oublie jamais la faute originelle : ton mensonge à propos de mon studio. Tu savais que j'abriterais un déserteur malade. Et tu savais aussi que je n'aurais jamais accepté un terroriste. C'est pourquoi tu m'as menti.

Rentré chez moi, je lui ai écrit une lettre. La seule personne apte à la transmettre, c'était l'avocat aux mains froides. Je lui ai téléphoné. Je lui ai raconté la scène. Il a défendu son client. Je lui ai demandé s'il se souvenait de ma première visite, lorsque j'étais venu pour lui demander de l'aide après ma première arrestation.

— Pourquoi parlez-vous de *la première visite* ?

— Voulez-vous que je vous rappelle les deux autres ?

— Ce n'est pas la peine.

— Pourquoi ? On pourrait vous écouter ?

J'étais fou de rage.

— C'est bien vous, n'est-ce pas, qui m'avez suggéré de faire un faux témoignage au procès de l'avenue Trudaine ?

Je lui ai raccroché au nez.

IV

« La mort de chaque homme commence avec celle de son père. »

Ohran PAMUK

Quelques années ont passé. J'ai perdu mon père. En vérité, j'avais l'impression qu'il s'était éteint quand il avait cessé d'écrire. Il essayait, il cherchait, en arrivait à sa jeunesse pendant la guerre, tentait quelques feuillets rapidement détruits, se désespérait de ne plus y parvenir. Il s'étiolait. Il retrouvait un peu de joie et d'assurance quand on le questionnait sur son travail, et il racontait alors ses tournages avec la passion des anciens combattants sortant des tranchées de l'oubli. Puis il se rapetassait sur lui-même, maugréait Tout ça n'intéresse plus personne, et il restait là, muré dans un triste silence dont il ne sortait plus. Comme beaucoup d'autres il songea un moment à écrire quelques chapitres d'une existence qui lui semblait peu passionnante, ses arrière-petits-enfants l'auraient lu, mais il renonça très vite.

L'année de sa mort, il m'a rejoint pendant les vacances. Un matin, il a quitté la maison pour faire une promenade à vélo. Peu après, il m'a téléphoné : il était tombé. Je venais de commencer les recherches qui me conduiraient, huit ans plus tard, sur la piste du Bordelais.

J'ai posé mon stylo et lui ai dit que j'arrivais. Il m'a presque supplié de ne pas le faire. « Tout va bien. » Quand je l'ai retrouvé, il était assis sur un banc, place du marché. Des promeneurs l'entouraient comme on entoure un vieil homme dont le vélo est à terre. Il les remerciait avec douceur, souriant comme s'il s'était seulement égratigné un bras ou une jambe. « Ça va aller, d'ailleurs mon fils est là. »

On l'a porté dans une voiture, un médecin est venu, il s'était fracturé le col du fémur. Je l'ai conduit à l'hôpital de La Rochelle. Sur la route, il riait. Je lui demandais sans cesse s'il avait mal, et il disait Non non, ça va, nous parlions de choses et d'autres, lui parce qu'il n'a jamais aimé s'épancher sur lui-même, surtout sur lui-même malade, moi parce que je ressassais la phrase qu'il avait prononcée quand je l'avais installé dans la voiture : « Il y a vingt ans, la fracture du col du fémur, c'était l'antichambre de la mort. » J'avais répondu que c'était il y a vingt ans, qu'il avait suffisamment d'énergie pour se remettre très vite, des garde-fous de ce genre.

Je l'ai emmené aux urgences. Il y avait beaucoup de monde. Il m'a demandé de le laisser, il se débrouillerait tout seul, et très bien. Je lui ai acheté ses journaux habituels, *Le Monde*, *Le Nouvel Obs*, je lui ai apporté son téléphone et je suis resté avec lui. Sa femme nous a rejoints. Nous voulions affréter une ambulance pour qu'il remonte à Paris s'y faire opérer. Il a refusé. « Ici, ils sont sûrement très bien. » En vérité, il voulait déranger le moins possible. Se faire tout petit, comme il avait fait toute sa vie. Rester dans un coin de la salle des urgences, allongé sur un brancard, un livre ou un journal entre les mains, échangeant quelques mots aimables avec ceux qui se trouvaient là, proposant son aide à qui en avait besoin.

Il a été opéré deux jours plus tard. Le chirurgien qui s'est occupé de lui était un homme dur. Il suffisait que mon père lui demande quand il sortirait de l'hôpital pour qu'il soit rabroué tel un enfant. Lorsque je prétendais intervenir, mon père me calmait et, s'il n'y parvenait pas, me rappelait que c'était à lui de décider de ce qu'il y avait à faire.

Lorsqu'il est parti pour rentrer chez lui en ambulance après que le chirurgien lui eut enfin donné l'autorisation de filer, mon père m'a dit : « Viens me voir vite. »

De retour dans sa maison, il joua les fanfarons, offrit de la bière aux infirmiers, tenta de couper du bois et, quelques jours plus tard, fut admis à l'hôpital de Provins : la tête du fémur s'était déboîtée. Ce fut la première fois. Il y en eut beaucoup d'autres. On l'anesthésiait, on remboîtait, il rentrait chez lui, on le rééduquait, tout recommençait. J'avais réussi à le faire venir à Paris en ambulance pour consulter un spécialiste des maladies osseuses. Le spécialiste avait dit qu'on ne pouvait pas faire grand-chose, en tout cas pas plus que ce qui avait été tenté. Il était revenu à Provins.

Il y a là-bas un centre ferroviaire où la SNCF a conservé des trains d'époque. On tournait alors une série que j'avais écrite sur la Résistance. J'y allais souvent. La première fois, mes fils m'accompagnaient. Quand nous sommes arrivés, nous avons été saisis à la gorge par le spectacle d'une gare reconstituée. Les drapeaux nazis flottaient au vent mauvais, les SS contrôlaient des voyageurs en guenilles, les wagons attendaient dans l'ombre d'un sale petit jour. Mon père était très faible mais il avait manifesté le désir de nous accompagner quand nous y retournerions. Il voulait voir les trains. Les trains lui rappelaient sa jeunesse. Ils lui rappelaient aussi son père, qui les faisait sauter pendant la guerre.

Il n'est jamais venu. Sa hanche l'a de nouveau abandonné. Une fois encore, il a été hospitalisé. Je suis allé le voir. Il était un enfant. Je l'habillais comme un enfant, et je le poussais sur une petite chaise comme un enfant dans sa voiture. Tous, sa femme, ma sœur, mes frères, mes enfants, nous nous relayions autour de lui. Comme il ne lisait plus, je lui avais apporté les enregistrements de *L'Abécédaire* de Gilles Deleuze. Il était trop faible pour les écouter.

Il avait peur de mourir. Nous le poussions à vivre, à résister. Il avait des périodes de rémission pendant lesquelles il y croyait, et nous aussi. Dans ces moments-là, on le ramenait chez lui.

Un soir, par un de ces hasards miraculeux qui font croire que la rémission est possible, mon père m'a téléphoné. Il m'a dit :

— Comment ça va ?

— Bien.

— Tu travailles ?

— J'écris, oui.

Il a eu ce mot terrible, que j'entends encore, comme une plainte qu'un jour, sans doute, mon tour venu, je dirai à mes enfants :

— Tu as de la chance.

Puis, un matin, très tôt, sa femme nous a appelés. Les pompiers l'avaient emporté. Il était aux urgences, inanimé. Il y est resté plusieurs semaines. De temps en temps, il recouvrait ses esprits. Il était heureux quand des amis venaient le voir, ou des gens qu'il avait recueillis ou aidés. On faisait salon autour de lui. Il blaguait, il était drôle. Comme le rédacteur en chef de *L'Os à moelle* qu'il avait été bien longtemps auparavant.

Il faisait des rêves et des cauchemars qu'il nous racontait. Nous en cherchions l'interprétation. La plupart le ramenaient à sa jeunesse, à son père, à la Résistance, au judaïsme. En 1948, il avait débarqué de l'*Altalena* sur les plages de Tel-Aviv. Il avait vingt ans. Il était passé des meurtrissures de la clandestinité – planques, faux papiers, terreurs diurnes et nocturnes – à l'affirmation d'une identité juive enfin affichée. En 1967, ensemble, nous avions suivi avec angoisse puis jubilation et fierté la progression des troupes israéliennes dans le désert du Sinaï et sur le plateau du Golan. David abattait les Goliath égyptiens, syriens et jordaniens coalisés.

Après une brève renaissance, mon père s'est de nouveau abîmé. Il s'éloignait. Sa mémoire fuyait. Il luttait, cependant. Alors qu'il n'écrivait ni ne lisait plus, ne parlait qu'à peine, il nous demanda de convoquer dans sa chambre d'hôpital un officier de police muni d'une procuration au profit de sa femme. C'était quelques jours avant le premier tour des élections municipales (23 mars 2014). Il tenait à accomplir son devoir de citoyen et d'électeur. Il ânonnait :

« Je ne crois pas que je pourrai me déplacer. » C'est à cette époque, deux ou trois jours avant la fin, qu'il a prononcé cette phrase admirable que j'ai placée en exergue d'un de mes livres : « Il y a des douleurs normales : quand l'organisme se défend. Et d'autres, anormales autant qu'immorales : les douleurs infligées par la société. »

Le dernier soir, deux jours avant les élections, je suis arrivé de Paris avec mes fils. Il faisait nuit. Sa femme et ses cinq autres enfants étaient autour de lui. Il était allongé sur son lit d'hôpital, en proie à des convulsions nerveuses effrayantes. On voyait son sexe. Je n'ai pas supporté que mes enfants emportent cette ultime vision de leur grand-père. J'ai rabattu le drap sur le corps décharné. Je suis allé vers lui et l'ai pris dans mes bras. Il m'a griffé le cou avec une force inimaginable pour un moribond, comme si cette étreinte pouvait éloigner le nœud coulant de la mort. À l'oreille, aussi désespéré que nous l'étions tous deux trente ans plus tôt derrière l'hygiaphone dégueulasse, j'ai chuchoté la phrase qu'il m'avait dite la dernière fois avant de s'en retourner : « Tiens le coup, on va s'en sortir. »

L'hiver dernier, j'ai décidé de chercher le Bordelais parce que nul n'était mieux placé pour remplir les blancs d'un puzzle dont je ne possédais pas toutes les pièces. Je ne l'avais pas revu depuis quarante ans. J'avais oublié son nom. Grâce à mes copains flics (j'en ai), je l'ai retrouvé. Il ne travaillait plus. Avant, il était commissaire dans le Sud-Ouest. J'ai obtenu son numéro de téléphone. Je l'ai appelé. J'ai laissé un message.

En l'attendant, par divers canaux, j'ai réussi à mettre la main sur la partie du dossier qui m'intéressait. Je n'avais rien conservé de cette affaire tant j'avais voulu la rejeter dans les poubelles de mon histoire.

J'ai relu les procès-verbaux de mes témoignages. J'y ai vu les déclarations d'un type qui perd pied peu à peu. Il est tout d'abord imprécis dans ses réponses. Les questions portent à peu près toutes sur le Garçon : faits et gestes, confidences. Manifestement, il essaie de déceler ce que savent les enquêteurs. Et ils en savent beaucoup. Ils n'attendent pas de lui des informations nouvelles mais des confirmations. Il tente de gagner du temps. Il louvoie. Il ment. Après l'arrestation de Blond-Blond, tout change.

Il ne parvient plus à maintenir une ligne de front qui se dérobe inéluctablement devant les évidences de l'enquête, des témoignages, des écoutes téléphoniques, des filatures.

Sans les confidences de Blond-Blond, je m'en sortais. Après, c'était impossible. Sur mes épaules pesait un poids que les autres – c'est-à-dire l'ensemble des témoins cités par l'accusation dans les procès – ne supportaient pas : Trudaine. Deux policiers abattus quasiment à bout portant. Si ce drame était arrivé avant l'élection de François Mitterrand, pensé-je souvent, les assassins n'auraient probablement pas échappé à la peine de mort.

J'ai tenté de retrouver Frédérique Germain, alias Blond-Blond. Elle avait été défendue par une jeune avocate, Marie-Christine Deluc. Le dossier étant très lourd (il s'agissait de juger la première « repentie » française), celle-ci avait fait appel à Jean-Denis Bredin, un ténor du barreau, disparu en 2021.

Marie-Christine Deluc a répondu aussitôt à mon mail. Une femme d'une beauté très élégante dans un quartier non moins chic : l'Opéra. D'entrée de jeu, elle m'a dit qu'elle n'avait plus aucune nouvelle de Frédérique depuis vingt ou vingt-cinq ans.

— Elle vit loin de Paris, elle s'est mariée, elle a eu deux enfants. Je ne connais ni son adresse ni son téléphone.

Je n'avais donc aucun moyen de la joindre.

— De toute façon, elle refuserait de vous rencontrer. Elle ne veut plus rien avoir à faire avec cette histoire.

« Cette histoire. » Elle m'a confirmé ce que je savais pour l'avoir entendu au procès : l'amour immodéré pour un séducteur qui l'avait embarquée dans son sillage délétère en l'obligeant à attaquer la bijouterie Aldebert.

— Lui ou les autres…

— Le résultat est le même.

— Quel intérêt pour eux ?

— Ils la tenaient. Elle devenait leur complice.

Je me suis demandé si, lorsque le Garçon m'avait présenté Blond-Blond, il n'avait pas mis en place la première étape d'une manipulation savamment orchestrée visant à m'impliquer pour me neutraliser. Tout comme cela avait été fait avec Blond-Blond attaquant Aldebert. Mais non. Quand même pas. Il m'avait utilisé comme il en avait utilisé beaucoup d'autres. Avec habileté, déloyauté, mais sans machiavélisme prémédité. Au cours des procès, ses maîtresses avaient plaidé l'aveuglement sentimental. Il s'agissait, pour ce qui me concerne, d'un aveuglement amical.

— Il fallait que Frédérique se libère de cette emprise, a poursuivi l'avocate. Elle n'avait qu'un seul moyen.

— Lequel ?

— Parler aux enquêteurs.

Cela ne me suffisait pas. J'attendais la suite.

— Quand une femme est sous emprise, terrorisée par le pervers narcissique qui la maltraite, elle cherche désespérément une bouée.

— Pervers narcissique… ai-je contesté.

— C'est le terme qu'on emploierait aujourd'hui pour qualifier ce garçon.

— Je ne sais pas s'il la maltraitait… Je ne connais pas leur histoire.

— Il y a mille formes de maltraitance. Les pervers narcissiques sont des personnes malignes. Elles usent tantôt de la séduction, tantôt de la violence.

Je n'avais jamais vu le Garçon user de violence. Ici résidait certainement une des raisons pour lesquelles j'avais placé sur le compte de fanfaronnades une impossibilité à l'imaginer menaçant un caissier (ou une caissière) armé d'un revolver.

— Sa séduction, tout le monde la connaît. Elle a fait assez de victimes. Quant à sa violence… Rappelez-vous de quelle façon votre ancien copain vire Frédérique de chez elle le soir de Trudaine.

Je me souvenais, en effet, de son témoignage lors des procès, confirmé par l'état de panique dans lequel elle était arrivée rue de la Montagne-Sainte-Geneviève.

— Dans le dossier, il y a beaucoup d'autres exemples de brutalités.

— De toute façon, ai-je dit, abdiquant sur ce point, on ne braque pas une banque avec un sourire de premier communiant.

L'avocate m'a considéré avec un sourire ironique.

— Vous-même, n'étiez-vous pas sous l'emprise de ce type ?

J'avais longuement réfléchi à cette question.

— L'écrivain que j'étais était certainement sous l'emprise d'un personnage tout à fait exceptionnel.

— L'écrivain que *vous étiez* ?

Je me suis troublé. Lorsque j'étais descendu à Marseille, ma femme, mes enfants, mes amis, tous m'avaient mis en garde contre ma propension à transformer des malfaiteurs en figures romanesques, les approchant au plus près pour mieux les décrire.

— Aujourd'hui, a repris l'avocate, vous feriez de ce garçon le héros d'un de vos livres ?

— Le héros, non. Un personnage, oui.

Elle a ri :

— Vous n'êtes pas rancunier.

Il y avait autre chose. Je ne connaissais pas assez cette femme charmante pour lui avouer une vérité très intime. Le bonhomme avait beau jeu de se dissimuler derrière l'écrivain. En vérité, le premier avait été séduit par un ami que le second avait magnifié en personnage. C'était là, sans doute, une faiblesse inhérente à moi-même (un dévouement absolu à l'amitié) qu'un pervers narcissique aurait aisément détectée. La part schizoïde du littérateur m'avait condamné à une double peine.

— Je vais vous poser une question sournoise, m'a dit l'avocate en quittant sa chaise.

Elle m'a proposé un café, mais je n'en bois jamais.

— Si le Garçon franchissait la porte de ce cabinet, que lui diriez-vous ?

— Rien, ai-je répondu aussitôt.

— Plus difficile : qu'attendriez-vous de lui ?

Elle s'est assise et a attendu. Je connaissais la réponse. Elle illustrait ma faiblesse.

— Qu'attendriez-vous de lui ? a-t-elle doucement répété.

J'ai soupiré et ai murmuré :

— La paix.

Échanger avec lui une grimace navrée, passer mon chemin sans rien attendre. Pas d'insultes, plus d'accusations.

De nos adolescences enchantées subsisteraient les images d'un gamin frondeur, plus nobles que celles d'un homme devenu, aux yeux d'autrui, un pervers narcissique. Il m'était impossible de le considérer comme tel. Je ne parvenais pas à affubler d'un tel terme adulte et raisonnable la mine angélique d'un garçon avec qui j'avais partagé une jeunesse. Grandir, c'est cela, pensai-je comme l'avocate me considérait en silence : apposer des mots définitifs sur d'anciennes insouciances.

Je me suis levé, j'ai placé mes deux mains bien à plat sur la table et j'ai sonné la revanche.

— À mon tour de vous poser une question… pas sournoise, mais terrible.

Elle m'a regardé. Elle avait les yeux clairs, un sourire qui s'est soudain crispé tandis qu'elle avançait légèrement sur sa chaise.

— Qui a envoyé la lettre anonyme me dénonçant après Trudaine ?

Elle a tourné sept fois une cuiller en argent dans le marc de son café.

— Vous avez une idée ?

— Bien sûr, ai-je répondu.

Quelques jours ont passé. Un matin, le téléphone a sonné. J'ai reconnu le numéro. J'ai attendu quelques secondes avant de répondre. Une question de souffle. De timbre à affermir. J'ai dit Allô ? et j'ai aussitôt reconnu la voix. Il m'a dit qu'il avait suivi mon évolution depuis toutes ces années. Grâce à Internet, je connaissais un peu la sienne. Je lui ai parlé de la raison de mon appel : ce livre. Il m'a dit qu'il se souvenait parfaitement bien de l'affaire.

— Avec le gang des postiches, c'est celle qui m'a le plus marqué.

— Je voudrais raconter l'histoire d'un type vue à travers une enquête policière.

— L'enquête sur Action directe ?

— Sur moi.

Il a ri.

— On n'ira pas très loin.

— Pourquoi ?

Il a émis par un petit grognement qui m'a fait songer à un haussement d'épaules. Je lui ai demandé son âge. Il a aussitôt répondu :

— Un an de plus que toi.

Ce tutoiement m'a fasciné. Au 36, dans son bureau, il ne l'avait jamais utilisé. Son emploi définissait mieux que n'importe quel dialogue le cadre qui serait le nôtre s'il acceptait de me rencontrer : deux vieux adversaires commentant une ancienne partie.

Il est venu à Paris, chez moi. Je l'attendais devant l'ascenseur. Il avait pris un peu de bide, un peu de cheveux blancs, sa voix était la même, il portait toujours des lunettes, il avait l'allure d'un ancien sportif. Sur le pas de ma porte, nous nous sommes donné l'accolade. Je me suis dit que ce type savait choisir ses préambules. Il y a quarante ans, en mettant le joint de culasse de ma bagnole sur la table des premiers interrogatoires, il m'avait fait comprendre qu'il en savait beaucoup sur mon compte ; aujourd'hui, en me proposant un salut affable, il effaçait les barrières de notre terrain de jeu. Et moi, en branchant mes magnétophones, je songeais qu'il y avait quelque chose d'incroyablement romanesque dans cette situation inédite : le type qui reçoit chez lui le flic qui l'a arrêté quarante ans plus tôt !

— En plus, aujourd'hui, c'est moi qui conduis l'interrogatoire !

Je lui ai demandé pourquoi il m'avait dit, au téléphone, qu'à me suivre nous n'irions pas très loin.

— L'enquête a démarré sur toi à partir de la première lettre anonyme. La logique était évidente : Blond-Blond était avenue Trudaine au moment de la fusillade, elle était venue chez toi après, elle avait participé à un attentat et à un hold-up, tu savais tout cela, tu dissimulais. D'après les écoutes et les filatures, on a rapidement compris que tu n'étais pas à Trudaine et que tu ne montais pas sur des hold-up. Tu n'étais même pas dans la mouvance d'Action directe. Tu apportais des aides ponctuelles, ton appartement par exemple, sans connaître les activités de ceux à qui tu le prêtais. Bref, tu nous as rapidement déçus. Il est devenu évident pour nous que tu t'étais fait bananer par ton pote.

— Bruguière le savait ?

— Bien sûr.

— Et il m'a incarcéré ?

— À cause de tes mensonges. Si tu avais dit la vérité au cours des premiers interrogatoires, tu n'aurais jamais été à la Santé. Dès le mois de mars, tu étais cuit. Tu as essayé de nous promener sur le soir de Trudaine, quand ils sont venus chez toi, et nous savions que tu mentais. À cause de la lettre anonyme qui te dénonçait. Et puis tu as payé pour les autres. Autour d'Action directe, il y avait au moins une quarantaine d'individus, tous intellos et socialement bien installés. À l'époque, ni Audran ni Besse n'avaient été assassinés. Le côté violent de l'organisation n'apparaissait pas vraiment. Pour vous, les gens d'Action directe, c'étaient de bons révolutionnaires, des gentils garçons. Le seul moyen qu'avait Bruguière de faire peur aux milieux intellectuels, c'était de t'arrêter. Après, ça a été la débandade : il n'y avait plus personne.

— Pourquoi avez-vous tant enquêté sur moi ?

— C'est la routine. On a fait une très belle enquête, et elle a réussi parce que c'était une enquête crim' et pas une enquête terroriste. On n'a pas cherché selon un schéma politique. À Trudaine, il y a eu deux flics au tapis. On voulait savoir qui et pourquoi. Rien d'autre. Après, sont arrivés les braquages et les attentats. On a tout regroupé. Mais le point de départ, c'est toi. Méthode crim' : on ouvre toutes les portes et on fouille. On espérait que tu nous mènerais à Blond-Blond. C'est comme ça qu'on est arrivés à Rueil.

— Et au Garçon ?

— Non. Le Garçon, on l'a eu par les écoutes de la Montagne-Sainte-Geneviève. Il appelait souvent son cousin… Il était très fraternel. Il nous ramenait à toi, mais toi, tu ne nous intéressais plus. Tu bossais, tes rendez-vous, c'étaient des trucs professionnels… On avait compris que tu connaissais certaines choses, mais ce n'était pas essentiel. Après ton premier interrogatoire, j'ai su, premièrement, que tu mentais ; deuxièmement, qu'à un moment ça viendrait. Ce moment, c'est Blond-Blond qui nous l'a offert. En balançant sa venue chez toi le soir de Trudaine, elle te coinçait. On avait la preuve absolue d'au moins un mensonge. Après, tu as essayé de te débattre, mais tu n'avais plus le choix. Ta seule possibilité, c'était de faire comme les autres : tu es un militant révolutionnaire, et nous des flics fascistes. Tu refusais de répondre à nos questions. Mais là, tu risquais de plonger longtemps.

— Vous avez eu du mal à trouver Blond-Blond…

— C'est vrai. On a cherché à Rueil et dans les milieux indépendantistes de Corse. Les RG n'avaient rien sur elle. Avec mon équipe, on a épluché tous les fichiers des militants corses parisiens. Il y en avait beaucoup. L'un des types nous a intéressés : il avait été marié à une fille qui s'appelait Frédérique. D'après les dossiers, elle n'avait jamais milité. Elle allait à des manifs, mais pas plus. Bref, une fille assez tranquille. On était sûrs que c'était elle. Dans les services, personne ne nous croyait. On l'a logée dans le XIe arrondissement. On l'a filochée jusqu'à son boulot, à La Défense. Évidemment, on l'a prise en photo. On l'a comparée à celles que les caméras avaient prises le jour du braquage de la bijouterie Aldebert. C'était elle. On est revenus au 36 et on a dit : « On l'a. » Les collègues se foutaient de nous : ils n'y croyaient pas.

Je lui ai demandé si cette photo était celle qu'il m'avait montrée et que j'avais feint de ne pas reconnaître. Il ne se souvenait pas.

— Le lendemain, à six heures, on était en planque. Quand elle est sortie de chez elle, on l'a alpaguée. « Brigade criminelle. » La première chose qu'elle nous a dite, c'est : « Vous êtes là pour mon ancien copain ? » L'ancien copain, c'était le Garçon. La deuxième chose, c'était qu'il avait laissé des gilets pare-balles chez elle. On a pris aussi des munitions et des numéros d'un mensuel qui semblait le captiver : *Amateur d'armes*. Évidemment, on les a récupérés. Et on a embarqué la fille au 36. Là, elle a tout déballé. À commencer par sa participation et celle du Garçon au hold-up de la bijouterie Aldebert.

Ce que m'avait dit son avocate.

— C'était une fille complètement paumée. Fragile. Folle amoureuse de son ex. Elle a fini par comprendre qu'elle s'était fait rouler par lui. Comme toi. Comme d'autres. Beaucoup de femmes.

— Il ne les a jamais disculpées ?

— Jamais. Il est plutôt du genre à emporter les gens avec lui plutôt qu'à les sauver. C'est « si je plonge, les autres plongent avec moi ». Un mec tordu. Mais très séducteur. Il a eu Blond-Blond comme ça.

— Il y a quelque chose que je n'ai jamais compris. Elle m'a chargé puis disculpé. Pourquoi ?

— Quand on l'a arrêtée, elle nous a rapporté ce que le Garçon disait sur toi. C'est lui qui te chargeait : la maison achetée, et tout le fourbi. Après un mois de prison, elle est revenue sur ses déclarations. Je suppose qu'elle a réfléchi. Et puis on lui a dit qu'on n'avait rien trouvé. On avait épluché tes comptes bancaires et tout le tralala…

— Mais ça, ni toi ni tes collègues ne me l'avez dit. Je l'ai su par mon avocat.

Il a souri.

— On ne t'a rien dit parce que plus tu étais accusé et mieux on suscitait ta colère. Et plus vite tu boufferais ton copain. Un grand classique : mélanger les éléments dont on dispose avec ceux qui nous manquent ou avec d'autres qu'on prétend avoir. C'est comme ça qu'on coince les novices.

— Moi ?

— Tu n'étais pas le seul. C'est une assez bonne stratégie policière.

— Quel intérêt avait le Garçon à me faire passer pour un complice ?

— Te salir.

Je savais par une confidence que Roger Knobelspiess avait faite à l'une de mes amies qu'en effet le Garçon me faisait passer pour un traître à sa cause. Je m'étais interrogé sur le mécanisme psychologique qui conduit un coupable à s'absoudre de son crime – ou un menteur à faire de son mensonge le fondement d'une reconstitution à ses yeux incontestable. J'avais posé la question à Georges Kiejman. Il m'avait répondu : « C'est un passage obligé pour se supporter soi-même. La plupart du temps, ça marche : on se convainc de son innocence ou de sa probité. »

— Cela vaut-il pour le cousin ? ai-je demandé au Bordelais.

— Le cousin était vraiment dans le coup. Il a pris douze ans. Deux ans de plus que l'autre, ce qui, quand on connaît l'histoire, est un comble. Lorsqu'on l'a arrêté, il était apeuré. Il nous a beaucoup parlé. Aldebert, Villiers... Les maths et le français, c'est lui... Son cousin l'a lancé sur des hold-up avec des Italiens, ce qui était franchement dégueulasse parce que les Italiens étaient beaucoup plus violents et dangereux que les mecs d'Action directe... J'ai eu de la peine pour ce gamin. Il était totalement immature. Il n'avait pas la carrure et la force psychologique pour tenir douze ans en prison... Il a dû se faire massacrer...

— Le Garçon s'en sortait sans Blond-Blond ?

— Non. Il avait trop de braquages sur le dos. Si ça n'avait pas été Blond-Blond, ç'aurait été quelqu'un d'autre. Il y en a eu beaucoup. Par exemple, on a arrêté une fille parce qu'on savait qu'une malle remplie d'armes avait transité par chez elle. Elle a nié. Je l'ai travaillée pendant une journée. Elle a fini par craquer. Je lui ai dit que je n'allais pas le noter sur sa déposition, sinon elle partait direct en prison. Cette fille a témoigné aux procès. Elle n'était pas la seule.

Il s'est tu un court instant avant d'ajouter, le visage fermé :

— Il y en avait une autre. Mais celle-là, elle n'a pas témoigné. Elle aussi était une amie du Garçon. On l'a coincée par Blond-Blond. C'était la planque rue Manuel, près de l'avenue Trudaine. Là d'où sont partis ceux qui se sont retrouvés chez toi le 31 mai... On cherchait l'appartement. Blond-Blond nous a raconté qu'à côté, d'après ce qu'elle avait entendu, il y avait un tailleur qui passait son temps à fumer sur le pas de sa porte. Ça les énervait parce qu'ils craignaient d'attirer l'attention de ce gars-là. On a missionné deux enquêteurs qui ont retrouvé le tailleur. À partir de là, ils ont visité tous les appartements dont les fenêtres donnaient sur sa boutique. On a fini par trouver le bon. On a interpellé la propriétaire. Elle a reconnu qu'elle avait donné ses clés au Garçon. Elle avait confiance en lui. La même histoire que toi. Elle partait pendant plusieurs semaines – en Afrique, je crois. Le retour a été difficile : on lui est tombé dessus. Je suis intervenu personnellement auprès de Bruguière pour qu'il ne l'incarcère pas. Mais la fille a craqué.

— Pourquoi elle n'a pas témoigné ?

— C'était trop lourd pour elle. Elle s'est suicidée.

J'ai arrêté le magnétophone et nous sommes allés dîner. Je l'ai rebranché au dessert. J'ai posé une question qui m'était venue lorsqu'il m'avait raconté l'arrestation de Blond-Blond :

— Quand tu es venu chez moi avec sa photo, tu l'avais arrêtée…

— On l'avait interpellée le matin quand elle partait au boulot. Je suis venu te voir après.

— Donc, quand tu m'as présenté la photo et que j'ai prétendu ne pas la reconnaître, tu savais que je mentais ?

— Oui.

— Tu me piégeais ?

— Tu as fait la même connerie que le 31 mai. Tu avais affirmé avoir passé une soirée normale alors que, grâce à la lettre anonyme, nous savions que Blond-Blond était venue chez toi. Quand je t'ai retrouvé avec la photo, je savais que c'était elle.

— Donc, vous n'aviez pas besoin de moi pour l'identifier.

— Absolument. C'était fait.

— Alors pourquoi m'avoir montré cette photo ?

Il a émis un petit rire. Un petit rire rusé.

— On voulait savoir si tu continuais à protéger le Garçon.

— Je ne protégeais pas le Garçon mais elle : Blond-Blond.

— Lui à travers elle.

À la fin du repas, j'ai demandé l'addition. Puis j'ai posé au Bordelais la question essentielle :

— Qui m'a balancé ?

Il m'a regardé avec une sorte d'interrogation incrédule dans le regard.

— Depuis tout ce temps, tu n'as pas compris ?

— Bien sûr que si.

J'avais longuement cherché. La logique m'avait convaincu. Avec le temps, j'avais réalisé que cette idée était partagée par toutes les parties liées au drame de Trudaine. Pour certains – dont moi –, il ne s'agissait même plus d'une idée ; c'était une certitude. Il y avait dans la lettre anonyme me dénonçant plusieurs détails que les membres d'Action directe pouvaient connaître : le Beretta et la poudre d'aluminium contenue dans la cocotte-minute déposée près de la Banque mondiale. Mais deux personnes seulement connaissaient tout à la fois le lycée de Rueil-Malmaison et l'adresse où Blond-Blond s'était réfugiée après être venue chez moi le soir de Trudaine : elle et moi.

— Blond-Blond elle-même a envoyé cette lettre, ai-je dit.

Le Bordelais est resté absolument imperturbable. J'ai poursuivi :

— Au procès de l'avenue Trudaine, le président a demandé au commissaire Hildebrand, en charge lui aussi du dossier, pourquoi il avait demandé à Blond-Blond de recopier les lettres anonymes parvenues à la brigade criminelle. Il a répondu qu'il l'avait soupçonnée de les avoir écrites.

— Il a conclu sa déposition en disant qu'il n'en était pas certain, a rectifié le Bordelais.

— Il a très exactement dit qu'il en était *de moins en moins* sûr.

J'avais vérifié.

— On comprend bien la raison pour laquelle il a dit cela…

— Évidemment : pour la protéger.

— Donc, c'est elle ?

— Oui, c'est elle. La Corse et le FLNC n'ont rien à voir dans l'histoire. Ce ne sont que des paravents derrière lesquels Blond-Blond s'est abritée. Elle s'est dénoncée et a dénoncé les autres pour sortir du piège dans lequel elle était enfermée. Ils la maltraitaient et la menaçaient. Elle n'avait aucun autre moyen. Le Garçon l'a entraînée dans une vie de braqueuse dont elle n'a pu se sortir qu'ainsi : en devenant la première repentie des années de plomb françaises.

— Elle est l'auteure des lettres anonymes ?

— Oui.

— Elle te l'a dit ?

— Oui, elle me l'a dit.

Il a ramassé son manteau et moi le mien.

— Pourquoi être passée par des lettres anonymes ? Elle aurait pu, tout simplement, venir vous voir.

— Non.

Comme nous allions nous quitter sur le boulevard, il a ajouté :

— Elle prenait le risque d'être abattue. On lui avait promis le même sort que Chahine si elle parlait.

Chahine était l'informateur qui avait permis l'arrestation de Rouillan et de Ménigon en 1980. Deux ans plus tard, il avait été assassiné.

De retour chez moi, j'ai fouillé mes placards à la recherche de la boîte à chaussures dans laquelle, il y a quarante ans, j'avais enfermé les quelque cinq cents lettres reçues à la Santé. J'avais scellé cette boîte avec du papier collant très épais afin que nul ne soit tenté de découvrir son contenu. Moi-même autant qu'autrui. Comme si j'avais voulu éradiquer les effluves malodorants d'une mise en quarantaine dont je ne me suis jamais défait. Pas un seul jour sans que je ne me demande quels romans j'emporterais si je devais y retourner, si je pourrais lire et écrire avec des lunettes qui deviendraient inadaptées, comment me parviendraient les médicaments qui me sont nécessaires, si je pourrais écouter Purcell, Bach ou Beethoven, comment grandiraient mes enfants sans moi, vivrait la femme que j'aime, combien de temps il faudrait à mes amis pour m'oublier… J'ai ouvert la boîte. Une bouffée de moisissures m'a saisi. Lettres, cartes, télégrammes, chaque pli tamponné par la censure sauf les correspondances de mon avocat.

Je me suis approché à tâtons de ces empreintes douloureuses. Pas par leur contenu. Par les écritures. Non pour ce qu'on me racontait – la vie au dehors, l'attente – mais pour ces signatures, plus présentes encore que des visages. C'était comme si le temps ressuscitait des intimités profondes. Je les revoyais tous, ces amis dont beaucoup ont disparu dans les nuages d'autres vies. L'écriture est un alphabet. On y lit le tout et le multiple. Je m'y suis abîmé longtemps. Blessé. Orphelin de tous. Pleurant mes morts. Le trait vacillant de ma grand-mère, les « t » barrés très hauts de mon père, les « M » majuscules si particuliers de ma mère, l'étrange signature de ma belle-mère, les caractères énergiques, presque autoritaires de Madame Boîte, ceux s'en rapprochant de son fils Hugo, les majuscules de Georges Wolinski, l'immense calligraphie quasiment illisible de Maryse, celle, généreuse de Dominique Grisoni, appliquée de Chantal Lapicque, scolaire de John O'Neil, minuscule de Gérard Poitou, nerveuse de Pascal Sevran, les marges bordéliques et les points d'exclamation de Mylène Le Peutrec, les rondeurs de Benoît Petit…

J'ai parcouru longuement chacun de ces chemins, enfermé en moi-même dans les ombres pâles de mes mémoires défuntes. La nuit venue, j'ai replacé les lettres dans une autre boîte, une nouvelle enveloppe. L'une d'elles est tombée. J'ai reconnu la boucle parfaite des majuscules, les retraits de paragraphes au cordeau, l'alignement impeccable des marges, la signature oblique de Pierre Ajame, l'homme grâce à qui, en 1980, j'avais achevé mon premier roman publié. Les sanglots m'ont noué la gorge. Quinze mois après le procès de l'avenue Trudaine, quelques jours avant de mourir, Pierre m'avait demandé de venir le voir dans sa chambre d'hôpital. Il m'avait donné un dossier :

des notes manuscrites sur Hergé rédigées à l'encre bleue de cette calligraphie belle et précise que je connaissais si bien. Il m'avait dit : « Tu as là tous les documents qui te permettront d'achever cette biographie. Je t'ai aidé à publier ton premier roman. Occupe-toi de mon dernier opus[1]. »

Le 2 novembre 1984, alors que, penché sur la table cimentée d'une cellule de prison, j'écrivais les premières pages de ce livre que j'achève aujourd'hui, quarante ans plus tard, Pierre m'écrivait :

J'aimerais que cette noire période prenne cette patine romanesque grâce à laquelle il n'y a plus de bons ou de mauvais souvenirs, seulement des souvenirs.

Paris, 17 octobre 1984 – 18 avril 2023

---

1. Pierre Ajame, *Hergé*, Gallimard, 1991.

J'embrasse ici mes ami(e)s solidaires qui, depuis tant d'années, m'ont encouragé à écrire ce livre : Olivier Nora, Samuel Benchetrit, Anne Sinclair, Gérard Mordillat, Serge Raffy, François Samuelson.

Je remercie du fond du cœur les personnages de ce récit qui, de près ou de loin, souvent malgré eux, ont joué un rôle dans cette histoire : Élisabeth Trétiack, Simon Michaël, JLH.

Une tendresse particulière pour Marion, première lectrice de mes livres et de mon cœur.

DU MÊME AUTEUR (suite)

Les Carnets de la Californie, texte sur Picasso (Le Cercle d'art)
Les Années Montmartre (Mengès)

Sous le pseudonyme de Marc Kajanef :

Johann Sebastian Bach (Mazarine)

En collaboration avec Jean Vautrin :

Les Aventures de Boro, reporter-photographe
La Dame de Berlin (Fayard ; Pocket et Livre de Poche)
Le Temps des cerises (Fayard ; Pocket et Presses Pocket)
Les Noces de Guernica (Fayard ; Pocket et Presses Pocket)
Mademoiselle Chat (Fayard ; Pocket)
Boro s'en va-t-en guerre (Fayard ; Pocket)
Cher Boro (Fayard ; Pocket)
La Fête à Boro (Fayard ; Pocket)
La Dame de Jérusalem (Fayard ; Pocket)
Boro, Est-Ouest (Fayard)

En collaboration avec Enki Bilal :

Un siècle d'amour 1 (Fayard)
Un siècle d'amour 2 (Fayard-Casterman)

Les Aventuriers de l'art moderne, série télévisée (Arte) adaptée du *Temps des bohèmes* (Grasset) – prix du meilleur documentaire 2015 du Syndicat français de la critique de cinéma et des films de télévision ; laurier de la meilleure série documentaire 2015 ; lauriers de la radio et de la télévision, club de l'audiovisuel, France ; prix Italia 2015.

Mise en pages
PCA 44400 Rezé

Cet ouvrage a été acchevé d'imprimer sur Roto-Page
par l'Imprimerie Floch à Mayenne
pour le compte des Éditions Grasset
en septembre 2023

PAPIER À BASE DE
FIBRES CERTIFIÉES

Grasset s'engage pour
l'environnement en réduisant
l'empreinte carbone de ses livres.
Celle de cet exemplaire est de :
850 g éq. CO_2
Rendez-vous sur
www.grasset-durable.fr

N° d'édition : 22896 – N° d'impression : 103064
Dépôt légal : octobre 2023
Imprimé en France